dtv

Sie ist jung und hübsch. Sie hat in der israelischen Armee gedient, bevor sie sich dazu entschließt, nach Deutschland zu gehen. Und sie verdient ihren Lebensunterhalt als Tänzerin in einem exklusiven Nachtclub. Der Zufall führt Sharon als Mieterin in das Haus des Münchner Schriftstellers und Journalisten Michael Krug. Er ist Mitte vierzig, mäßig erfolgreich und steckt nach der Scheidung von seiner Frau in einer schweren Lebenskrise. Nicht nur er beobachtet voller Bewunderung diese junge Jüdin, die im Land ihrer Vorfahren so lebt, wie er nie den Mut gehabt hätte zu leben, und die in ihrer Liebe zu einem Medizinstudenten den freien Fall wagt ...

*Asta Scheib,* geboren am 27. Juli 1939 in Bergneustadt/Rheinland, arbeitete als Redakteurin bei verschiedenen Zeitschriften und lebt heute als Schriftstellerin in München. Werke u. a.: ›Langsame Tage‹ (1981), ›Schwere Reiter‹ (1982), ›Kinder des Ungehorsams‹ (1985), ›Beschütz mein Herz vor Liebe‹ (1992), ›Das zweite Land‹ (1994), ›Eine Zierde in ihrem Hause‹ (1998), ›Frau Prinz pfeift nicht mehr‹ (1999), ›Sei froh, dass du lebst!‹ (2001), ›In den Gärten des Herzens‹ (2002), ›Der Austernmann‹ (2004), ›Jeder Mensch ist ein Kunstwerk‹ (2006).

Asta Scheib

# Diesseits des Mondes

Roman

Deutscher Taschenbuch Verlag

Von Asta Scheib
sind im Deutschen Taschenbuch Verlag erschienen:
Kinder des Ungehorsams (12231)
Das zweite Land (13401)
Langsame Tage (13420)
Der Austermann oder
Die Sprache des Schweigens (13454)
In den Gärten des Herzens (13515)
Diesseits des Mondes (13553)
Beschütz mein Herz vor Liebe (20779)
Jeder Mensch ist ein Kunstwerk (24529)
Schwere Reiter (25125)
Frau Prinz pfeift nicht mehr (25264)

April 2007
Deutscher Taschenbuch Verlag GmbH & Co. KG,
München
www.dtv.de

Umschlagkonzept: Balk & Brumshagen
Umschlaggestaltung: Stephanie Weischer
unter Verwendung eines Fotos
von gettyimages/Martin Sanmiguel
Gesetzt aus der Garamond 10,5/12,25·
Gesamtherstellung: Druckerei C. H. Beck, Nördlingen
Gedruckt auf säurefreiem, chlorfrei gebleichtem Papier
Printed in Germany · ISBN 978-3-423-13553-5

*Für Judith*

*»Die Welt der Männer und die der Frauen sind wie Sonne und Mond: Sie sehen sich vielleicht jeden Tag, aber sie kommen nicht zusammen.«*

Mulud Mammeri

# I

Samstags gegen Mittag lichteten sich die Quartiere Münchens. Es war die Zeit der Sommerferien, die viele Menschen außerhalb der Stadt verbrachten. Sie drängten auch an den Wochenenden aus der Stadt hinaus, als wüte die Pest darinnen.

Michael Krug hörte das Zwölfuhrläuten der Winthirkirche, das auch noch den letzten Range Rover hinaustrieb auf die Autobahnen Stuttgart oder Salzburg. Surfbretter wiesen Richtung Gardasee. Der Gemüsehändler fegte schwungvoll den Abfall zusammen.

Eine zweite Glocke, mehr bimmelnd als läutend, begleitete die Menschen des Viertels auf eine andere Reise. Seit Michael Krug einmal ihrem Wimmern gefolgt war, hörte er sie täglich. Unter dem kläglichen Bimmeln war Krug mit seiner Frau und den Kindern auf den Kieswegen des nahen Westfriedhofs gegangen. Im wortlosen Gehen war das Aneinanderknirschen der Kiesel das einzige Geräusch unter dem dünnen Läuten. Sie hatten Micky begraben, die Tochter eines Kollegen von Krug.

Letzten Sonntag, morgens gegen fünf Uhr, hatte Micky sich den letzten Schuss gesetzt. Ihr Vater hatte sie gehört, als sie heimkam in der Frühe. Er wusste schon lange nicht mehr, woher sie kam. Wütend und traurig hatte er sich auf die Seite gedreht.

Eine große Trauergemeinde versammelte sich vor dem Westfriedhof. Krug ging mit Birke, Danda und Mauritz in einer Gruppe von Jungen und Mädchen, Mickys Klassenkameraden. Ein Mädchen trug einen Brief. Für Micky, las Krug auf dem Umschlag. Als sie Micky hinunterließen, krächzte ein Rabe höhnisch und verzweifelt. So schien es jedenfalls Krug.

Als sie zurückgingen, hörte Krug, wie ein Mädchen zu seiner Tochter Danda sagte: Der Rabe war Micky. Sie hat uns alle ausgelacht.

Wie immer am Samstag kaufte Michael Krug die Wochenendausgaben einiger Tageszeitungen. Jedes Mal stand er am Kiosk wie ein Hungriger, der alles in sich hineinstopft, obwohl er weiß, dass ihm davon schlecht wird. Zeitungen regten Krug auf. Er tat manchmal sogar vor sich selber so, als sei er einverstanden und zugehörig. Als habe er mitgewirkt an allem, was passierte. Er achtete darauf, niemals resigniert auszusehen. Auch wenn er Gewalt sah, Willkür der Mächtigen, dann suchte er unter allen Umständen den Eindruck zu vermeiden, als sei er ohne Einfluss. Krug war süchtig danach, bestätigend zu nicken. Bei einem Bericht aus Teheran kam er aus dem Takt: Bombenopfer dürfen die Täter vor deren Hinrichtung verstümmeln. In der iranischen Stadt Ghom kamen bei der Explosion einer Autobombe 13 Menschen ums Leben, 100 wurden verletzt. Vor der Hinrichtung der Täter am Ort des Verbrechens sollen die Opfer Gelegenheit erhalten, an ihnen Rache zu nehmen und sie zu verstümmeln. Diejenigen, die bei der Explosion eine Hand, ein Bein, ein Ohr oder ein Auge verloren haben, dürfen die Täter strafen, bevor sie exekutiert werden, sagte Informationsminister Mohammed Mahommadi Rei Schari. Auge um Auge, Zahn um Zahn.

Krug hatte gelernt, ohne allzu große Erschütterung mit Zeitungen dahinzuleben. Gerade samstags und sonntags, wenn noch seine letzten Verbindungen zur Außenwelt abgeschnitten schienen, konnte er sich einüben in die Gelassenheit, mit der er der Übermacht der Ereignisse begegnete, die ihn bis in sein Zimmer verfolgten, manchmal jagten.

Doch auch diese Verfolgungsjagd hatte Krug schon in sein Bewältigungsritual eingebaut. Er ließ sie an einem Tölzer Schrank enden, wo er seinem unstillbaren Bedürfnis nach Feierlichkeit nahekam. In einem halb vollen Glas Whisky konnte er Selbstzweifel und Rechtfertigung eines stillen Samstagmittags ertränken. Er legte die Brandenburgischen Konzerte auf.

Krug dachte wieder an seine Frau. Sie war ein Bestandteil seiner Selbstbezichtigungen und seiner Sehnsüchte. Er wünschte sich Birke umso heftiger, je nachdrücklicher sie sich von ihm zurückzog. Daher gehörte es bald zu Krugs Ritual, dass er alle anderen Frauen seines Lebens ungeschehen machen wollte.

Von allen Situationen war dies die unwiderrufliche: seine Frau am Strand von Elba. Sie schien – für andere unsichtbar – vorgeneigt im Kampf gegen ihre Hemmung, öffentlich nackt zu sein. Mit geschlossenen Schenkeln stand Birke da, und Krug bereute, dass er sich damals nicht auf sie gestürzt hatte. Doch er war blind und taub gewesen. Damals hatte er noch geglaubt, dass Birke ohnehin ihm gehöre. Sie war ihm vor Gott und den Menschen angetraut. Die Tatsache, dass Birke seine Ehefrau war, musste Krug taub und blind gemacht haben. Wie sonst könnte Birke jetzt von ihm getrennt sein? Hier fand Krug die Bibel weise: Was Gott gebunden hat, das soll der Mensch nicht trennen. Er, Krug, hatte zwar auf Birkes Wunsch in die Scheidung eingewilligt, doch schon damals war er sich seiner Scheinheiligkeit bewusst gewesen. Als habe er vor zwei Jahren schon geahnt, wohin ihn die Trennung von Birke reißen würde. Er wusste erst heute, wie sehr er nicht einverstanden war. Warum hatte er sich nicht gesträubt? In einer guten Whisky-Strömung konnte er sich sogar vorstellen, dass Birke auf ein Sträuben seinerseits nur gewartet habe. Doch er, Krug, hatte nur die Schultern gehoben. Damals war das eine Geste. Heute schien es ihm fahrlässig. War der Lauf der Zeit seiner Ehe nicht bekommen? Wie lächerlich. Gerade er war kein Kind seiner Zeit, darauf konnte er sich nicht berufen.

Er war dem Leben längst abhanden gekommen. Wenn er überhaupt je seiner habhaft gewesen war. Und ausgerechnet seine Frau wies ihm das heute nach. Krug hatte an einem Artikel mitgearbeitet über einen simulierten Super-GAU und die Evakuierung der Bevölkerung. Da Krug vor allen anderen seiner Frau gefallen wollte – er dachte manchmal, dass es ihm neben der Honorierung allein um ihre Anerkennung gehe –, deshalb hatte Krug Birke in einem Telefonat gefragt, ob sie seinen Artikel, zufällig, gelesen habe. Ihre Antwort bekam Krug schlecht. Pessimistenzüchter nannte sie ihn, katastrophensüchtiger Störfallfanatiker.

Krug wusste, dass seine Frau schon lange nicht mehr den Wunsch hatte, ihm zu gefallen. Sie war auf ihn, Krug, nicht mehr neugierig. Sie machte sich auch keinerlei Selbstvorwürfe wegen der Trennung, die nur er, wenn auch erst seit kurzem, als Katastrophe empfand. Obwohl Krug wusste, dass die Desillusionierung seiner Frau unwiderruflich war, traf ihn ihre frostige Kritik. Krug fühlte sich allein. Er konnte Birke vor sich sehen, ihren leeren, vernichtungsbereiten Blick. Ihr Mund hatte eine Spannung in den Mundwinkeln, die ganz und gar gegen Krug gerichtet war. Er war für Birke nur mehr ein unsympathischer Fremder, mit dem sie durch die Existenz zweier Kinder verbunden war.

Krug hatte über diesen Gedanken wieder zu viel gegessen. Obwohl er sich immer schwor, das nächste Mal nicht so viel in sich hineinzustopfen. Krugs Mütter kochten ihm für das Wochenende vor, da sie meistens aufs Land fuhren. Mutter und Schwiegermutter lebten in Krugs Haus, sie waren das Rudiment seiner Ehe. Krug nahm an, dass die beiden das auch so sahen. Sie waren geblieben, als Birke mit den Kindern ausgezogen war. Die beiden Damen, deren Gefechte sich früher mit denen der Kinder ablösten, hatten sich nach Krugs Scheidung aneinandergeklammert wie Geschwister, denen plötzlich die Eltern verstorben sind. Obwohl beide Frauen Krug zuwider waren, jede auf eine andere Weise, obwohl sie einander mürrisch auswichen, sorgten sie vorbildlich für ihn. Dass sie abwechselnd kochten, machte Krugs Galle hin und wieder zu schaffen.

Krug musste sich hinlegen. Nur im Liegen hatte er die Illusion, nicht dickbäuchig zu sein. Im Liegen und in seinem stillen Zimmer war Krug niemandem Rechenschaft schuldig. Hier musste er nicht erklären, warum er auch bei schönem Wetter oft nicht hinauswollte aus seinem Zimmer. Schon gar nicht am Wochenende, wenn alle draußen waren. Freizeitversager. Seit Birke ihn einschlägig kritisiert hatte, war es Krug ein Anliegen, ähnliche Wörter gegen sich selbst zu bilden. Er nannte sich Gewaltverzichtsschreier, Ausstiegsneurotiker, Hirnstromhavarist. Die Wochenendausgaben halfen ihm bei der Wortfindung. Wer heute nicht an morgen denkt, ist übermorgen schon von vorgestern. Der Verfasser musste Krug kennen. Der Slogan warb für Gehirne, die in Megabit-Chips eingebaut sind. Krug fand es durchaus interessant, dass so ein 64-Megabit-Chip 6400 Schreibmaschinenseiten für ihn vollschreiben könne. Trotzdem war es eine ihn beruhigende Vorstellung, dass wenigstens der 256-Megabit-Chip auch für den Hersteller noch Zukunftsmusik war. So konnte Krug sich Zeit lassen, bis er sich mit einem System beschäftigen musste, das ihm 25 600 Schreibmaschinenseiten füllen könnte.

Die Elite wird immer sportlicher, las Krug. Vitale Ausstrahlung, den Dingen eine Richtung geben. Neue Lösungen. Heute, so schien es Krug, waren die Zeitungen wieder voll von ihn peinigenden Adjektiven und Adverbien. Die geschichtliche Aufgabe, die tiefe Einsicht, die eindeutige Erkenntnis. Krug las rigide Anweisungen: kraftvoll zupacken, nach vorne blicken, Kontinuität wahren, ganz bewusst deutsch sein, das Ziel anstreben, oben bleiben.

Krug wusste nicht, ob er dem allen immer so abgeneigt gewesen war.

Ein Düsenjäger schreckte ihn aus seinen Gedanken. Ein Moment der Angst. Es war, als hielte alles in Krugs Zimmer mit ihm den Atem an. Hoffentlich weckte der aggressive Lärm Sharon nicht auf. Sie ging am Samstagmorgen immer in die Synagoge und schlief dann bis in den Nachmittag. Sharon wohnte im Dachgeschoss, in der Maisonette, die vor Krugs Scheidung die beiden Mütter bewohnt hatten. Es waren vier hübsche Räume mit schrägen Wänden und einem Dachgarten. Sharon hatte sich beim ersten Besuch in die Wohnung verliebt und war ohne Zögern auf den Mietpreis eingegangen, der Krug Skrupel bereitete, ihn aber wirtschaftlich spürbar entlastete. Sharon steuerte auch zur Haushaltskasse bei, was sie Krugs Müttern noch verdächtiger machte.

Andererseits war ihnen gar nicht daran gelegen, sich mit Sharon näher einzulassen, damit sich Sharon nicht näher mit ihnen einlasse. Sie behandelten das Mädchen wie ein rohes Ei und nahmen ihre Existenz im Übrigen auf wie anderes Ungewohnte und Bedrohliche ihrer späten Jahre. Man nimmt, was kommt und wie es kommt, hatte Krugs Mutter sich zu sagen angewöhnt. Eine Nachtclub-Tänzerin ist schließlich ein Mensch wie jeder andere. Beide Mütter hatten offenbar eine Überlebensstrategie entwickelt, die mit Totstellen zu tun hatte. Krug durchschaute seine Mütter noch nicht, war aber erleichtert, dass das Leben im Haus jetzt wenigstens an der Peripherie so sachte ablief.

Er dachte an früher, als es allenthalben donnerte und blitzte. Die Türen schlugen und das Getrampel auf der Treppe nahm kein Ende. Das war jetzt vorbei. War deshalb alles vorbei? Krug spürte, wie die Stille im Haus ihn in Panik versetzte. Krug musste mit Birke sprechen, sofort. Obwohl er sich davon dringend abriet, rief er bei ihr an. Seine Tochter Danda war am Telefon, doch Krug erkannte im Hintergrund Birkes Stimme, warm, katzenpfötig. Er hielt den Atem an und hörte, wie Birke gedämpft etwas zu Danda sagte. Du, erklärte ihm seine Tochter mit sicherer Stimme, du, die Mama kann jetzt nicht.

In Momenten wie diesem wünschte Krug seiner Frau den Tod. Sie sollte tot sein, damit er, Krug, sich nicht mehr quälen musste.

Er hasste sie. Doch war es ein Hass, der ihn süchtig nach ihr machte. Krug genoss es jetzt fast, dass Birke ihn zum Verzicht auf das Gespräch gezwungen hatte. Wenn seine Frau ihm nämlich eine Telefonaudienz gewährte, blieb er meist geschädigt zurück. Birkes Stimme klang gelangweilt, unbeteiligt. Also gut, wenn es denn sein muss, telefonieren wir eben. Wie sie ihm jedes Wort zerpflückte, mit Eselsohren versaute. Er, Krug, veränderte nichts an Birke, sie stellte Krug auf den Kopf, spielte mit ihm ihr Verweigerungsspiel. Er soll es büßen. Je einsilbiger Birkes Antworten wurden, umso mehr mühte sich Krug, sie zu einem Bekenntnis zu bringen. Du bist mein Herz, hörst du? Sie schwieg. Krug konnte sehen, wie ihre Mundwinkel sich verspannten, wie sie mit halbem Blick die Fernsehsendung aufzunehmen versuchte, die im Hintergrund zu hören war. Birke hatte Mühe, dort mitzukommen und trotzdem ihm, Krug, zuweilen eine Antwort zu geben. Er hörte es an ihrem Tonfall, wenn sie das Gespräch beenden wollte. Umso verzweifelter wollte Krug es dann weiterführen. Trotzdem lieferte er ihr den Grund für die endgültige Absage, indem er sich beklagte, dass sie zu jedem Penner auf der Straße höflicher sei als zu ihm. Krug kannte schon ihre Antwort: Du treibst mich in die Enge, ich hab keine Lust mehr, mit dir zu streiten. Und Krug legte auf, ihr zuliebe. Wenigstens wollte er Birke jeden Gefallen tun. Er wusste, dass sie für ihn unerreichbar war wie der Mond. Birke wollte sich rächen dafür, dass er, Krug, für kurze Zeit in ihrem Leben bestimmend gewesen war. Dass sie seine Frau gewesen war, sichtbar für alle. Sie brachte es nicht einmal fertig, Krug zu hassen. Warum versuchte er nur so verzweifelt, in ihrem Leben wieder eine Position zu finden? Es gab jüngere, attraktivere Frauen, die, wenn Krug einen guten Tag hatte, gern mit ihm ins Bett gingen. Nur nützte es Krug nichts. Auch nicht, wenn er sich vorzustellen suchte, wie oberflächlich Birke in Wahrheit doch sei. Wie wenig sie ihm, Krug, gegeben habe. In Krugs Augen war sie unfähig, überhaupt jemanden zu lieben. Obwohl sie warmherzig und manchmal geradezu strahlend wirkte, fand Krug Birke selbstzerstörerisch. Sie, die rasch Menschen bezauberte, warf ebenso rasch Menschen wieder weg. So sah es jedenfalls Krug.

Er dachte auch, dass Birke nicht einmal die Kinder liebe. Das Flügelschlagen, das sie vor allem um Mauritz machte, konnte Krug nicht irritieren. Er wusste, dass Birke sich die Kinder immer vom Hals gehalten hatte. Verborgen hinter rastloser Hingabe, mütterlicher Sorge um alles und für nichts verbarg sie Ungeduld, nervöse Verweigerung. Vor allem Danda nahm die Verwöhnung, die fast täglichen größeren und kleinen Geschenke mit der Selbstverständlichkeit der Überfütterten. Ihre stürmischen Umarmungen waren theatralisch und sonst nichts. Danda hatte schon früh ihr tückisches Lächeln, das Krug erschreckte, aber auch amüsierte. Manchmal fehlten ihm die fast täglich provozierten Szenen. Ums Nichtaufräumen, ums Nichtheimkommen, ums Nichtlernen. Ums Nichthaushalten mit dem Geld. Das Toben, Fordern und Türeknallen Dandas, mit dem Birke jetzt alleine war, das fehlte Krug manchmal.

Mauritz, mit seinen achtzehn Jahren elf Monate jünger als Danda, war gefügiger. Scheinbar. Seine Vergeltung lag in der Verweigerung. Durch Zufall hatte Krug erfahren, dass sein Sohn in der Schule lediglich Verwandtenbesuche abstattete. Dass seine Versetzung gefährdet war. Als er Mauritz zur Rede stellte, zuckte der nur mit den Schultern. Was für eine Zukunftsperspektive er denn habe, wollte Krug von seinem Sohn wissen. Mauritz sah Krug erstaunt an. Meine Zukunftsperspektive? Das bist doch wohl du – und Mama, oder? Danda, die dem Gespräch bislang mit ihrem verachtungsvollen Schweigen gefolgt war, mischte sich ein. Wie sollen wir denn gedeihen, Mauritz und ich, wie sollen wir denn bei euch gedeihen? Ihr seid geschieden, ihr seid kaputt. Aus kaputten Beziehungen kommen auch kaputte Kinder, das weiß heute jeder.

Seine Kinder kannten sich aus in der Nomenklatur des Lebens. Krug glaubte sie zu durchschauen. Er glaubte, dass er einer der wenigen Väter sei, die sich von ihren Kindern nicht täuschen und auch nicht enttäuschen ließen. Danda war eine Mistbiene, ein egoistischer Trampel mit einem derart großen Selbst, dass Krug sie manchmal darum beneidete. Ihr Tag bestand aus Forderungen, die sie so rigide eintrieb, dass Krug hinterher immer selber erstaunt war, dass man ihr wieder ihren Willen getan hatte. Das ist mein Recht, ich hab ein Recht darauf, so begannen ihre Argumente. »Ihr seid Kinderkaputtmacher« – das war lange ein Lieblingswort von ihr. Danda konnte als kleines Kind kein F aussprechen, sie setzte stattdessen ein P ein. Gingen Krug oder seine Frau mit ihr über eine Straße, ließ sie sich nicht an der Hand nehmen. Nicht anpassen!, schrie sie so verzweifelt und endgültig, nicht anpassen!, so dass man schließlich eine Dreijährige allein über eine stark befahrene Straße marschieren sah. Ich will nicht gezwiiiingt werden! Das war auch einer von Dandas Schreien. Dabei hatte sie erst sehr spät angefangen mit dem Reden. Offenbar hatte sich ihre Energie auf die Motorik ihres wendigen dünnen Körperchens konzentriert. Danda konnte mit elf Monaten laufen, sie steuerte sich mit strahlendem triumphierendem Lächeln und hocherhobenen Fäustchen durch die Räume, lief rasch und sicher und jagte bald die Kater Alka und Seltzer durch die Wohnung. Sehr früh schob Danda geschickt ihr Hinterteil vor, um die Treppen hinabzusteigen, sie kletterte wie ein Affe an dem Spalier im Garten, sprach aber kein einziges Wort. Gleichaltrige konnten längst Mama und Papa, nein, danke und heiß sagen, Danda nannte alles ging-gang. Und auch das nur, wenn sie einen sanften Tag hatte. Die Nachbarin warnte mit spitzem Zeigefinger. Das Kind muss zum Arzt, das Kind ist vielleicht taub und kann deshalb nicht sprechen. Das leuchtete Krug ein, denn Danda hörte offenbar wirklich nicht, jedenfalls ließ nichts in ihrem Benehmen darauf schließen. Sie tat unbeirrt, was sie tun wollte, egal, ob alle anderen schrien, nein,

Danda, das darfst du nicht. Der Arzt stellte fest, dass Dandas Ohren völlig in Ordnung waren, dass die Eltern geduldig abwarten müssten. Irgendwann würde sie schon reden. So war es dann auch. Krug wusste es noch genau: Am 5. Juli 1969, als Birke zum Abendessen rief und sie Danda suchten, geschah es. Krug, der die Tür zum Garten öffnete, sah sie oben auf dem Spalier hocken, in höchst unsicherer Position. Das Gesichtchen ängstlich und tückisch zugleich, hockte sie und hielt sich mit letzter Kraft an einem Ast. Mit ihrem winzigen Lächeln, das Krug ständig signalisierte, dass er an allem schuld sei, stieß Danda hervor: Tomm danz nell. Fassungslos über ihr Sprechen hätte Krug sie fast abstürzen lassen.

Wenn Krug heute daran dachte, bildete er sich ein, dass er schon damals alle seine Niederlagen um Danda vorausgeahnt habe. Dabei konnte sie zärtlich sein. Obgleich diese stürmische Zärtlichkeit Krug nicht selten irritierte. Als Danda ihn zum ersten Mal pinkeln sah, war sie fasziniert und bestand von nun an darauf, jedes Mal dabei zu sein. So musste Krug sich in seinem eigenen Haus auf den Lokus schleichen, um Danda zu entgehen, die sich auch nicht mehr mit Zuschauen begnügte, sondern unbedingt den väterlichen Penis mit Toilettenpapier säubern wollte. Verwehrte Krug ihr das – und er tat das energischer, als er ihre sonstigen Unarten abwehrte –, dann brüllte Danda, dass die Fenster klirrten. Für lange Zeit waren aus diesem Grund Besuche bei Freunden oder Essen in Restaurants nur dann keine Tragödien, wenn Krug vorher seine Blase geleert hatte. Als sie Danda einmal daheim ließen, hatte sie Krugs geliebte Schellackplatten im Wohnzimmer ausgebreitet, um darauf Schlittschuh zu laufen.

Mauritz dagegen mochte gar nicht erst anfangen mit dem Laufen. Er war bereits siebzehn Monate alt und bewegte sich noch immer auf allen vieren. Dies allerdings mit schlangenartiger Eile. Als Krug Freunde mit gleichaltrigen Kindern besuchen wollte, ließ er sich die mangelnde Laufbereitschaft seines Sohnes nicht länger bieten. Er stellte den Kleinen an einem Heizkörper im Esszimmer auf, lehnte ihn dagegen und drohte dem Kind, dass die übrige Familie abreisen und ihn da stehen lassen würde, wenn er jetzt nicht sofort liefe. Wie eine aufgedrehte Puppe lief Mauritz durch die Räume, stumm, ohne auf das Freudengekreisch der übrigen Familie zu reagieren. Mauritz lebte, so sah es jedenfalls Krug heute, innerhalb der sich hin und wieder verändernden Krugschen Welt sein eigenes Leben. Als Neunjähriger nahm er an einem Malwettbewerb der Schule teil. Der hieß: Wie werde ich später meine Kinder erziehen? Mauritz malte einen dickbäuchigen Kühlschrank und einen Riesen-Fernseher. Darunter schrieb er: Meine Kinder dürfen immer an den Kühlschrank, und fernsehen dürfen sie, so viel sie wollen.

Krugs Kampf gegen die Suggestion des Fernsehens war lächerlich. Arglos und gutgläubig, so dass es Krug wütend machte, saßen Danda und Mauritz vor dem Apparat. Kein Zweifel, sie glaubten an das künstliche Leben hinter dem Glas. Krug zog aus seinem schlechten Gewissen nicht die einzig mögliche Konsequenz, selber mit den Kindern zu spielen, ihnen beim Spielen das eigene Leben zu entdecken. Dazu hatte Krug keine Lust. Er musste oft vor sich selber zugeben, dass er seine Kinder aufrichtig liebte, wenn sie abends im Bett lagen. Wenn die Turbulenz des kindlichen Alltags ihn berührte, verschanzte sich Krug hinter Arbeit. Seine Kinder liebten Minigolf. Krug hasste es. Erst als Mauritz es sich zum Geburtstag wünschte, ging er mit, spielte lieblos die Löcher durch.

Heute erschien es Krug manchmal, als habe seine Rolle als Vater vor allem darin bestanden, ständig neue Strategien gegen die Anwesenheit von Danda und Mauritz zu entwickeln.

Krug dachte nicht gern an die Kindheit seiner Kinder. So ungern wie an seine eigene. Es machte ihn wütend, dass sich ständig alles wiederholte. Dass er, Krug, so war, wie er war. Krug wollte durchaus nicht so sein. Er sah um sich herum all die anderen, die ihm glichen. Überall sah Krug bemühte, egoistische Eltern, die alles besser wussten. Die ihre Kinder genau so verbiesterten, wie sie selbst von den Alten verbiestert worden waren. Nur anders. Modern.

Natürlich war es Krug bewusst, dass die Zeit sich geändert hatte, noch niemals hatte sie sich so radikal verändert wie in den letzten vierzig Jahren. Krug verachtete Leute, die ihre Unzulänglichkeiten auf ihre Kindheit zurückführten. Sich selber nahm er davon natürlich aus. Er begegnete seinen Fehlern verständnisvoll. Sein größter Fehler, so glaubte Krug, war Bescheidenheit. Er war zu leise. Darum hörte man nicht auf ihn. Und Cleverness fehlte Krug. Meine Cleverle, sagte die Ressortchefin beim Süddeutschen Rundfunk, meine Cleverle schreiben einen neuen Vorspann für ihre Geschichte, die sie schon einem anderen Sender verkauft haben, und so kriegen sie das volle Honorar noch mal. Krug war nicht clever, seine Geschichten blieben im Archiv. Krug wusste, dass er unfähig war, sein Genie, an dem er durchaus nicht zweifelte, zu Geld zu machen. Krug sah sich als Antipode etwa des New Yorker Bauunternehmers Donald Trump, der sich mit einem Projekt namens Television City ein Denkmal setzen wollte. 8000 Luxuswohnungen für die reichsten Leute der Welt hatte Trump in seinem T.C. geplant. Donald Trump hätte dann einen Riesenspiegel für seine Übermenschengröße. Er, Krug, fand bequem in einem Taschenspiegel Platz. Wie gut, dass er nicht angewiesen war auf gigantische Leistungen, auf spektakuläre Erfolge, auf Prominenz. Er, Krug, glaubte, dass er Nichterfolg für das Besondere halte. Trotzdem ärgerte er sich manchmal, dass er bislang nicht einmal etwas gewagt hatte. Doch was könnte er wagen? Ein skandalöses Hörspiel schreiben? Lächerlich, es käme über den Schreibtisch des Redakteurs nicht hinaus.

Immerhin war Krug heute mit der Arbeit vorangekommen. Zwei Szenen seines neuen Hörspiels erschienen ihm brauchbar. Er musste achtgeben, dass ihm die Hauptfigur, der Kaiser von China, nicht zu emotional geriet. Er soll frivol sein und in den Dialogen Sieger. Krug fiel es schwer, das darzustellen, denn er war immer in Verlierer verliebt.

Manchmal hielt Krug es kaum noch aus mit sich. Eines Tages hatte er, dem Rat seines Freundes, des Schriftstellers, folgend, beschlossen, sich komisch zu finden. Ärgere dich nicht, sondern finde dich komisch – hatte Wolfgang gesagt. Auf diese Weise kam Krug besser aus mit sich, wurde aber auch allzu nachsichtig. Vor allem, was seine Arbeitsenergie betraf, hatte Krug es bis zur Meisterschaft gebracht, sich immer wieder vor sich selbst zu entschuldigen, sich von einem Tag auf den anderen zu vertrösten. Schließlich rückte der Abgabetermin für sein Manuskript bedrohlich näher. Dabei hatte er sich so viel Zeit nehmen wollen für dieses Hörspiel. An dem Tag, als Dr. Henschel Krug anrief und ihm den Zuschlag für den *Kaiser von China* gab, hatte Krug sich vorgenommen, diese Arbeit endlich einmal in Ruhe zu erledigen. Denn Dr. Henschel, der Leiter der Hörspiel-Abteilung, war von Krugs Exposé eingenommen gewesen. »Krug«, hatte Henschel gesagt, »Krug, endlich mal kein Gesülze über die böse Gesellschaft, mal nicht über den bösen Boss, mal nichts über die böse Ehefrau abgelaicht! Kaiser von China, Gott sei Dank, Krug. Ein Hörspiel im alten Stil haben Sie mir versprochen, endlich. Dafür kriegen Sie auch 90 Sendeminuten, wenn Sie wollen. Und das Honorar bei Ablieferung, Krug, dafür sorge ich. Aber ich sehe es auch pünktlich zum 1. Oktober, ich verlass mich drauf.«

Krug wollte nicht nur diesen Termin halten, er wollte auch seinen *Kaiser von China* mit aller Sorgfalt schreiben. Seine zahlreichen Hörspiele, besonders aber *Issima und Issimo, Der schöne Plusquamperfekt, Störe mich, Liebe* und *Anhänger schert aus,* hatte er alle nahezu fahrlässig heruntergefetzt. Meist, wenn er mit Birke und den Kindern in Urlaub war. Jedes Manuskript hatte seine eigene Auf-die-letzte-Minute-Verdrängungsgeschichte. Birkes Augenrollen und Stöhnen, das Murren der Kinder. Immer musst du schreiben, sogar im Urlaub. Krug hatte es seiner Familie beigebracht, ihn in Ruhe zu lassen. Aber er ließ seinerseits seine Familie nicht in Ruhe. Belauerte ihr

Kommen und Gehen. Wollte Anteil haben und das dann lästig finden.

Krugs Arbeitswut war immer dann am lebhaftesten, wenn er weiter entfernt war von seinem Schreibtisch. Oder wenn jemand zu Besuch kam. Krug sprach dann derart penetrant von den ihn bedrängenden Terminen, dass die Besucher sich entschuldigten und fortgingen. Birke und die Kinder mieden seinen Schreibtisch, und er saß schließlich allein da, blieb aber untätig, bis ihn wieder ein Familienmitglied störte und dadurch seinen Schreibwunsch heftig entfachte. Auf diese Weise konnte es geschehen, dass Krug sich wochenlang subjektiv am Schreiben gehindert fühlte und mit seinen Abgabeterminen in die größte Bedrängnis geriet. Spätabends ging er zerquält und unzufrieden mit sich zu Bett. Schon wieder ein Tag, an dem nichts geschafft war. Dann erwachte er oftmals aus Träumen, in denen er schlecht oder unvollständig angezogen bei offiziellen Anlässen zum Gespött wurde. In diesem Gefühl tiefer Scham vermochte Krug meist nicht mehr weiterzuschlafen. Wenigstens das hatte er zu akzeptieren gelernt. Mit schmerzendem Kopf und knurrendem Magen setzte Krug sich dann an die Schreibmaschine. Rollläden verwehrten ihm den gewohnten Ausblick aus seinem Fenster. Mit Rücksicht auf den Schlaf der anderen zog er die ihm die Sicht begrenzenden Holzlatten nicht herauf. Sich in jeder Weise der Familie aufopfernd (für wen musste er denn schreibend Geld verdienen?), gelang es Krug schließlich, das längst überfällige Hörspiel doch noch fertigzustellen oder den Artikel über den österreichischen Schriftsteller, den eine Zeitschrift in Auftrag gegeben hatte. Am Abend werden die Faulen fleißig, sagte Krugs Mutter, und der Krug sattsam bekannte Spruch ärgerte ihn umso heftiger, je unproduktiver er sich selber fand.

Jedes Mal, wenn Birke oder eines der Kinder, seine Mütter oder – schlimmer noch – alle gemeinsam das Haus verließen, wenn Krug ihnen aus seinem Fenster nachsah, wie sie das Gartentor öffneten, dann war es Krug, als gingen sie in ein Leben, das ihm versperrt war. Umso heftiger versuchte er dann, sich in dieses Leben, von dem er glaubte, dass es ihm zu entkommen drohte, wieder einzufädeln. Er verfiel dem Feuilleton einer Wochenzeitschrift und las Erinnerungen an Uwe Johnson, die ihn wiederum dazu verführten, dessen Roman *Mutmaßungen über Jakob* hervorzuholen; den liebte er besonders. Vielleicht, weil Jakob, Rangierer bei der Reichsbahn, in einer Welt lebte, die Krug aus seiner Kindheit gekannt hatte, in die Krug jedoch nur noch in seinen Träumen zurückkehren konnte. Eine Welt schimmernder Bahngleise, geheimnisvoll funktionierender Signallampen, heranrasender Lokomotiven. So wie Jakob war Krug mit seinem Großvater oft still unter einem grün leuchtenden Signalmast gestanden, verdeckt von der Donnerwand eines ausfahrenden Schnellzugs. Krug hörte den Lautsprecher: »Wird Zug drei-zwo-null angenommen? Ich wiederhole: Wird Zug drei-zwo-null angenommen?« Es hatte Krug als Kind jedes Mal mit Stolz erfüllt, wenn sein Großvater das Mikrofon einschaltete und durchsagte: »Drei-zwo-null bitte annehmen auf Gleis vierzehn.«

Nur mühsam konnte Krug sich losmachen von den Gedanken des Erzählers, von Jakob, der den gleichen Beruf hatte wie Krugs Großvater. Als er *Mutmaßun-*

*gen über Jakob* ins Regal zurückstellte, fiel ihm Emily Brontë in die Hände, und er las zum soundsovielten Male in *Sturmhöhen,* bis ihm vor Spannung und Sichsträuben gegen diese Spannung ganz übel wurde. Was Krug auch las, es führte ihn so weit hinein in ein anderes Leben, dass er kaum ins eigene zurückfand. Krug kämpfte zäh gegen seine Umgebung, die seiner Arbeit feindlich war. Wenn ihn die Menschen, die mit ihm lebten, allein ließen, stürzten sich die Bücher auf Krug. Aber auch Zeitschriften, die er hortete. Alles schien ihm gleichermaßen spannend, zog ihn magnetisch an. Hatte Krug es geschafft, dem Geschriebenen abzusagen, verfiel er nicht selten dem Fernsehen. Unter dem Vorwand, wenigstens das Neueste vom Tage erfahren zu wollen, schaltete sich Krug von einem Programm ins andere, um schließlich vor einer Dokumentation über den deutschen Wald im vierzehnten Jahrhundert sitzen zu bleiben. Hörte Krug dann, dass jemand die Haustür öffnete, stellte er in Panik den Fernsehapparat ab und floh an seine Schreibmaschine, auf der er eiligst einen Satz heruntertippte, den er für solche Situationen bereits seit Jahren parat hatte: Wenn das Paket nicht zugestellt werden kann, bitte ich Sie, mir eine Unzustellbarkeitsmeldung zuzusenden. Diesen Satz konnte Krug jederzeit auf der Schreibmaschine herunterrasseln und so den Eindruck eines vollen Schreibflusses herstellen.

Wenn es Krug nicht gelang, vor seiner ihn quälenden Untätigkeit in Bücher oder vor den Fernseher zu flüchten, hatte er immer noch das Telefon. Er las sein privates Telefonbuch von A nach Z und rief Freunde und Bekannte an, die auf diesen Anruf natürlich völlig unvorbereitet waren und sich für Krugs Nöte auch nicht jedes Mal erwärmen konnten. Doch Krug wäre sicherlich immer mal wieder etwas wahnsinnig geworden, wenn er nicht die Möglichkeit gesucht hätte, diesem und jenem zu erzählen, dass er, Krug, nicht schreiben könne. Ich weiß nichts und ich kann nichts, sagte er einmal völlig aufrichtig und verzweifelt zu seinem Freund Herbert. Herbert war Chefreporter einer großen Tageszeitung, einer der wenigen Journalisten, die Krug bewunderte. Manchmal sogar beneidete. Krug las Herberts Reportagen und wünschte sich, er hätte sie selbst geschrieben, denn Herbert besaß Urteilsvermögen aus Kenntnis der politischen Situation, dazu Stil. Er kam Politikern, Wirtschaftsmultis oder Playmates gleichermaßen neugierig auf die Spur, er verleitete seine Leser unaufdringlich zum Nachdenken. Allein das hob ihn vom Zeitgeist-Journalismus ab. Und Herbert war auch meistens bereit, Krug aus seinen häufigen Tiefs herauszuhelfen. Aber diesmal hatte Krug Herbert offenbar in einer Stresssituation angerufen. Denn als Krug Herbert mitteilen wollte, dass er, Krug, ein Nichts sei, eine Null, schrie Herbert in den Hörer: »Dann schreib doch, bitte, wie ein Nichts! Eine Null muss schließlich nichts beweisen.«

Das erinnerte Krug an ein Gespräch, das er neulich mit einer Schauspielerin geführt hatte. Sie schwärmte von einem Regisseur, mit dem zu arbeiten ihr alles bedeute. Als es ihr einmal richtig schlecht gegangen sei, als sie geglaubt habe, nicht mehr arbeiten zu können, da habe dieser Regisseur ruhig zu ihr gesagt: Benutze es.

Ein psychologisch kluger Weg, den Krug schon gehen würde. Einer Schauspielerin war es sicher möglich, Müdigkeit, quälende Unsicherheit, unbestimmte Trauer, das Gefühl des Nichtskönnens, des Nichtsseins, in eine Rolle hineinzutragen. In die der Maria Stuart vielleicht oder in die der Lotte aus Remscheid-Lennep von Botho Strauß. Doch wie sollte er, Krug, seine Schwäche in seinen *Kaiser von China* hineinschreiben, wenn er sich nicht einmal an die Schreibmaschine bewegen, abkommandieren konnte. Es war ihm, als griffen das Haus, die Morgenzeitung, der Briefträger, als griffe alles nach ihm, Krug, und hielte ihn vom Schreiben zurück. Allein die Post. Krug hörte schon, wenn der Briefträger die Klappe des Nachbarpostkastens zurückfallen ließ. Ein optimistisches Geräusch. Krug nahm aus der Hand des stets gebräunten, mit federnden Schritten sein Fahrrad schiebenden Postboten ein meist umfangreiches Bündel Post entgegen. Jedes Mal ein Versprechen, von dem in der Regel nur ein Haufen zerknülltes Papier übrig blieb. Immer mehr Briefe waren für Sharon. Krug mühte sich, nur auf die Adresse zu schauen, doch entging ihm nicht, dass neben Behördlichem häufig große Umschläge von feinstem Papier darunter waren, in der Schweiz abgestempelt. Sharons Großindustrieller. Der Name hinten auf dem Umschlag stand für Großindustrie, Bildersammlungen, Ländereien, auch wohl für Ehescheidungen, wenn Krug recht informiert war. Als Krug zum ersten Mal unweit des Hauses den flachen anthrazitfarbenen Sportwagen gesehen hatte, ein ihm unbekanntes Fabrikat, von dem ihm Mauritz (Mönsch, hast du den Schlitten gesehen) alle Einzelheiten mit ungewohntem Temperament erklärte, damals hatte Krug dies Gefährt sofort mit Sharon in Zusammenhang gebracht.

Sharon. Seit drei Monaten wohnte sie in Krugs Haus. Und in Krugs Hirn. So, wie das Haus sich zu verändern schien, seit Sharon da war, so veränderten sich auch die übrigen Bewohner. Jedenfalls schien es Krug, als seien seine Mütter verändert. Sie gaben sich zwar den Anschein, als bedeute es ihnen gar nichts, dass Sharon aus Israel kam, dass sie Jüdin war und in einem Nachtclub tanzte. Vielleicht wiesen sie noch abrupter als früher die forschenden Fragen Dandas und Mauritz' ab, die sie naseweis und respektlos nannten. Sharon hingegen begegneten sie mit geradezu beflissener Freundlichkeit und Hilfsbereitschaft.

Sharons Existenz war auch für Birke Anlass, häufiger als früher in dem Haus zu verkehren, das sie seit ihrem Auszug möglichst gemieden hatte. Birke war ohnehin auf Menschen neugierig, doch für Sharon interessierte sie sich in besonderer Weise. Krug dachte manchmal, dass Birke in Sharon alles das sehe, was sie, Birke, niemals hatte sein können. Auch Danda bekam offenbar nicht genug zu sehen und zu hören von Sharon. Sie war nur wenig älter als Danda, knapp ein Jahr, doch sie hatte in Israel in der Armee gedient und war bald darauf nach Deutschland gekommen. Sharons Vorfahren waren deutsche Juden. Die Großmutter hatte ihr so viel von ihrer Heimat erzählt, dass Sharon irgendwann den Entschluss gefasst hatte, nach Deutschland zu gehen. Mauritz, der im nächsten Jahr Abitur machte und bereits für die Bundeswehr gemustert war, wollte von Sharon wissen, wie die Zahal, die israelische Armee, aufgebaut sei. Auch Danda sah Sharon im Panzer in der West Bank, mit anderen

Rekruten im Jeep durch Palästinensersiedlungen fahren oder in Flüchtlingslagern patrouillieren. Und diese Frau, die mit dem Gewehr und mit Handgranaten umgehen konnte, tanzte hier in einer Bar auf der Bühne. Statt der khakifarbenen Uniform trug sie nur ihre Haut, zum Anfassen nah den Männern, die von der Straße kamen und dreißig Mark für ein Glas Champagner zahlen konnten. Für Danda und Mauritz, beide noch Gymnasiasten, war Sharon eine unfassbare Existenz, die sie faszinierte. Darin war sich die Familie Krug ausnahmsweise einig.

Ein Wunder von einer Frau. Krug hatte diese Formulierung gefunden, spontan, sie genügte ihm nicht, er fand sie ärgerlich klischeehaft, doch sie war nun mal da. Es war typisch für Krug, dass er seine Wunder nicht selten den Niederungen seines Berufsstandes verdankte.

Aufgeschreckt vom Minussaldo seines Kontos, ermahnt durch die bienenfleißige Existenz seines Steuerberaters, hatte Krug eingewilligt, für eine Boulevardzeitung der Stadt deren Nachtleben zu beschreiben. Krug hatte es alle Jahre wieder beschrieben. Es bedeutete schnelles Geld. Gemeinsam mit Bert Bertrams, dem Fotografen, fuhr Krug eines Abends los. Im Porsche Bertrams' zogen sie die Blicke noch kleinerer Existenzen auf sich.

Der Fotograf Bert Bertrams, der zu der Zeit, als er seine Mutter von ihren Putzstellen abholte, noch Berthold Umlauft hieß, fotografierte für die Gesellschaftsspalten der Zeitung alles, was sich in der Stadt dazu drängte. Stadträte, Industrielle, Feinkosthändler, Schauspieler, echte und falsche Konsuln, Schneider,

Friseure. Bert Bertrams richtete seinen Blitz auf sie und gab jedem für Sekunden Identität. Er wurde von der Zeitung bezahlt und nicht selten auch von den Geblitzten, die er verachtete. Doch Bertrams verachtete auch Krug, den Feinen, Gebildeten, Dünnhäutigen, der doch die Begabung gehabt hätte, sich ebenfalls dumm und dämlich zu verdienen. Warum machte der es nicht wie andere? Schrieb für Millionen und pfiff auf die Feuilletons? Bertrams sah Krug an, der gerade die Batterien in seinem Rekorder auswechselte. Hat einen guten Kopf, dachte Bertrams, Typ leidender Christus, sehr hohe Stirn, lange schmale Nase, kleiner weicher Mund. Zu weich, dachte Bertrams, zu viele Skrupel, zu wenig Power. Hörspiele schrieb er. Mein Gott, da sitzt der ein halbes Jahr und schreibt und kriegt dann siebentausend. Tausend im Monat brutto. Dem ist nicht zu helfen. Dafür würde er, Bertrams, die Kamera nicht in die Hand nehmen. Da hatte er andere Tarife. Ein Thema durchfotografiert für den *Playboy*, andere Magazine zogen nach, die Tageszeitungen sowieso, vielleicht sogar noch Foto-Annuells und Ausstellungen – mit den Pfunden wuchern, aus einer Arbeit zigfach Honorar rausschinden – nur so lief es. Man musste bloß die Nerven behalten.

Bertrams hatte schon fast zu viel von dem, was er sich so zäh erkämpft hatte. Und heute sollte er das Münchner Nachtleben fotografieren. Für mindestens sechs Folgen. Etwas Öderes konnte Bertrams sich nicht vorstellen. Lieber würde er in Hellabrunn im stinkenden Affenhaus die Tiere beim Flöhen ablichten. Aber nicht diese Puffottern und Schafsnasen, die nach Armani stanken und nach Lufthansaerfrischungstüchern. Er tat das nun wirklich aus alter Freundschaft für den Chefredakteur. Und weil der Krug den Text schrieb. Komisch – gemeinsam mit Krug fühlte er, Bertrams, sich gut, irgendwie. Krug war cool, trotz allem, irgendwie cool. Der hatte ein Buch über die Siegfriedsage geschrieben und Gedichte, die Bertrams gefielen. Bertrams begriff nicht, warum die Leute Krugs Bücher nicht kauften, mal abgesehen von den zweitausend, die weggegangen waren. Er, Bertrams, der sich schon beim Schreiben eines Satzes quälte, verstand nicht, wie einer ganze Bücher vollschrieb, wenn er dafür einen Stundenlohn von 0,60 Mark bekam. Jawohl, das hatte er gemeinsam mit Krug errechnet. Sechzig Pfennig pro Stunde. Und Ärger. Entweder ärgerst du dich, weil du keine Kritiken bekommst, oder du ärgerst dich, weil du welche bekommst. Miese. Er, Bertrams, las ja Kritiken nicht, aber weil es um einen Roman von Krug ging, hatte er sie dann doch gelesen. »Späte private Flurbereinigung« sei das, was Krug da geschrieben habe, und von »verlogener Feierlichkeit«. Am Schluss las Bertrams: »Als Ergebnis dieser fast vierhundert Seiten ist die (durchaus zweifelhafte) Lokalisierung des Siegfried-Brunnens im heutigen Klärwerk eines Chemie-Konzerns zu wenig.« Er, Bertrams, verstand nichts von Literatur. In der Schule hatte man ihm das zwar anhand eines Buches von Jean-Paul Sartre zu erklären versucht, aber es war ihm abhandengekommen. Doch so viel begriff er: Dass dieser Kritiker den Krug mit seiner Rezension die Treppe runtergeschmissen hatte. Dass da einer mit krimineller Energie das Ergebnis vieler Jahre Arbeit beiseitewischte, das begriff Bertrams. Dass dadurch Leute manipuliert wurden, daran gehindert, sich mit einem Buch zu beschäftigen. Da war er, Bertrams, froh, kein Schreiber zu sein. Er hätte diesen Kritiker verdroschen. Für so was war der Krug zu fein. Der hatte zu viel Respekt vor den Leuten. Nein, aus dem Holz war der Krug nicht. Seine Frau war ihm ja auch abgehauen mitsamt den Kindern. So ein ständig schreibender Ehemann und Vater ist sicher was Unmögliches – das konnte Bertrams sich vorstellen, so was hätte er auch nicht im Hause haben mögen. Als Ehegespons jedenfalls nicht. Und jetzt lavierte sich der Krug wohl so zwischen Trauer und Erleichterung durch.

Er, Bertrams, kannte ein paar junge Frauen, die mit dem Krug was gehabt hatten. Krug-Geschädigte, hatte mal einer neidisch gesagt, als beim Bierbichler in Ambach einige Ehemalige zufällig an einem Tisch saßen. Doch der Krug ließ wohl in seiner stillen Art die Sau raus. Das vermutete jedenfalls Bertrams. Und es imponierte ihm.

München leuchtet nicht mehr, dachte Krug, als er mit Bertrams durch den Hofgarten auf den Altstadtring fuhr. Und sofort ärgerte sich Krug, dass er ständig in Klischees dachte. Schade um das schöne Thomas-Mann-Wort, das längst allgemein wurde durch die, die sich damit ihre Jubiläumsreden verbrämten. Schließlich leuchtete München schon lange nicht mehr. In den Bürgerhäusern flammte das bläuliche Licht der Mattscheiben, roch es nach Lammschulter provençal. Hinter einigen Fenstern hatte Krug schon herumgestanden oder gesessen, bei Saltimbocca und Tiramisu. Man kochte französisch oder italienisch in München, gut italienisch. Nudeln selbst gedreht durch die Spaghettimaschine, Salatöl und Essig von

Rosario oder mitgebracht aus Siena. Hinter dem Geschirr aus der Provence, den Weinen von Garibaldi, den Siebdrucken aus den Galerien an der Maximilianstraße hockten die Schulden bei der Bayerischen Vereinsbank, der Neid, die Missgunst. Dummheit suchte sich mit den Bestenlisten der Magazine zu tarnen, in den Sommerfestspielen der Stadt, mischte mit bei den Ränken der Stadtväter. Zwischendurch meinte Krug den Geruch der Penner wahrzunehmen, der Stadtstreicher aus der Pilgersheimer Straße. Er glaubte die Neurosen und Geschwülste hinter den Klinikfenstern zu ahnen, er dachte daran, was in ihm, Krug, womöglich an Karzinomen keimte und wuchs. Er dachte an Wissenschaftler, die vielleicht, so hoffte Krug, in diesem Moment mit Virus-Isolierungsverfahren des menschlichen Aids-Erregers beschäftigt waren. Krug dachte an die Kammerspiele, an *Troilus und Cressida,* an Sunnyi Melles, die er verehrte, begehrte: »Frauen sind Engel stets, geworben; Ahnung ist Lust, doch im Genuss erstorben.« Und: »Unzucht, Unzucht, nichts als Krieg und Liederlichkeit; die bleiben immer in Mode.« Krug dachte an seinen Freund, den Schriftsteller, der ihn vor einer Stunde angerufen hatte, um ihn einzuladen. Er hatte gesagt, dass in seinem Kühlschrank ein Karpfen sitze, von dem er annehme, dass er sich langweile. Wenn Krug Lust habe, könnten sie ihn gemeinsam kochen. Wie viel lieber wäre Krug zum Karpfenkochen gefahren. Die Zeit seines Freundes war ohnehin knapp bemessen, weil er berühmt war und ständig Menschen über ihn Filme zu drehen oder Dissertationen zu schreiben gedachten. Germanistik-Studentinnen, die mit ihm über Hölderlin diskutieren wollten, fanden sich nicht selten in seinem

Bett wieder. »Größeres wolltest auch du, aber die Liebe zwingt all uns nieder ...« – so lasen sie halt zu Hause nach.

Bertrams stellte den Wagen am Marstall ab. Er und Krug gingen die Maximilianstraße hinunter zum Kosttor. Der Himmel war orangefarben mit grauen Wolken, er gab der Straße etwas Pompöses, Kulissenhaftes. Passanten in Abendanzug und langer Robe hatten Theater oder Oper durchlitten, formulierten still ihre Eindrücke, die sie morgen weitergeben würden.

Krug spürte, dass dieses orange Licht ihn in eine falsche Feierlichkeit versetzte, dass dieses Licht der Stadt einen Glanz verlieh, der süchtig machte nach anderen Metropolen. Paris, London, Rom, New York, Tokio. Krug hätte jeden Tag in einer anderen Stadt durch die nächtlichen Straßen gehen mögen. Dass sein Leben nicht ausreichen würde, in allen Städten der Erde zu wohnen, die nächtlichen Himmel zu sehen und die tägliche Herausforderung anzunehmen, das bedauerte Krug. Warum hatte er sich beschränkt auf einen derart kleinen Beobachtungsposten, von dem aus er die Welt betrachten, aber nicht verändern konnte?

Von allen Etablissements, die Krug und Bertrams an diesem Abend aufsuchten, war das Number Six zumindest räumlich das kleinste. Eine nächtliche Imbissstube für erotisches Junkfood, die sich gar nicht erst die Mühe machte, die Art der Branche durch verspiegelte Wände oder Plastikbrokat zu verschleiern. Hier wurde sachlich die Ware Frau verkauft, und Krug konzentrierte sich auf sein Gespräch mit dem Geschäftsführer, in dessen Gesicht alle Erfahrungen seines Daseins mühelos abzulesen waren. Es hätte nicht der Rolex bedurft, des platinbesetzten Stiers im offenen Hemdausschnitt, nicht der heftigen Trussardi-Wolke, die bei jeder seiner Bewegungen aufstieg. Krug hörte kaum, was ihm der andere an Sprüchen hinwarf. Die strengen Kontrollen, die Wuchermiete, die der Hausbesitzer aus ihm rauspresse, all das hatte Krug längst von den anderen Pächtern gehört, nur ein Gesicht wie dieses hatte er nicht gesehen. Zerklüftungen der Brutalität und Gier, Schatten der Angst und der Tücke. Einer jungen Blondlockigen, die sich an ihn schmiegte, ihrer Favoritinnenrolle wohl nicht ganz sicher, drehte er im Gespräch mit Krug den Rücken zu. Krug sah die Mädchen, die Barfrauen und die Tänzerinnen, die in jedem Geschäft Verkäuferinnen hätten sein können, manche waren das früher auch gewesen. Krug sah, dass die Mädchen nach ihren Striptease-Auftritten in der Miene des Geschäftsführers vergeblich eine Reaktion suchten.

Als jetzt wieder eine Tänzerin die kleine Bühne betrat, stieß Bertrams Krug mit dem Ellenbogen an. Offenen Mundes starrte der Fotograf auf das Mädchen, alle anderen Männer starrten ebenso. Reggaemusik erfüllte den Raum, das Mädchen öffnete die Arme, aber die Nacktheit ihrer olivfarbenen Haut war keine Preisgabe, ihr Tanz war Verweigerung.

»Sie kommt aus Israel, aus Tel Aviv«, sagte eine Barfrau leise zu Krug. »Sie tritt zweimal auf, um zwölf und um drei, seitdem ist die Bude hier ab Mitternacht voll. Und sie hat hier Narrenfreiheit.« Letzteres klang nach Neid und Bewunderung zugleich. Was ging es Krug an? Was war geschehen, dass so ein Traum von einem Mädchen, wie Bertrams gerade sagte, dass eine Tänzerin in einem Nachtclub Krug derart aufregte? Irgendetwas musste doch geschehen sein, warum sonst hätte Krug von der Tänzerin erwartet, dass sie verzweifelt sei? Ja, das war es. Krug suchte in dem Gesicht des Mädchens, in den sehr großen, sehr dunklen Augen, an der kräftigen geraden Nase, dem weichen, aufgeworfenen Mund nach Verzweiflung. Sie musste doch verzweifelt sein, dass sie hier tanzte, in diesem Schuppen. Doch warum erwartete Krug, dass die Tänzerin verzweifelt war?

Als er mit Bertrams die Bar verließ, hatte er das Gefühl, als drücke er sich vor einer Verantwortung gegenüber diesem Mädchen. Er konnte nicht wissen, dass er die Tänzerin aus Israel sehr bald wiedersehen würde.

Die Arbeit an der Nachtleben-Serie hatte Krug einige Tage von seinem Hörspiel-Manuskript abgehalten. Der *Kaiser von China* bestand bislang nur aus einzelnen halb fertigen Szenen. Es fehlte die Struktur, vor allem aber waren die Dialoge ohne jeden Glanz. Krug wusste das und wäre am liebsten aus sich selbst herausgesprungen, um jemand anderen in sich einzulassen, jemanden, der schreiben konnte. Schreiben und nicht nur Wörter aneinanderfügen. Wenn Krug versuchte, sich das schöne Chinesenmädchen Shin Lan vorzustellen, hatte sie das Gesicht der Tänzerin aus Tel Aviv. Ein strenges, starkes Gesicht. Krug konnte sich nicht vorstellen, dass dieses Mädchen einen Mann fragen würde: Bin ich schön? Jedenfalls würde sie es niemals so schüchtern fragen wie Shin Lan.

Diese schöne Israeli, die in Krugs Vorstellung immer mehr präsent wurde, hätte niemals zu Shu Fu gesagt: »Erzähl mir von den Festen bei Hofe. Was trugen die Damen, um dir zu gefallen, wonach dufteten sie? Waren sie schöner als ich?« Krug fand seine Dialoge jetzt albern. Das kleine Chinesenmädchen, von dem er schrieb, war unwissend und wollte von den Männern, die sie liebten, als Erstes wissen, was das Schönste an ihr sei.

Nein, es hatte keinen Zweck. Krug konnte sich nicht auf sein Hörspiel konzentrieren. Er war wieder einmal erleichtert, als das Telefon läutete. Albert rief an: »Anna will, dass du zu uns herauskommst.«

Ich kann aber nicht, wehrte Krug ab, jetzt zumindest nicht, ich muss in vier Wochen spätestens mit einem Manuskript fertig sein. Komm her und schreib bei uns, sagte Albert, wäre ja nicht das erste Mal. Anna lässt dir sagen, dass die Erdbeeren reif sind.

Widerwillig, doch wissend, dass er in seinem Haus jetzt nur um die vollen Kochtöpfe seiner Mütter herumstreichen würde, packte Krug seine Schreibmaschine und einen Stoß Papier ins Auto und fuhr noch am selben Tag nach Niederbayern. Schon hinter dem Flughafen Riem, wo die Landschaft weit wurde und hell, schon hier wusste er, dass es richtig war, nach Schwarzeneck in Niederbayern zu fahren. Als er sein Auto nach der zweistündigen Fahrt in den Hof hineinfuhr, sah er Albert und Anna auf der buckligen steilen Wiese beim Heurechen. Sie winkten und arbeiteten weiter.

Krug stellte seine Schreibmaschine auf dem Tisch unterm Fenster ab, legte Bücher und Papier bereit. Er konnte sich bei Anna und Albert ungeniert in zwei Räumen breitmachen, hatte sogar eine Badestube für sich. Früher, als der Bauernhof noch bewirtschaftet wurde, hatte das Haus für Anna und Albert, für ihre Kinder, für Verwandte und Gesinde Platz geboten.

Jetzt lebten nur noch Anna und Albert auf dem Hof. Als Krug sie durchs Fenster beim Mähen sah, Anna mit ihrem großen Strohhut, beide mit den sicheren Bewegungen der gewohnten bäuerlichen Arbeit, da dachte Krug, dass sie die Schattenseiten ihres Daseins meist verleugneten. So derzeit Albert die Trauer um seine beiden Katzen, die die Nachbarn vergiftet hatten. Sie haben es nicht ertragen können, sagte Albert, dass Molli und Melli hergesprungen sind, wenn ich sie gerufen hab. So Anna, die an der Schublade des Küchentisches saß und zehn Tabletten schluckte. Morgens zehn, mittags zehn, abends zehn. Die Diabetes, weißt, die Knochen, weißt.

Krug hatte Anna und Albert zum ersten Mal aufgesucht, als er eine Reportage schrieb über Niederbayern und seine Menschen. Krug hatte mit Industriellen gesprochen, mit Professoren, mit Künstlern und Bauern. Mit Anna deshalb, weil sie sich eines Tages an ihren Küchentisch gesetzt hatte, um ihr Leben in Schulheften aufzuschreiben. Diese vier Kladden hatte der Hausarzt einem befreundeten Verleger gegeben und der hatte daraus ein Buch drucken lassen. Denn Anna hatte beschrieben, wie sie als achtjähriges Kind durch den Kindbett-Tod ihrer Mutter in eine für die meisten Menschen unvorstellbare Erwachsenen-Existenz hineingestürzt wurde. In die Existenz einer Bäuerin. Anna, die Achtjährige, stürzte und hatte keine Zeit, sich aufzuraffen. Man holte ihr einen Schemel, damit sie in den Kochtöpfen rühren und in die Waschbutte reichen konnte. War das Kraut angebrannt oder das Geselchte nicht gar, gab es Kopfnüsse vom Vater und Püffe von den großen Brüdern. Die kleineren Geschwister hingen Anna plärrend am Rock. Anna wurde gejagt, obwohl sie noch nicht laufen konnte. Sie wurde brutal niedergehalten von der Arbeit in Haus und Hof. In die Schule konnte sie nur selten gehen, wollte auch bald nicht mehr, denn sie wurde wegen ihrer mangelnden Fortschritte gehänselt. Immerhin lernte sie lesen und schreiben. Daheim lernte sie zu überleben. Unter den rohen Schlägen, den verzweifelten Wutausbrüchen des Vaters lernte Anna, sich in sich selbst zurückzufalten wie eine Blume am Abend. Sie lernte, innerlich Augen und Ohren zu verschließen, sich zu ducken unter das für sie Unbegreifliche. So blieb sie trotz allem Anna. Auch als sie später vom elterlichen Hof in fremde Dienste gegeben wurde und der fremde Bauer sie wollte. Der Hammel hat mich nicht gekriegt, sagte Anna. Obwohl sie als Arbeitsvieh gehalten wurde, war Anna nie Gebrauchsgut. Sie gehörte sich selbst. Ausschließlich.

Und Anna heute? Entlastet von harter Arbeit, aus hoffnungsloser Armut zu Wohlhabenheit gekommen, ist sie doch immer Anna. Es erstaunt sie am allermeisten, dass ihre Schreibkladden jetzt ein Buch füllen, das bald dreihunderttausendmal verkauft wurde, in fremde Sprachen übersetzt. Dass sie, Anna, dafür einen Haufen Geld bekommt. Dass sie eingeladen wird, vor vollen Sälen zu sprechen. Sie kann wegen ihrer Diabetes nicht mehr lesen, will auch gar nicht, Anna hat nie in ihrem Leben ein Buch gelesen, aber den Leuten erzählen, wie es war, das fällt ihr leicht. Stell dir vor, sagte Anna, mir, die ich immer das Maul halten musste, mir hören studierte Leute zu. Anna scheute sich auch nicht, in Talkshows zu erzählen, wie die Leute im Dorf es trieben. Miteinander und durcheinander. Ich hab immer die Wahrheit gesagt, sagte Anna. Am schönsten war die erste Flugreise ihres Lebens. Das ist schon lustig, wenn du mit achtundsechzig zum ersten Mal fliegst, sagte Anna. Von München nach Hannover. Grad stürmisch war es, geschaukelt hat es, und als sie drunten war in der Stadt, da sind die Mülleimer durcheinandergerollt. Das hat mir gefallen, sagte Anna. Es erstaunt sie, dass die Leute, vornehme Leute, sie mit Blumen abholen, ihr herzlich und höflich begegnen. Anna hat das anders gelernt. Noch mit zwanzig, als sie den Albert geheiratet hat, waren Demütigungen an der Tagesordnung. Albert ging in den Krieg. Anna, hochschwanger, ackerte auf dem Feld. Die alten Onkel und Tanten daheim, denen der Hof gehörte, durchsuchten Annas und Alberts Zimmer nach Spuren der jungen Liebe. Bleich in ihrer Entrüstung lasen sie Alberts Briefe vor, fanden sie Präservative, holten sie Anna als Angeklagte dazu. Als das erste Kind geboren war, musste Anna weiterhin auf dem Feld Männerarbeit verrichten. Als das Kleine zu laufen begann, banden die Alten es am Tischbein fest. 1944 kam Albert zurück aus dem Krieg, mit zerschossenem Hals. Jetzt, da er den Alten nicht widersprechen konnte, widersetzte er sich umso heftiger. Die Alten ließen ihn schließlich machen. Anna, versöhnlich, rasierte den Onkeln die Bärte, rauchte den Zahnlosen die Pfeife an, verband der Tante die offenen Beine. Hausarbeit, Stallarbeit, Feldarbeit. Der Herrgott mag die Bauern nicht, sagte Albert. Ich möchte nie mehr eine Bäuerin werden, hatte Anna in ihr Buch geschrieben. Unser Leben wurde uns gestohlen, das sagten sie beide. Erst jetzt, da sie siebzig sind, haben sie Zeit zum Ausschlafen. Ihr Land ist verpachtet. Wenn Anna beim Nachbarn Milch holen will, stemmt der die Arme in die Hüften: Warum habt ihr die Kühe verkauft, ha?

Sie haben beide keine Kraft mehr. Vor allem Annas Körper kann nichts mehr leisten. Operationen, drei Krankenhäuser in den letzten fünf Jahren. Zig Ärzte behandeln die Bäuerin. Die Heilige Ölung hilft auch nicht. Oder doch? Als Anna schließlich wieder heimkommt, stellt Albert einen Stuhl mitten in die Küche, damit Anna auf dem Weg vom Herd zum Tisch rasten kann. Als Anna andere Bäuerinnen trifft, erwidern die nicht ihren Gruß. Sie sind enttäuscht, dass Anna immer noch lebt. Nach so langer Krankheit hat der Mensch zu sterben.

Doch Anna sieht das Blühen um sich, den Frühling, sie hört den Wind ums Haus gehen und ahnt die Wärme, die Fruchtbarkeit. Sie sieht die Bosheit, den Neid und den Tod. Sie zeigt Albert, wo ihr schwarzes Brautkleid hängt, das sie im Sarg wieder tragen will. Und dann setzt sie sich an den Tisch und schreibt in die Kladden so viele Wörter, wie sie das in ihren Schuljahren nie tun konnte. Sie schreibt es für die Kinder auf. Niemals hab ich denkt, dass andere das lesen, sagt Anna.

Krug hatte Annas Buch gelesen. Die einfache poetische Sprache hatte ihn gefesselt, mehr noch die Sachlichkeit, die Gelassenheit, mit der Anna ihr Leben beschrieb. Krug suchte in Annas stillem schönen Gesicht das kleine Mädchen, das so radikal und endgültig aus seinen Kinderträumen gerissen und seitdem nicht mehr zum Träumen zugelassen wurde.

Wenn Krug bei schönem Wetter auf der Terrasse schrieb, kam Anna leise, um die Blumenkästen und Töpfe zu wässern, in denen sie ihre Blumen hätschelte. Die Geranien, die Fuchsien, die Margeriten, Lupinen und Akeleien loderten über die Brüstung der Terrasse. Na, sagte Anna, wie geht es deinem *Kaiser von China*? Kriegt er nun die Shin Lan oder kriegt sie der Wang? Krug erklärte Anna, dass sich der Kaiser gerade mit seinem Minister über die Kriegsstrategie unterhalte und keine Zeit für Liebesgeschichten habe. »Halt dich aber nicht zu lange bei dem Krieg auf«, sagte Anna ernst und runzelte die Stirn, »wenn die Leut mehr über die Liebe wüssten, bräuchten sie keinen Krieg.«

Später rief Anna zum Essen. Auch von der Küche aus sah Krug wieder in Blüten. Anna hat das Haus mit Blüten umzingelt, sagte Albert. Damit wir nicht wegkönnen. Anna hatte ein Hähnchen gebraten. Selbst gefüttert mit Weizen und selbst geschlachtet, Hals umgedreht, Kopf abgeschnitten, fertig. Dass du das kannst, Anna, sagte Krug. Das könntest du auch, Michl, wenn du es müsstest.

Sie aßen schweigend, ernst und viel. Beim Abwasch sagte Anna zu Krug, dass eine Fotografin sich angesagt habe. Die will mi durchfotografiern, sagte Anna, und Krug hörte das Kopfschütteln in ihrer Stimme.

Nach dem Abwasch lockte Anna Krug in die Erdbeerbeete. Komm, gehst mit, hast Bewegung. Krug wusste nicht recht, was er in den Erdbeerbeeten sollte, aber er wusste, wie gern Anna jemanden um sich hatte. Und das musste nicht immer Albert sein. Als sie vorsichtig die Hühnergatter schlossen und sich in die strohbedeckten Rabatten hockten, fielen Krug die Erdbeerbeete seiner Kindheit ein. Die gehörten nicht immer zum elterlichen Garten, und er musste hastig die roten Früchte unter den Blättern wegreißen, denn die Besitzer waren durchaus an ihren Erdbeeren interessiert. Wie Anna, die ihm erklärte, dass sie den ganzen Sommer hindurch Erdbeeren habe, bis in den Herbst.

Anna fror die Erdbeeren ein und brachte sie den drei Töchtern, die in München leben. »Gott sei Dank haben die ein anderes Leben, als ich es gehabt habe«, sagte Anna. Keines der Mädchen sollte und wollte je den Hof übernehmen. Auch Albert, der ein »ausgesprungener Pfarrer« war, wurde nur gezwungenermaßen Bauer: Ich war der dümmste Bauer weit und breit, sagte Albert. Meine Töchter haben alle Ende Juli Geburtstag. Mitten in der größten Arbeit. Die Schlauen richtens ein wie in der Bibel. Um Mariä Verkündigung machen sie die Kinder, dann kommen sie um Weihnachten auf die Welt, und die Bäuerin kann den ganzen Sommer durcharbeiten. Ich blöder Hammel, sagte Albert, stand mit der ganzen Arbeit da. Und heut mach ich mir Vorwürfe, dass ich die Anna, wenn sie schwanger war, immer so schwer hab arbeiten lassen. Da hab ich mich versündigt, sagte Albert.

Überm Pflücken und Reden war ein Wind aufgekommen, der die Bäume bog und die Sträucher peitschte. Von den Nachbarhöfen hörte Krug das Quieken der Ferkel, die Kühe muhten und die Bauern beeilten sich, das Heu einzubringen, alle Türen und Tore zu schließen. Hinter dem Haus sammelte Albert schon Krugs Manuskriptseiten ein, denn mit dem

Wind war nun nicht mehr zu spaßen. Und es blitzte und donnerte. Anna und Albert fürchteten Gewitter. Als Bauern wussten sie, dass es häufig in die Gehöfte einschlug und alles niederbrannte. Die ersten dicken Tropfen waren dann schließlich der Auftakt zu einem Unwetter, das in ganz Bayern und Baden-Württemberg Überflutungen und großen Schaden anrichtete. Albert schaltete alle Elektrogeräte aus. Mei, sagte Anna, wie werd die Fotografin herkemma?

Sie kam gerade zum Abendessen. Die Straße zwischen Eggenfelden und Dietersburg, so berichtete sie, war derart überflutet, dass sie in einem Gasthaus vier Stunden auf die Weiterfahrt warten musste. Sie hatte von dort auch angerufen, aber Albert und Anna hatten mit Krug in der Gästewohnung im ersten Stock gesessen. Dort hörte man das Telefon nicht, das in der Küche auf dem Fernseher stand.

Als die Fotografin sich ungezwungen mit an den Tisch setzte, wurde Krug klar, dass er versucht hatte, sich von ihr eine Vorstellung zu machen. Er kannte zwar eine Reihe Fotografen in München, hatte mit einigen zusammengearbeitet, aber Alissa Hansen kannte er nicht. Krug schätzte sie auf Mitte zwanzig. Sie war schmal und flach wie ein Junge, wirkte trainiert. Wie hätte sie auch sonst die Stative, die Lampen und die verschiedenen Kameras schleppen können, die für eine Fotoreportage gebraucht wurden. Braun gebrannt war die Haut dieser Alissa, und sie hatte einen Lockenkopf, auf dem sie einen Teil ihres Haares wie einen Pinsel in die Höhe gebunden hatte. In ihrer Spitzenbluse, den speckigen Bundhosen und den Westernstiefeln an den staksigen Beinen sah sie wie eine bildschöne Vogelscheuche aus.

Anna und Albert schienen sich für das Äußere ihres neuen Gastes nicht zu interessieren, und Krug genierte sich, dass er Alissa so angestarrt hatte. Alissa, sagte Albert, Alissa, ein schöner Name. Krug meinte, dass seine Generation eben ihren Kindern hübschere Namen ausgewählt habe als die ältere Generation. Ich würde genauso gerne Anna heißen, sagte Alissa kauend. Wenn man bedachte, dass sie direkt aus einem Wirtshaus kam, bewies sie einen erstaunlichen Appetit. Diese junge Frau, fand Krug, war nicht von der gnadenlosen Ignoranz, die Zwanzigjährige oft gegenüber Älteren an den Tag legen. Mit Anna und Albert jedenfalls sprach Alissa neugierig und liebevoll. Sie drang rasch und herzlich in deren Leben ein und war den beiden willkommen. Die üppigen Locken des Mädchens erinnerten Krug an die Tänzerin Sharon. Das Gesicht Alissas dagegen, die Augen, deren Blick sich nicht einfangen ließ, der unverbindliche Puppenmund ließen Krug schmerzlich an Birke denken. Ihm wurde bewusst, dass die Tänzerin, an die er immer wieder dachte, dass diese Frau seine inneren Dialoge mit Birke zumindest unterbrochen hatte. Durch mühsames Recherchieren hatte Krug herausgebracht, dass die Tänzerin unter einem Künstlernamen auftrat, dass ihr wirklicher Name Sharon war. Sharon Weil. Immer wieder versuchte Krug, sich mit diesem Mädchen auseinanderzusetzen. Waren ihre Augen nicht spöttisch gewesen, die Mundwinkel voll Ironie? Umstellt von Männern schien sie ganz in ihren Tanz versunken. War sie ohne Moral, unempfindlich für die Blicke? Derartige Fragen hatte Krug sich noch niemals in einem Nachtclub gestellt.

Krug schien es plötzlich, als seien die Männer in

der Bar, auch er, Krug, nackt gewesen. Ihm war, als hätten sie alle um Sharon herumgetanzt, jeder Einzelne, und Sharon hätte mitleidig applaudiert im Nonnenkleid.

Geh zu, Michl, wo bist du denn in deinen Gedanken? Albert fragte es und Krug wusste, dass er keine Antwort erwartete. Krug spürte plötzlich, dass er müde war und zu viel Bier getrunken hatte. Als er vom Tisch aufstand und sich für die Nacht empfahl, sagte die Fotografin plötzlich: Du schreibst Hörspiele, nicht wahr?

Es tat Krug gut, dass die Fotografin ihn kannte.

Die alten Bauernbetten, die in Krugs Zimmer standen, schienen ihm heute wie Wogen im Ozean, weiß und schwebend. Krug ließ sich darin treiben, schläfrig hörte er, wie Albert und die Fotografin über den Hof gingen. Offensichtlich half Albert ihr, die Ausrüstung ins Haus zu tragen. Krug hörte, wie das Mädchen nach dem Telefon fragte.

Natürlich hat sie einen Kerl, was denn sonst, dachte Krug im Halbschlaf. Sie hatte bestimmt Spaß am Vögeln. Krug machte sich nie Gedanken darüber, ob und wie andere es miteinander trieben. Dazu war die Gewissheit in ihm zu stark, dass nur einer auf der Welt es richtig könne. Er. Krug. Doch hatte er allzu lange brachgelegen. So würde es jedenfalls Albert ausdrücken. Albert kannte schöne Ausdrücke fürs Liebemachen. Aufiroasn. Das hatte Birke ihm, Krug, verleidet. Sie hatte es zu etwas Unwichtigem gemacht, zumindest, was andere Frauen anging. Manchmal fürchtete Krug, dass er nur noch in eine Richtung schauen könne. In Richtung Birke. Neuerdings trug er sogar ein Foto von ihr bei sich, das jetzt neben ihm auf dem Nachttisch stand. Die Kinder waren auch darauf, als Ablenkungsmanöver.

Krug hörte Schritte auf dem Gang. Keineswegs leise kam Alissa über den Flur, klopfte und sagte hallo.

Deine family? Sie nahm das Foto von seinem Nachttisch.

Deine Frau arbeitet bei Cosmo, nicht? Krug nickte.

Kann ich bei dir schlafen? Mein Herr Freund geht nicht ans Telefon und ich weiß auch, warum, sagte Alissa.

Ihr quält euch wohl, wie? fragte Krug.

Darauf kannst du Gift nehmen, sagte Alissa, ohne die Stimme zu verändern, doch Krug sah, dass ihre Lippen bebten.

Krug kannte diesen Schmerz. Seine Panik, wenn er bei Birke anrief, immer wieder, manchmal bis drei Uhr in der Nacht. Wie sich ihm die Nackenhaare aufstellten, wie sein Herz dröhnte bis in seine Ohren hinein. Noch heute konnte er die Abwesenheit Birkes von ihrer Wohnung nicht aushalten. Er machte den Schmerz für sich erträglicher, indem er niemals abends bei seiner Frau anrief. Krug wusste, dass Birke nicht zu ihm zurückkommen würde. Aber er glaubte es nicht.

Er spürte, dass Alissa ihn ansah. Sie lag lang ausgestreckt auf dem Bett, die Arme im Nacken verschränkt. Scheinbar unbeteiligt. Du, sagte sie plötzlich, könnten wir nicht miteinander schlafen?

Lass dir von einem alten Mann sagen, dass das

deinen Herrn Freund auch nicht treuer machen wird, sagte Krug.

Alissa richtete sich auf und begann, Krugs Brustspitzen zu streicheln.

Aber mich macht es müder, sagte sie mit gewollter Frivolität, die ihr seltsamerweise etwas Kindliches gab, das Krug gefiel.

Findest du nicht, sagte er deshalb väterlicher, als es ihm zumute war, findest du nicht, dass das heutzutage ein gefährliches Schlafmittel ist?

Alissa hörte mit dem Streicheln auf und erklärte Krug, dass sie es ihm sogar schwarz auf weiß zeigen könne, dass sie nicht infiziert sei. Sie habe vor zwei Jahren nach einem Autounfall eine Transfusion gebraucht, und dieses Blut sei noch nicht geprüft gewesen. Darauf habe die Klinik sie vor vier Wochen angeschrieben und sie zum Aids-Test gebeten. Ganz lieb waren die mit mir, sagte Alissa, die haben mich behandelt wie ein rohes Ei. Und ich muss dir sagen, die zehn Tage, bis ich das Ergebnis hatte, die waren nicht komisch.

Krug sagte, dass er sich das gut vorstellen könne.

Ja und du, fragte Alissa, treibst du es denn ohne Gummi? Krug verneinte etwas lahm. Er hatte im Kopf die Vorstellung, in einem Auto zu sitzen, bei dem die Bremse nicht ging. Krug träumte so etwas manchmal und er erinnerte sich jetzt genau an das Gefühl einer Befürchtung, die nicht unangenehm war. Krug hatte keine Lust auf Alissa, höchstens ein wenig Neugierde auf ihre braune Haut. Da Krug ohnehin nackt schlief, teilte Alissa ihm die Weichheit und Kühle ihrer Haut mit. Auch einen seltsamen Zimtduft. Als sie im selben Moment wie Krug spürte, dass sein Körper reagierte, warf sie sich auf ihr Bett zurück. Krug sah, dass sie auf dem flachen Körper große Brustspitzen hatte mit dunklem Hof, zwischen den schmalen Knabenschenkeln buschiges Schamhaar.

Komm, jetzt, machs, kommandierte Alissa heftig. Sie forderte, dass er ihre Brustspitzen rieb. Fester, viel fester, tausendmal fester. Sie befahl seiner Zunge, dann Händen und Zunge zugleich. Krug tat, was sie wollte. Er tat es wie ein Zuschauer, der vom Showmaster auf die Bühne gebeten wird.

Doch er roch auch den Zimtgeruch, das ganze Zimmer schien davon erfüllt, rosabrauner Zimt überall. Zimtnebel senkten sich auf Alissa, befeuchteten ihre Haut, den flachen Bauch, die Grube des Nabels. Sekundenlang wünschte sich Krug, Zärtlichkeit für Alissa zu empfinden, genug Zärtlichkeit, um ihre Kraft, ihre Wildheit, den kleinen festen Po zu preisen. Krug konnte seine Teilnahmslosigkeit kaum mehr ertragen. Zumal die Schreie Alissas ihn anfielen. Es wäre ihm lieber gewesen, schuldlos daran zu sein. Schon wegen Anna. Ja. Vor allem wegen Anna. Doch jetzt waren Alissas Schreie offenbar nicht mehr abzuschaffen, sie warf sich, sie schrie, dass er jetzt kommen solle, und Krug ließ einen anderen sich auf Alissa zu Tode reiten. Er selber war nicht dabei.

Als Krug gegen drei Uhr zum Pinkeln ins Bad ging, stand Albert vor dem Trichter. Über die Schulter fragte er Krug: Geh zu, Michl, hast du Widerhaken dran?

In seinem Bett rollte Krug sich zusammen. Ihn fror. Er hätte so gern ein zimtbraunes Liebesabenteuer gehabt. Aber mit Birke. War es das Alter, das ihm

Wünsche zurückbrachte, die ihm zwei Jahrzehnte lang lächerlich, romantisch, spießig und konventionell erschienen waren? Krug hatte seine Träume jahrelang vergessen geglaubt, er hatte sich sogar grinsend von ihnen verabschiedet. Und nun waren sie wieder da, wurden immer größer, drängender. Und Krug fühlte sich bereit, alle Umwege zu verleugnen, zurückzukehren zu den frühen Träumen. Doch Birke war von den Irrungen verletzt, sie blieb unversöhnt.

Jedenfalls redete Krug sich ein, dass er Birke wieder versöhnen könne. Wie ein Kind, das einen mühsam gebauten Turm aus Bauklötzen umwirft, um ihn wieder aufzubauen, wie ein Kind wollte Krug wieder von Birke geliebt werden. Seine Lieblingsformulierung: Es war schön, es war gut, nur wussten wir es nicht. Heile heile Segen, drei Tage Regen, drei Tage Schnee. Tut auch nicht mehr weh.

Krug wollte darangehen, die verlorene Welt wieder neu zu errichten. Überall wurde nach Zerstörung wieder aufgebaut. Zu neuen Ufern lockt ein neuer Tag, sagte Johann Wolfgang von Goethe, und Krug nahm die Verheißung als Verpflichtung gegenüber Birke. Er, Krug, musste ein anderer werden. Wieder mal ein anderer. Er war nicht gut genug. Nicht für Birke, nicht für neue Ufer. Die Tänzerin in der Bar, diese junge Frau war unangreifbar, sie hatte eine Haut aus Glas. Krug war seltsamerweise sicher, dass Sharon sich nicht bücken würde, um durch die Welt zu gehen. Er, Krug, fühlte sich zeit seines Lebens im Schwitzkasten, brutal niedergehalten von Großen, Lauten, Starken. Hatte das erst mit dem Elefanten angefangen?

## 2

Eine von Michael Krugs ersten Erinnerungen war das dunkelgrüne Licht der alten Eisenbahnunterführung, in der er jeden Tag auf seinem Weg anhielt. Die Treppen, auf denen er in den Tunnel hinunterstieg, waren steil für seine noch kurzen Beine. Michael musste den Henkelmann mit dem Essen für seine Mutter von sich weg halten. Er hatte es oft auf seine Kleider verschüttet und Schläge gekriegt. Das störte Michael wenig, denn seine Mutter schlug so ungeschickt, dass es ihr selbst am meisten wehtat. Sagte sie jedenfalls. In dem Friseurgeschäft der Mutter, vor den Frauen mit den Papilloten – und Michael spürte, dass es viel mehr diesen Frauen galt als ihm –, hielt die Mutter Predigten: Es ist Krieg, Michael. Wir schicken alles an die Front, was wir entbehren können. Jeder muss seine Sachen in Acht nehmen.

Ein Foto zeigte den fünfjährigen Michael im Winter 1941. Soldatenmantel und Käppi. Mein kleiner Soldat Michael, hatte seine Mutter in Sütterlinschrift daruntergeschrieben. Ein Abzug dieses Bildes war seinem Vater an die Front geschickt worden. Michael hätte statt des kratzigen Soldatenmantels lieber eine Uniform gehabt wie sein Großvater, der Lokführer. Wenn der Großvater, viel zu selten, ihn mitnahm in das riesige geheimnisvolle Stellwerk über den schimmernden Schienensträngen, wenn der Heizer Stoffel den Lokführer Schäfer respektvoll grüßte, dann hätte Michael auch gern die Hand an so eine Mütze gelegt. Michaels Großvater sprach wenig, aber er war hinter den Weibern her. Seit Michaels Großmutter tot war, hatte sich etwas verändert im Haus. Michael spürte es, obwohl er noch klein war. Er spürte die Blicke der Verwandten, das Tuscheln, die Spannung zwischen Großvater und Mutter, die Michael nicht zu benennen wusste. Michaels Großmutter hatte sich aufgehängt, doch niemand im Haus wollte es wahrhaben. Aber Michael hatte es trotzdem erfahren. Du bist schuld an Mamas Tod. Michaels Mutter schrie es dem Großvater ins Gesicht, als der ihr eine andere Todesanzeige reichte, die Nachricht vom Tod des einzigen Sohnes, Mutters Bruder Carl. Hier, das hast du nun von deinem Herrn Hitler. Ganz leise war die Stimme des Großvaters gewesen. Michael hatte ihn kaum verstanden, die Mutter wohl umso besser. Ihr Schrei trieb Michael in seine Unterführung, hallte bis dorthinein, brach sich an den grünbemoosten glitschigen Quadern. Michael war häufig hier, nicht nur auf dem Weg zu seiner Mutter. Wenn andere Leute die Treppe zur Unterführung betraten, ging Michael rasch hindurch. Es war nur *seine* Unterführung, wenn sie leer war. Er fühlte sich dann allein, für kurze, grünschimmernde Momente gehörte er nur sich selbst. Wenn dann noch die Mauer, an der er lehnte, leise erbebte, wenn ein sanftes, immer tieferes Grollen einen Zug ankündigte, dann rissen Glück und Grauen Michael hoch, und unter dem vielfach sich brechenden Donner des über ihm hinwegratternden Zuges stürzte Michael hinaus ans Licht.

Als Michaels Großmutter sich erhängt hatte, kam Tante Flora ins Haus. Sie war nicht sehr schön, doch der Großvater sagte trotzdem Florfina zu ihr, was Michaels Mutter misstrauisch machte. Man muss sich ja schämen, sechzig Jahre alt und keinen anderen Gedanken im Kopf als Weiber. Michael konnte deutlich in den Augen seiner Mutter lesen, was sie über seinen Großvater dachte. Doch sie sprach es nie mehr aus. Michaels Mutter sprach überhaupt wenig, seit Hitler tot, der Krieg aus und Deutschland besetzt war. Eines Tages, als Michael wieder das Essen für Mutter ins Friseurgeschäft brachte, war sie nicht da. Ihr Kittel hing über einer Frisierhaube. Kundinnen, Papilloten und Dauerwellwickler im Haar, standen beieinander vor der kleinen Ladentheke. Als Michael reinkam, sagte Beckers Friedchen, dass seine Mutter eben abgeholt worden sei. Von vier Herren, sagte Beckers Friedchen.

Sie war schon alt und leckte sich unablässig ihre fast unsichtbaren Lippen. Wenn sie aufgeregt war, so wie jetzt, leckte sie noch rascher. Es ist, sagte sie heiter zu Michael, wegen der Frauenschaft, der NS-Frauenschaft, du weißt schon. Natürlich wusste Michael. Er wusste es vor allem von den Fotos, die seine Mutter in der Uniform einer NS-Frauenschafts-Führerin zeigten. Es gab auch welche, auf denen er, Michael, im Kindergarten stand, beim Hitlergruß. Er hielt die Hand schön hochgestreckt und blinzelte in die Sonne. Und an den Gruß konnte er sich noch genau erinnern: Wir grüßän unsarn Führäi, Heil Hitlär. Das Foto Hitlers und das Bild vom Obersalzberg hingen jetzt nicht mehr im Wohnzimmer.

Gegen Abend kam Michaels Mutter heim. Ohne mit jemandem zu reden, ohne jemanden anzusehen, ging sie ins Schlafzimmer. Großvater nahm Michael mit aufs Stellwerk, und er durfte im Führerstand der Rangierlok mitfahren.

Wenige Tage später ging Michael mit Manni, Hansi und Norbert zum Steinbruch. Beckers Margot kam mit und Birgit, die Tochter vom Doktor Bachmann. Sie klaute ihrem Vater immer Verbandszeug und Jod zum Doktorspielen. Auch Heidi und Billie Welling gingen mit. Sie durften abends immer bis zur Dunkelheit auf der Straße spielen und mussten nie ihre beiden jüngeren Schwestern hüten, denn sie hatten ein Dienstmädchen. Ihre Mutter schrieb für den *Kölner Stadtanzeiger*, fuhr Motorrad und rauchte. Ihr Vater war abgehauen, hieß es. Er habe die vielen Weiber daheim nicht ausgehalten. Dafür hatten Heidi und Billie aber einen Großvater, der ein berühmter Professor war und riesige Bilder malte, die in Köln im Museum hingen. Michael war gern bei den Wellings, weil es bei ihnen so angenehm unordentlich zuging. Die Kinder mussten nie aufräumen, die Mutter und das Dienstmädchen ärgerten sich nicht darüber. Das ist eine polnische Schlampe, sagten die Leute. Michael hätte es gern gehabt, wenn seine Tante Flora auch eine polnische Schlampe gewesen wäre. Sie fuhr ihm mit ihrem Scheuerlappen überall hinterher und hätte am liebsten die ganze Familie in den Keller gesperrt, wenn sie geputzt hatte. Und das Gezeter, wenn etwas dreckig oder kaputt an Michael war. Die Wellings durften daheim alles bemalen, sogar die Türen und Fenster. Im Winter durften sie Kniestrümpfe anziehen und Schnee essen. Sie mussten nicht in die Kirche gehen und durften dem Lehrer patzige Antworten geben, ohne dass ihre Mutter sie deshalb verdroschen hätte.

In der Kiesgrube angekommen, machten sie alle erst einmal Wettpinkeln. Michael war gut dran, er hatte gerade ein großes Glas Waldmeisterbrause von Flora bekommen. Heidi wollte auch im Stehen pinkeln. Sie stellte sich breitbeinig hin, schob das Becken vor und den Zwickel ihrer Hose beiseite, doch das brachte nichts, und sie zog verärgert ihren nassen Schlüpfer aus. Manni hatte eine Flasche Apollinaris dabei zum Wettrülpsen, doch das Wasser war warm und Manni spie es aus. Er hatte Lust auf anderes. Flicken ohne L machen. So nannte es Birgit, sachlich. Michael war das Wort peinlich, aber Lust hatte er auch. Und so suchten sie sich Büsche oder dicke Steinquadern, um zu zweit zu verschwinden. Doch zuerst losten sie mit Streichhölzern, die von den Mädchen in der rechten oder linken Hand versteckt wurden. Alle fügten sich rasch dem Schicksal, und Michael hatte schon wieder Glück, denn er gewann Billie. Sie hatte die schwärzesten Haare, die stupsigste Nase und die frechste Klappe im ganzen Ort. Michael glaubte ihr, dass sie nach Amerika fahren, sich einen reichen alten Mann suchen und den totkitzeln würde. Mit Billie hatte Michael es noch nicht gemacht, nur mal mit Birgit, aber da hatte deren Oma sie gerufen und es war aus. Aber heute, im Steinbruch, rief sie niemand. Michael wurde ganz heiß im Bauch. Es dauerte ihm zu lange, bis sie inmitten eines Busches hockten und sich sicher fühlten. Von den anderen war nichts mehr zu sehen. Billie hatte schon den Schlüpfer herunten. Sie zeigte Michael alles. Es brennt, du musst Salbe dran tun, sagte Billie, und Michael kannte sich aus. Er tat Spucke auf seinen Zeigefinger und bestrich Billie damit, immer wieder, solange sie stillhielt. Jetzt du, sagte sie, und er knöpfte den Latz seiner Lederhose auf.

Billie sagte, der von Hansi sei größer, aber das mache nichts. Ihm, Michael, machte es wirklich nichts, es war ihm richtig schwindlig, so schön war es.

Plötzlich hörte er eine quiekende Stimme. Kuckt mal, die Säue. Ein großer Junge riss Michael hoch und schlug ihm mit der Faust ins Gesicht, dass sofort das Blut aus der Nase kam. Der nächste Faustschlag traf ihn am Auge, und für einen Moment sah er rote und schwarze Sterne. Billie schrie und die anderen kamen gerannt, auch die Freunde des Großen. Vergreift sich an kleinen Kindern, sagte einer und spuckte aus. Michael erkannte jetzt auch den Schläger, dem Billie Schimpfwörter nachschrie. Michael hielt sich Billies Schlüpfer unter die Nase, denn keiner von ihnen hatte ein Taschentuch.

Am nächsten Morgen kam Michaels Mutter in der großen Pause auf den Schulhof. Michael hatte ihr alles berichten müssen, es war ihm sogar gelungen, das Wichtigste wegzulassen. Seine Mutter war so außer sich über sein geschundenes Gesicht, dass sie nur den Namen des Jungen wissen wollte. Michael sah mit Unbehagen, wie sie den Schulhof absuchte, von niemandem beachtet. Dann entdeckte sie den Jungen, der gerade in einen Apfel biss. Sie ging wortlos auf den Gleichgroßen zu, fuhr ihm in die Haare, riss seinen Kopf herum und schlug darauflos. Ihr müssen die Hände wehtun, dachte Michael, nur um was zu denken. Das konnte sie doch nicht machen, sie sollte aufhören. Inzwischen waren alle Schüler um den Jungen und Michaels Mutter herum. Ein Lehrer rannte, den Rektor zu holen. Michael hörte seine Mutter schreien: Wenn du nochmal den Michi anfasst, hau ich dich tot. Der Große wollte zurückschlagen, aber andere Große hielten ihn fest.

Der Rektor kam und sagte, dass Michaels Mutter kein Recht habe, einen Schüler zu schlagen. Die Schläge nimmt ihm kein Pastor mehr ab, entgegnete Michaels Mutter zufrieden. Dann ging sie, und Michael ging neben ihr. Der Rektor brüllte: Die Zeiten, in denen Sie sich alles erlauben konnten, die sind vorbei. Michaels Mutter drehte sich um: Ach, und Ihren Posten in der Gauleitung haben Sie vergessen?

Eine Zeit lang ging Mutters Friseurgeschäft nicht so gut. Doch sie machten sich nichts daraus. Der Laden musste ohnehin renoviert werden. Es waren Sommerferien, Michael half beim Tapezieren. Das war ihm lieber, als wenn er, angetan mit einem Kittel, den sie für ihn genäht hatten, Friseur spielen musste. Seine Mutter machte ihm dann einen widerlichen Wasserscheitel, und er hatte die Haare aufzukehren, die ständig auf dem Boden lagen. Er musste den Kundinnen Friseurumhänge umlegen und die beiden Waschbecken sauber halten. Wie er es hasste, wenn die Frauen »na du kleiner Frisör« zu ihm sagten.

Michael wusste inzwischen, dass sein Vater vermisst war und wohl nicht aus dem Krieg zurückkommen würde. Konrad Adenauer, den die Mutter Fuchs aller Füchse nannte – und darin war sie sich zum ersten Mal einig mit dem Großvater –, dieser Konrad Adenauer, der für Michael aussah wie ein Hunnenkönig, holte die Kriegsgefangenen aus Russland zurück. Nur Michaels Vater nicht. Seine Mutter nahm Michael mit zu dem Hellseher Hanussen II. Der bekam Geld dafür, dass er sah, ob die Vermissten noch lebten oder nicht. Er sagte für fünfzig Mark, dass er Michaels Vater noch sehe, und damals glaubte es Michael, und auch seine Mutter glaubte es noch. Bis dann der Elefant kam. Da glaubte Michaels Mutter gar nichts mehr.

Michael lernte amerikanische Besatzungsmacht und amerikanische Kaugummis kennen. Er hatte gesehen, wie größere Kinder Silberschmuck mit Schlämmkreide putzten. Sie wollten, so sagten sie, den Schmuck Amerikanern bringen, die auf der Kölner Straße, direkt vor Sartorius' Villa, angehalten hatten. Michael ging hinter den anderen her. Er sah die Panzer, die Soldaten, die sich fremde Wörter zuriefen. Michael stand stumm da und er hatte Angst. Als ein schwarzer Soldat ihm die erste Orange seines Lebens gab, rannte er rasch mit der Orange weg. Er zog sich mit dieser goldenen Wunderkugel zurück auf den obersten Speicher des großelterlichen Hauses, aber die anderen fanden ihn. Es wurde gestritten, wie die Orange zu schälen sei. Keinesfalls wie ein Apfel, Orangen schält man in Spalten, sagte einer, der seine Mutter gefragt hatte. Also Spalten. Andere Hände als seine rissen die Spalten voneinander, Michaels Anteil an der goldenen Kugel war ein matschiges, tropfendes Stück Enttäuschung. Er ging aber trotzdem wieder zu den Amerikanern, die inzwischen auf dem Schulhof standen mit ihren Trucks. Und wieder trug Michael eine Trophäe heim. Eine Scheibe Brot, so groß, dass er sie mit beiden Händen wie ein Tablett tragen musste. Von dieser Brotscheibe tropfte langsam und süß ein dicker

Reisbrei. Den entwertete Beckers Friedchen. Mit ihrem schwarz geränderten Zeigefinger beschrieb sie einen Halbkreis auf Michaels Brot, und ihre Zunge schoss vor wie die einer Schlange. Michael gab ihr, was sie entweiht hatte. Obwohl er hungrig war.

Mutter hatte Teppiche und Kleider zu den Bauern gebracht, die sie gegen Speck, Mehl und Eier eintauschten. Sogar das Verlobungskleid von Mutter, das aus blauer Spitze mit den ziselierten Metallspitzen am Gürtel, war jetzt weg und das weiße Hochzeitskleid auch. Zuerst hatte Mutter die Sachen, die ihr viel bedeuteten, an die Bauerntöchter verliehen. Als sie zurückkamen, rochen sie derart nach Kuhstall, dass auch tagelanges Auslüften nichts half. Da trennte sich Mutter endgültig von ihren Kleidern. Es kam nicht mehr darauf an. Im Wohnzimmer der Großeltern und im Fremdenzimmer waren jetzt die Willers, die Reddens und die Gadows einquartiert, Flüchtlinge aus Ostpreußen. In der alten steinernen Küche, die so hieß, weil hier wirklich alles, Boden, Wände, Herd, Tisch und Bänke, gemauert war, hier kochten die Flüchtlinge gemeinsam.

Direkt aus der steinernen Küche führte eine Tür in den Keller. Die Treppe zu dem alten Gewölbe war steil und schmal, sie war auch gemauert. Bei einem Bombenangriff hatte die Mutter Michael aus dem Schlaf gerissen und war mit ihm in den Keller gerannt. Sie hatte ihren langen Morgenrock an, und in der Hast trat sie in den Saum. Sie fiel mitsamt Michael die Kellertreppe runter. Michael glaubte, sich an den Fall zu erinnern. An die Angst vor den Bomben erinnerte er sich genau. Sie hatten das Krankenhaus in Schutt und Asche gelegt, obwohl ein weißes Kreuz unübersehbar auf das Dach gemalt war. Doch sie sagten, dass deutsche Flak die feindlichen Bomber vom Krankenhausdach aus beschossen habe. Michael ging anderntags mit der Mutter hin und sah die Bettfedern in den Bäumen. Alles war zerfetzt worden. Der Operationssaal, die Ärzte, die gerade operierten. Seine Mutter erlaubte ihm, dass er dem toten Soldaten am Schmittenloch die graue Decke vom Gesicht wegzog. Er hatte rote Haare, sein Ohr war seltsam abgeknickt am Gehsteig. Jetzt wusste Michael, was der Tod war.

Mutters Verwandte, die in Köln-Lindenthal ein Juweliergeschäft hatten, waren evakuiert und zogen auch noch ins Haus ein, zu den Willers, den Gadows und den Reddens. Das Haus füllte sich mit Geschichten, Michael konnte gar nicht genug davon hören. Besonders, was die Flüchtlinge vom Treck erzählten, von der Angst, von Vergewaltigung, von Hunger, von Tod. Doch wenn sie von ihren Gütern in Ostpreußen und Pommern berichteten, verzogen die Einheimischen den Mund. Die lügen sich alle Reichtümer in die Tasche, dabei hatten viele nicht mal fließendes Wasser, die legen die Gurken in der Kloschüssel ein. Michael war das unwichtig. Ihn trieb es durch das Haus, jedes Zimmer voller Menschen, voller Schicksal.

Von Hitler sprach niemand mehr, und wenn, dann erstarb das Gespräch in Gegenwart von Michaels Mutter. Michael hörte, dass Hitler ein Verbrecher gewesen sei, dass er schuld war am Krieg, an den Bomben, den Trümmern, dem Entsetzen. Schuld auch daran, dass Michaels Vater immer noch in Russland vermisst war. Michael spürte, dass seine Mutter scheel angesehen wurde, heimlich zwar, aber doch spürbar.

Man gönnte es ihr offenbar, dass sie von der Entnazifizierungskammer bestraft wurde. Sie musste ihr Geschäft schließen für ihre Überzeugung. Sie war immer noch überzeugt. Als Michael sie fragte, ob Hitler ein Verbrecher gewesen sei, erzählte sie ihm von den Dreißigerjahren, von Börsenkrisen und Arbeitslosigkeit und Inflation. »Hitler hat Ordnung ins Chaos gebracht« sagte Michaels Mutter mit schmalen Lippen. »Hitler war kein teppichbeißender Schreihals, er hat die Wirtschaft wieder auf die Beine gebracht, er hat den Menschen wieder Mut gemacht. Auch den kleinen Leuten. Die waren bei ihm die Nummer eins. Aber das verstehst du noch nicht.« Diesen Satz, der unwiderruflich die Gespräche mit Mutter beendete, hörte Michael oft. Er fand seine Mutter ebenso inkompetent wie sie ihn. Er, Michael, hatte ohnehin seinen eigenen Hitler. Der schaute starr und grüßte streng, grüßend trieb er die Soldatenheere vor sich her an die Fronten. Wo waren jetzt all die Mütter, die ihn liebten, deren Kinder ihm Blumen schenkten? Wo waren all die Mutterkreuze? Seine, Michaels Mutter, hatte keines. Trotzdem war sie die Einzige im Ort, die entnazifiziert wurde. Mitläufer waren sie alle, sagte die Mutter verächtlich zu Michael, der sich daraufhin vorstellte, wie sie alle neben und hinter dem grüßenden, streng schauenden Hitler hergelaufen waren.

Mit den Verwandten fuhren Michael und seine Mutter nach Köln, um das ausgebombte Haus der Tante zu suchen. Sie konnten es nicht finden. Überall Trümmer, keine Straßen, nur Steine, verkohlte Steine. Plötzlich rief die Tante: »Da simmer ja! Nein, du ahnst es nicht!« Die Tante deutete auf die Außenmauer eines Hauses, die als Einzige stehen geblieben war. Und einsam, zwischen hellen Flecken, hing im Parterre Hitlers Bild an der efeutapezierten Wand. »Ausjerechnet dä«, sagte die Tante, »ausjerechnet dä is hängen jeblieben.« Mit einem Blick auf Michaels Mutter schwieg sie.

Ansonsten schienen sich die aufregenden Jahre nach dem Krieg von Michael zu verabschieden. Die Flüchtlinge bauten sich eigene Häuser, die aus Köln Evakuierten sangen: Ich mööch zu Fooß no Kölle jon. Die meisten waren schon zurückgekehrt.

Im großelterlichen Haus wohnten jetzt wieder nur Michael mit dem Großvater, Tante Flora und Mutter, die einen Bubikopf trug und nicht mehr hoffte, dass Michaels Vater zurückkäme. Sie wollte ihn sogar für tot erklären lassen. Das empfand Michael als Absage an den Vater, und er wusste auch den Grund dafür. Er wollte es vor sich verschweigen, aber er wusste, dass er sich belog. Die anderen belog er ohnehin, er ließ sich seinen Verdacht nicht anmerken. Als seine Freunde davon anfingen, spuckte er sie an und verlangte, dass sie das zurücknähmen. Sein liebster, wenn auch waghalsigster Gedanke war, dass sich in seinem Leben nichts verändern würde. Doch seine Verstellung wankte bereits, als Manni, Hansi und Norbert ohne ihn eine Oster-Radtour machten. Der Postbote brachte für Michael nach dem Fest ein nässendes Päckchen, in dem drei ehemals wohl grüne, rote und gelbe Wackelpetereier waren, die jetzt formlos vor sich hin stanken. Micha, ich glaub, du kriegst ein Paket mit Scheiße, hatte Tante Flora kopfschüttelnd gesagt. Seit Michael in der Kreisstadt das Gymnasium besuchte, sah er seine Freunde nur noch selten. Doch das hatte auch seine Gründe in den neuen Zeiten, die für die Familie Krug anbrachen, ohne dass Michael es hätte verhindern können.

Die Wachsamkeit, mit der Michaels Mutter den Großvater von Tante Flora fernzuhalten suchte, dies Spähende hatte nun auch Michael, wenn der Elefant zu Besuch kam. Er sah aus wie der belgische Außenminister Paul-Henri Spaak, war aber ein Fabrikant aus Thüringen. Die Kölner Zweigstelle seiner Fabrik war ausgebombt, und nun hatte er im Ort die Villa und die aufgelassenen Lagerhallen des Autohändlers Rosenthal gekauft. Das war erst zwei Jahre her, und der Elefant hatte nicht nur diesen Namen, sondern auch die Stellung eines Mächtigen im Ort. Zwölf Angestellte und dreißig Arbeiter verkauften und reparierten bei ihm Volkswagen, und es hieß, sein Geschäft in Köln werde auch wieder aufgebaut. Die Angestellten waren aber gehalten, darüber nicht zu reden. Der Elefant ist gerissen, hieß es. Der will nicht damit rausrücken, wie viel Geld er hat, damit er vor seinen Leuten jammern kann. Über die niedrige Gewinnspanne, über den Schaden bei den vielen Reklamationen. Der wird vom Schaden dick, spotteten die Leute im Winkel, dem beliebtesten Tanzlokal und Treffpunkt. Schon morgens war die Theke voll von Männern, die schnell ein Bier und einen Korn brauchten, um beim Wirtschaftswunder mitzuhalten. Es spotteten nur die Leute, die nicht beim Elefanten arbeiteten. Und der Spott schlug sofort um in devote Stille, wenn der Elefant in den Winkel kam. Das tat er am Anfang oft. Im offenen Kamelhaarmantel, die Hände in den Taschen seines Maßanzuges, alles von

Salzmann in Köln, den Hut aus dem Jagdgeschäft in der Hohe Straße, so kam der Elefant in den Winkel und bestellte Bier und Korn für alle.

Als er zum ersten Mal ins großväterliche Haus kam, hatte Michael das Gefühl, als käme tatsächlich ein Dickhäuter und träte mit seinen Stampfern alles kurz und klein. Der Elefant fasste fest an Michaels Wange und sagte, was alle blöden Leute sagen: Na, Junge, was macht die Schule? Aber andere blöde Leute packten einen nicht so fest an der Wange, dass es noch lange wehtat. Warum sagte seine Mutter nichts? Die sah wohl auch noch gerührt aus! Michael genierte sich für seine Mutter, weil sie auf das Werbetrompeten des Elefanten so komisch reagierte. Sie konnte, wenn der Elefant da war, vor Getue kaum anständig laufen, und wenn der Kerl weg war, küsste sie ihn, Michael, wie blöd. Das hatte sie früher, Gott sei Dank, nie gemacht.

Vor dem Haus stand sein jagdgrüner Mercedes, weiß bereift. Nicht mal der Doktor hatte so einen Wagen, und es hieß, in Köln habe der Elefant noch einen V 8, auch jagdgrün. Denn der Elefant war Jäger aus Passion, schon im ersten Jahr hatte er in Eckenhagen eine große Jagd gepachtet. Und auf Hirschjagd, so hieß es, fahre er jedes Jahr in die Steiermark. Der Elefant selber sprach nie über sich, er schien es interessanter zu finden, die Leute auszufragen. Von jedem wollte er wissen, wo er arbeite, und möglichst noch, was er verdiene. Das sagte ihm natürlich niemand, doch der Elefant nahm das nicht übel. Grinsend stopfte er noch ein Solei und noch ein kaltes Kotelett in sich hinein. Junge, konnte der was vertragen. Das gefiel den Leuten, wenn man vielleicht vom Feinkosthändler Brühl absah. Ihm hatte man hinterbracht, dass der Elefant sich in den Kölner Feinkostläden eindeckte mit Spargel, Krabben, Kaviar und Räucherlachs. Es hieß sogar, er äße Schnecken und Austern. Die Leute schüttelten sich, doch heimlich bewunderten sie den Elefanten. Nicht nur wegen seines Lebensstils, sondern wegen seiner Cleverness. Obwohl er Volkswagenhändler war, konnte jeder Radfahrer auch zu ihm kommen. Seine Leute besorgten Ersatzteile für alles, was sich drehte. Für Volkswagenbesitzer war sogar ein Sonntags-Service eingerichtet. Je ein Angestellter und ein Arbeiter mussten dann bereit sein, dringende Reparaturen durchzuführen.

Das alles hätte Michael völlig kalt gelassen, wenn der Elefant sich nicht immer frecher an seine Mutter herangemacht hätte. Sie fuhren an die Aggertalsperre zum Mittagessen, danach ins Café Giesselmann zum Eis. Der Elefant ging keinen Schritt zu Fuß und hatte dauernd Appetit. Und vor allem hatte er Durst. Bei jedem anderen hätte es Michael imponiert, was der an Kölsch und Korn in sich reinschüttete. Er aß stöhnend und sprach mit vollem Mund, so dass Michael abends seiner Mutter sagte, er wolle nun nicht mehr mit. Bitte, mir zuliebe, sagte seine Mutter, und schon wieder küsste sie Michael. Was war nur mit der Frau los? Sie genierte sich wohl, allein mit dem Elefanten auszugehen? Michael schöpfte für einen kurzen Moment Hoffnung. Doch schon wenige Wochen später musste seine Mutter ein ernstes Wort mit Michael sprechen. Das Friseurgeschäft wurde verkauft, die Mutter stieg mit dem Erlös als Kommanditistin in die Firma des Elefanten ein.

Obwohl Michael heiße Gedanken durch den Kopf gingen, war ihm kalt. Er dachte, dass sein gut aussehender, schlanker Vater in Russland vermoderte, und hier trampelte dieser Elefant herum und schnappte nach allem, was sich bewegte. Der Großvater hielt sich raus. Deine Mutter muss selber wissen, was sie tut, sagte er. Großvater war so ziemlich der Einzige, der sich raushielt. Der ganze Ort sprach über das Unglaubliche. Der Elefant hat doch in Köln eine Frau, sagten sie. Einen Sohn und eine Tochter hat der auch. Weißwandreifen und Dreck am Stecken. Als in Köln die Mutter des Elefanten starb und er zur Beisetzung reiste, nahm er Michaels Mutter mit, doch die Ehefrau des Elefanten hatte am Grab geschrien, wie die Hure es wagen könne. Michael hörte, wie seine Mutter es weinend Flora erzählte. Da tat ihm seine Mutter so leid, dass er sie hätte schlagen mögen bis zur Erschöpfung.

## 3

Du bist ja kein echter F., du bist ja bloß angeboren von unten rauf. Das hatte der ständig besoffene Joe auf dem Fußballplatz hinter Michael hergerufen, seit dieser mit seiner Mutter in die Villa des Elefanten eingezogen war. Verheiratet waren die beiden auch. Er, Michael, bekam im Obergeschoss des Hauses eine Wohnung, die früher ein Angestellter gehabt hatte. Küche, Wohnraum, Schlafzimmer, Balkon. Der Elefant war noch nie bei ihm oben gewesen. Nur das Hausmädchen Gertrud hatte da noch sein Zimmer. Michaels Mutter fuhr inzwischen einen VW mit Weißwandreifen. Michael besaß kein Auto, man soll es ja auch nicht übertreiben, das muss sich der Junge selbst verdienen. Aber seine Mutter fuhr selten und entsprechend abenteuerlich, so dass sogar der Elefant nichts dagegen hatte, wenn Michael sie chauffierte. Dass er das Auto für sich benutzte, verbot ihm der Elefant. Michael hatte ihn in den letzten zwei Jahren kaum gesehen, da er, Michael, in einem Internat zur Schule ging. Meist blieb er sogar in den Ferien dort. Er hatte eine nicht benennbare Wut in sich. Was hast du nur, Junge, sagte Tante Flora. Michael wusste es auch nicht. Er konnte seinen Grimm nicht zwischen Mutter und dem Elefanten herumschleppen. Der Elefant servierte es ihm auf jeder Scheibe Brot, dass er, Michael, eigentlich nicht da sein müsste. Die Mutter allein hätte dem Elefanten vollauf genügt. Sie war ihm schon zu viel. Michaels Mutter besaß zwei Pelze, und im nächsten Winter würde sie sicher einen dritten haben. Sie bekam Armbänder und Ketten, auf denen sich Gold, Rotgold und Platin übertrumpften. Versehentlich klemmte ihr der Elefant einmal die Hand ein, und nun war der Zeigefinger krumm. Hager war der Hals seiner Mutter unter den Ketten, schmal ihre Lippen, ängstlich sah sie dem Elefanten in die Augen. Wenn er daran dachte, würgte es Michael. Alles war verdorben, und er, Michael, hatte Mühe, den Elefanten anzureden, ohne »Vater« zu sagen. Peinlich war das gewesen, als sie ihn noch mit in Urlaub genommen hatten. Michael lernte in St. Moritz Ski laufen, in Bad Gastein Tennis spielen, am Tegernsee reiten. So war er beschäftigt und wusste immer genau, was sein Dabeisein den Elefanten kostete. Der hatte inzwischen eine Diabetes, durfte nicht mehr das Essen wahllos in sich hineinschaufeln, den Wein nicht mehr einlitern. Michael hatte das Gefühl, als gönne der Elefant die Mahlzeiten seines Stiefsohnes eher dem Abfalleimer.

Zu Michaels Überlebensstrategie gehörte es, sich einzureden, dass er seine Mutter nicht im Stich lassen dürfe. Bitte, tu mir das nicht an, Michael, sagte sie denn auch oft. Er sah, dass der Elefant seine Mutter beiseiteschob wie einen Vorhang. Er sah, dass es den Elefanten ekelte, aus der Hand seiner Frau ein Stück Fleisch zu kosten. Er sah, dass er dicht vor ihr die Tür verschloss. Michael wusste nicht, wen er mehr hasste, den Elefanten oder seine Mutter, die ihrem Mann offenbar hündisch ergeben war. Was du lebst und atmest, ist doch von mir, sagte der Elefant. Wenn er mit seiner Frau bei ständig neuen Freunden zechte, riss er immer denselben Witz. Er habe seine Frau durch ein Eheanbahnungsinstitut gefunden, erzählte er dann. Damals habe er noch nicht so viel Geld gehabt und daher im Album der Schönen hinten bei den billigeren Plätzen angefangen. Da habe schon Marmelade zwischen den Seiten geklebt, weil einer der Heiratslustigen offenbar ein Marmeladenbrot beim Suchen gekaut habe. Ausgerechnet auf dieser Seite habe er Helene gefunden. Dem Marmeladenbrotkauenden habe sie offenbar nicht gefallen.

Was Michael betraf, sagte der Elefant allen, die das noch nicht wussten: Der ist nicht von mir. Michael versuchte, seinen Großvater nachzuahmen. Denn der nahm vom Elefanten die dicken Zigarren und ließ sich auch von ihm zum Essen einladen. Aber er gönnte dem Schwiegersohn kein Lächeln, kein freundliches Wort. Doch der Elefant erzählte in der Kneipe, dass sein Schwiegervater der einzig Vernünftige in seiner angeheirateten Familie sei. Michaels Großvater hatte die Heirat seiner Tochter zum Anlass genommen, Tante Florfina zu heiraten. Sie war in allem schneller auf den Beinen als ihr Mann. Wenn der Großvater ihr die Zähne zeigen wollte, musste er sie aus dem Mund nehmen. Das sagte der Elefant und lachte über seinen Witz.

Die Leute im Ort gönnten es Lene Krug, dass es nicht stimmte bei denen. Helene hieß sie jetzt, trug Pelze und Modellkleider, fuhr dauernd nach Köln, verkehrte in teuren Lokalen. En Buer is en Buer, un wenn er mit dem Zylinder int Bett jeht. Michael, der über Tante Flora alles erfuhr, sah das vergebliche Bemühen seiner Mutter. Sie wollte keinen Abstand zu den Leuten im Ort. Sie wollte in der Villa des Elefanten leben und im Herzen der Leute. Je brutaler der Elefant sie verstieß, desto heftiger klammerte sie sich an Menschen, zu denen sie früher nie hatte gehören wollen. Sie brachte Kleider und Anzüge in die Klemm, wo die Kinderreichen wohnten, die keine Miete zahlen konnten. Wo sie hörte, dass Hilfe nottat, war seine Mutter da. Die Leute nahmen auch alles, doch ihre Blicke blieben scheel. Der Elefant, ja, der war ein Unternehmer, von Haus aus reich, ihn erkannten sie an, aber Lene, die hatte ihn mit der Schnitte Brot aus dem Urwald gelockt.

Angeboren von unten rauf. Als abends das Telefon schellte, hatte sich Michael, im Glauben, dass seine Mutter und der Elefant ausgegangen seien, mit dem Firmennamen gemeldet. Da war plötzlich der Elefant aus seinem Arbeitszimmer geschossen, brüllend: Untersteh dich ja nicht, dich mit meinem Namen zu melden. Mein Sohn ist im Krieg gefallen, und sonst habe ich keinen Sohn.

In Michaels Kopf rotierten alle Gemeinheiten des Elefanten gegen seine Mutter, die Demütigungen und Verhöhnungen standen stets oben an der Tagesordnung. Der Elefant erschien ihm wie eine einzige furchtbare Drohung, er war das schlimmste Ungeheuer in dem Marionettentheater, als das Michael sein Leben ansah. Alle hingen an den Schnüren, auch die Lehrer, seine Mitschüler im Internat. Hackordnung des Lebens. Der, der Geld hat, hat auch Recht, überall hatte der Elefant recht. Wenn Michael ihn, den völlig Betrunkenen, frühmorgens um vier aus einer Kneipe abholen musste, hatte der Elefant Recht. Wenn Michael Sonntagsdienst in der Montage machte, hatte der

Elefant Recht. Wenn Michael auf keinem Familienfoto zu sehen war, hatte der Elefant Recht. Der Elefant lutschte Michael aus wie eine Zitrone, um sie angewidert wegzuwerfen. Ein prächtiger Junge, Ihr Junior, sagten manchmal Geschäftsfreunde. Eilig der Elefant: Der ist nicht von mir, dann sähe er anders aus.

Ich scheiß auf deinen Namen, schrie Michael den Elefanten an, ich scheiß auf deinen Namen, mein Vater war tausendmal besser als du Kriegsgewinnler, ich würde mich schämen, wenn ich so heißen müsste wie du.

Der Elefant nahm Michael in den Schwitzkasten, kurz nur, aber es dauerte so lange wie Michaels Leben. Als der Elefant ihn schon losgelassen hatte, glaubte Michael immer noch, dass es in seinem Kopf Hass regne.

Pommerland ist abgebrannt. Polen hatte die Gebiete östlich der Oder-Neiße, das östliche Ostpreußen gehörte der Sowjetunion. Soffjettunnion, sagte Konrad Adenauer. Er war der neue Kanzler der neuen Bundesrepublik, das war ein demokratischer Verfassungsstaat. Im Osten die Deutsche Demokratische Republik ein totalitärer Einparteienstaat. Adenauerdeutschland, Wirtschaftswunderdeutschland. Michael musste bei der Grundsteinlegung für den Neubau des Gymnasiums ein Gedicht aufsagen: Wir bauen auf. Wir bauen auf, dass überall der Schornstein raucht, dass eine Hand man zehnmal braucht. Michael stand im großen Turnsaal. Sonnenlicht fiel durch die gläserne Dachkuppel, fiel in Schwaden, von bunten Stäubchen durchtanzt, auf die Schüler, die Lehrer, die Eltern, die da standen und Michael ansahen. Seine Mutter sah

Michael auch an. Nach dem Schulorchester kam Michael dran und blieb hängen. Dass eine Hand man zehnmal braucht. Leere, aus. Sie starren. Nuppeney, der Deutschlehrer, zischt Michael etwas zu, aber was? Nuppeney, Suppenei, Michael läuft raus, weg, sperrt sich in die letzte Umkleidekabine, ins Aus. Das Leben gehört den Tüchtigen, das Leben ist Mathe, Bio, Physik, Gleichungen, Gewissheit. Michael möchte ablegen vom Festland dieser Gewissheiten, nach Atlantis segeln, hinaus ins Ungewisse. Michael misstraute den Wahrheiten, misstraute den Lehrsätzen, er hatte Angst und wusste nicht wovor. Doch, vor dem Leben hatte er Angst, vor der Tüchtigkeit, vor den Elefanten, die sich durchsetzten und alles niedertrampelten. Die Michael in den Sack steckten und wieder raus. Ein Schlappschwanz bist du, sagte der Elefant, und Michael setzte die Segel. Michael flüchtete nach Atlantis vor den Weinkrämpfen der Mutter. Vor einer schweren Hepatitis, die ihn monatelang im Kreiskrankenhaus verwahrte. Von Michael gab es nur schlechte Blutbilder. Die Mandeln, zerklüftet, wurden auch entfernt. Schlappschwanz tauchte tief in den Grund des Atlantischen Ozeans, übersiedelte endgültig in sein Traumreich nach Atlantis.

In den Sommerferien vor dem Abitur arbeitete Michael zum ersten Mal in der Lokalredaktion des *Bergischen Anzeigers.* Der junge Chefredakteur, ein Vetter Michaels, führte ihn herum. In einem der Glasgehäuse saß Birke. Als Michael sie sah, wusste er, weshalb er gekommen war. Schon im Nebenraum vermisste er sie. Birke, das wusste er, war sein Mädchen. Für sie musste er Atlantis verlassen, eintreten in die Arena, sich einen Platz schaffen. Mit den Gedanken und Wünschen an Birke geriet Michael auch in Wirrnis. Schlappschwanz? Hormone oder Gefühle? Die Männer sind alle Verbrecher, sangen freudige Frauenstimmen im Westdeutschen Rundfunk. Hast du heute Nacht auch lieb an mich gedacht? Es muss was Wunderbares sein, von dir geliebt zu werden. Schöne Nacht, o Liebesnacht, o stille das Verlangen.

Da war kein Atlantis. Männerwelt. Pissoirwitze, Doktorspiele in unerreichbarer Ferne. Die Mädchen malten sich die Lippen weiß und trugen sackartige Pullover. Sie gingen mit älteren Jungen oder mit ganz Alten. Gleichaltrige interessierten sie nicht. Er, Michael, trug Erfahrungen zur Schau, die er nicht hatte. Sein Ruf als reicher Elefantensohn gab ihm Ansehen. Jedoch seine Angst, seine schlappschwänzige Angst gehörte nur ihm. Der Kavalier genießt und schweigt. Michael wurde bewundert als Wissender, der seine Mädchen schützte. Alle glaubten, dass er mit Dagy Sartorius ginge. Michael war das recht, Dagy stritt es nicht ab. Sie spielten manchmal Tennis miteinander und sonst nichts. Michael mochte Dagy, weil sie sagte, dass der Elefant ein Parvenü sei. Was sie von Michael hielt, verschwieg sie. So bewegte sich Michael durch das Dickicht der Pubertät. Überall Verbotsschilder, Lues, Syphilis, Gonorrhö, Onanie. Schwangerschaft, Abtreibung, Sackgassen schmutziger Leidenschaft, Perversitäten. Schulterklopfen, na, du siehst heute aber ganz schön verbumst aus. Ritterschlag. Die, die tatsächlich etwas zu verbergen hatten, fuhren mit dem Mofa über die Schwellen der Bahngleise, Körbe mit Steinen gefüllt und dann runter von der Böschung, damit die Blutung doch komme.

Birke hatte den Neuen, Michael, gar nicht wahrgenommen. Es war ein Tuscheln um ihn, den Sohn vom reichen F. Einen VW mit Weißwandreifen sollte der haben, einen großen Hund, reiten sollte der können, Ski laufen und Tennis spielen. Das alles machte auf Birke keinen Eindruck. Sie hatte Klaus-Rainer. Birkes Mutmaßungen, die Liebe betreffend, hörten immer noch beim Küssen auf. Dass man vom Küssen nicht schwanger wurde, wusste sie bald. Weiter jedoch wusste sie nichts. Die Blicke auf ihren Busen, die Pfiffe, das Tuscheln der Jungen, die Mahnungen des Kaplans, die niedergeschlagenen Augen ihrer Mutter, Frauenleben, Frauensachen, die Bindenpackungen – all das mischte sich in ihr Leben, rätselhaft, widerwärtig, missverständlich. Birke schien Signale auszusenden, mit denen sie nicht einverstanden war. Umso freudiger wurden sie aufgenommen. Küsse hier und da, komisches Brennen im Bauch, Hände an den Schenkeln sofort gestoppt. Und jetzt Klaus-Rainer, der erste Junge für Birke, von dem sie sicher wusste, dass er es getrieben hatte. Zwei Jahre war er mit Reni gegangen. Fest. Reni hatte überall erzählt, dass sie in Hotels übernachteten mit Ringen am Ringfinger. Birke schoss das Blut in den Kopf, wenn sie daran dachte. Sie hatte Reni beneidet, doch sie hätte um nichts mit ihr tauschen mögen. Die Eltern von Reni und Klaus-Rainer taten so, als merkten sie nicht, dass die beiden miteinander schliefen. Reni erzählte, dass der Klaus-Rainer sich auskenne, er wisse, wie man aufpasst. Und es war ja auch bisher nichts passiert. Klaus-Rainer, dieser Erfahrene, dieser Wissende, wollte nun Birke. In ihrem Kopf tanzten die Gedanken, als Klaus-Rainer zum ersten Mal seinen Wagen vor ihrem Haus abstellte und durch den Vorgarten schlenderte, in dem Birke die Sträucher goss. Hast du Lust, mit mir morgen nach Köln zu fahren, zum Tanzbrunnen?

Du gehst doch mit der Reni?

Das war mal.

Tanzbrunnen. Drei Petticoats übereinander, Spitze am Rocksaum, an der Bluse. Darunter war alles Neugierde, Hitze, Ahnung, Angst, süße Angst. Im Tanzbrunnen spielten sie »Das ist die Liebe im Vorübergehen, die uns so oft in Atem hält«, Birke tanzte mit Klaus-Rainer Cha-Cha-Cha, Rock 'n' Roll. Seine weißen Zähne, die braune Haut, schmale kräftige Hände, die alles konnten, alles wussten. Hände, die lieben und gleichzeitig verhüten konnten. Der Petticoat flog, Klaus-Rainer konnte tanzen, was konnte der nicht? Seine Augen machten Birke die Ohren heiß. Rock in the body, die Mutter belogen, die Freundin hielt dicht. Freiheit war ein Wort, die unbefleckte Empfängnis die Topografie in Birkes Blickfeld. Flüstern, Tuscheln. Wer mit Jungen schlief, war sofort unten durch. Engelmacherin? Nicht für Birke. Ihre Träume lüftete sie eilig zum Fenster hinaus. Die Jungen streichelten den Mädchen die Hölle heiß, damit sie mit ihnen schliefen. Dann machten sie sich auf die Suche nach einer Jungfrau, einer Frau zum Heiraten. Es gab Mädchen für den Spaß und Mädchen für die Ehe. Birke war Jungfrau aus Kalkül. Oder weshalb?

Im Tanzbrunnen gingen die Lichter an, Klaus-Rainer tanzte nun eng mit Birke, sein Mund an ihrem Hals. Doch für Birke war es Zeit, die Freiheit wieder mit der Keuschheit zu tauschen. In Klaus-Rainers Wagen presste sich ein harter Körper gegen Birke, seine Küsse endeten tief in ihrer Kehle. Birke flog auf glühendem Pferd, doch sie verlor keinen Moment die Umrisse des Wagens aus den Augen. Mochte Klaus-Rainer Feuer anzünden, sie, Birke, wollte unversehrt zurück in die Helle ihres Kinderzimmers. Ich weiß, dass du noch Jungfrau bist. Klaus-Rainer sagte es zufrieden. Alle wissen das.

Zwei Jahre lang hatte Klaus-Rainer ein stets williges Mädchen gehabt, und nun langweilte es ihn. Andere willige Mädchen wollte er nicht. Sein Männertraum war ein intaktes Hymen. Wieder und wieder streichelte er Birke. Ihm war, als rieche sie nach Grießbrei und Mullwindeln.

Auf dem Schützenfest führte er sie vor. Jeder wusste ja, dass Birke noch mit keinem Jungen gegangen war. Scheele Blicke von Reni und von ihren Eltern. Du machst dich besser, als du bist, sagte Reni im Vorübertanzen zu Birke.

In der Nacht wurde Klaus-Rainer von vier Jungen aus Birkes Nachbarschaft verprügelt. Klaus-Rainer war aus Eckenhagen, und wenn ein Auswärtiger sich an ein begehrtes Mädchen ranmachte, hatte er Ablöse in Form von Prügel und Bier zu bezahlen. Klaus-Rainer, der sich im Besitz von Birke anerkannt sah, klopfte sich glücklich den Dreck aus dem Anzug, und alle fünf betranken sich.

Birke half im Redaktionssekretariat aus, schrieb Artikel ab, manchmal auch einen, den Michael recherchiert hatte. Hier bewunderte ihn Birke, entzifferte seine Schrift mit Geduld. Michael konnte noch nicht Maschineschreiben. Birke hatte es in der Volkshochschule gelernt, da sie schon früh Geld verdienen musste. jjjleerkkkleer, iiileer, das ist ganz leicht, sagte sie freundlich zu Michael.

Michael sah in allen Mädchen nur noch Birke. Er fühlte sich komplett, wenn sie in seiner Nähe war. Die Sonntage, wenn Michael Dienst hatte und Birke nicht, waren für ihn ein Verzicht, den er schwer ertrug. Ihm war, als könne er ohne Birke nichts mehr hören, sehen, riechen, schmecken. Dabei ging Birke mit Klaus-Rainer, was Michael als Widersinn begriff, aber wohl nicht ändern konnte. Oder doch?

Er lieh sich bei seiner Mutter Geld, kaufte Birke ein kleines Radio. Er schenkte ihr innerhalb einer Woche eine rote Briefmappe, Saffian, eine Buchhülle, Nappa, schließlich den üppigsten Petticoat aus der Kölner Hohe Straße. Nylon. Du spinnst, sagte Birke und stieg schon hinein in den Rüschenrausch, den schönsten, den sie je gesehen hatte. Die Kollegen in der Redaktion waren wohlwollend gegenüber diesen Kaskaden aus Nylontüll, zwanzig Bahnen feinster Rüschen. Schallplatten wechselten von Michael zu Birke, Elvis Presley wurde Michaels Werbemanager, Bill Haley schwenkte für ihn die Fahne. Bald fuhr Birke mit Michael zur Aggertalsperre, der Hund Axel saß auf dem Rücksitz. Die Welt ist schön, Mylord. Irgendwann erlosch Birkes Feuer für Klaus-Rainer, der sein Feld als Jungfrauenhüter verlassen fand. Ein neues Leben musste beginnen. Michael hatte über Birke den Elefanten fast vergessen.

Birke war jetzt Michaels Mädchen. In allem, was er tat, war Birke gegenwärtig. Sah er andere Mädchen, sehnte er sich noch mehr nach Birke. Die Stunden in der Redaktion waren nicht genug. Immer, überall wollte Michael mit ihr zusammen sein. In der Wohnung von Birkes Großmutter, die im Krankenhaus lag, gossen sie die Blumen. Hier, auf einem der Stühle mit dem abgeschabten Leder und den gedrechselten Lehnen saß Michael und flocht Zöpfe in die Fransen der lilagoldenen Tischdecke. Lilagolden war Michael zumute. Er wartete auf Birke, die sich im Schlafzimmer der Großmutter auszog. Nicht bei Michael wollte sie das tun, nein, nebenan, unbedingt nebenan. Mach jetzt die Augen zu, rief Birke, und dann stand sie ganz nah, Michael roch ihre Haut, die, sechzehnjährig, noch Schrammen hatte an den Knien und weiche Härchen in den Mulden. Die Brüste waren hoch, hell und fest. Michael drängte sein Schluchzen zurück in den Hals. Er gelobte Birke Keuschheit bis zum Altar und Liebe bis in den Tod. Er würde sie aus brennenden Flugzeugen erretten und aus den Kajüten sinkender Schiffe, vor dem angreifenden Bullen auf der Weide und vor dem Vergewaltiger in den Wirren neuer Kriege.

Ist sie blind, lahm oder taub, hatte der Elefant gefragt, als er von Birke hörte. Birke war schon öfter in der Villa gewesen, wenn der Elefant nicht daheim war. Birke kam gern mit freundlichen Grüßen von ihrer Mutter, die, noch zweifelnd zwar, in ihrer Tochter die Chance sah, das ungerechte Schicksal von der eigenen Familie zu wenden. Birkes Vater, ein, wie es hieß, hohes Tier der SS, fand sich nach dem Krieg mit seiner Familie in einem Hühnerstall wieder, den mitleidig-schadenfrohe Verwandte ihm überlassen hatten. Im Hühnerstall war jedoch kein Platz für drei. Darum zog Birkes Vater seine Konsequenz. Er hatte sich im dichtesten Forst von Beuel erhängt. Birkes Mutter, von heute auf morgen ohne Pelze und Ringe, ohne Dienstmädchen und Daimler, besann sich auf ihre lange Jahre kaschierte Existenz als Schneiderin, die sie dazu benutzte, die einzige Tochter mit Fetzen aufzuputzen, die man ihr überließ. Darüber hinaus schaffte sie es, sich in das große Herz der Pfarrersfrau hineinzunähen, die, kränklich zwar, doch eine Schar Flüchtlingskinder zu bekleiden hatte, die ihr bei Kriegsende zugelaufen waren. Birke und ihre Mutter fanden schließlich auch noch im Pfarrhaus Aufnahme und Wohnung. Zu dem Zeitpunkt, als Michael Birke kennen lernte, war der Hühnerstall fast vergessen, und in Berghausen war ohnehin nur bekannt, dass Birkes Mutter dem verwitweten Pastor von G. den Haushalt führte. Michaels Mutter war wohl die Einzige, die Birkes Vater und dessen schmähliches Ende kannte. In ihr klangen verwandte Saiten, die es ihr umso leichter machten, Birke den ihr zustehenden Rahmen zu geben. Sie begann, das Mädchen bei Fahrten nach Köln mit ihren Pelzmänteln auszustaffieren, die junge Haut mit ihrem Schmuck zu behängen. Birke war schon mit siebzehn hoch aufgeschossen, so groß fast wie Michael, der inzwischen 1,80 m maß. Birkes Haar war sehr dunkel, so dass sie von älteren Leuten, die Oberbergisch Platt sprachen, als »Schwatte« bezeichnet wurde. Schwatte, Schwatte, Schwatte, riefen auch die Zuschauer, wenn Birke beim Leichtathletikwettkampf der Schulen im Staffellauf die letzte Runde gegen die blonde hünenhafte Christa lief. Den Staffellauf gewann Birke meist für die Realschule, doch in der Gesamtpunktzahl lag sie immer hinter Christa, die beim Weitsprung unangreifbar blieb, obwohl Birke technisch genauso gut sprang wie sie. Doch wenn um die Sprunggrube herum die anderen standen, wenn sie in Birkes Gesicht starrten, konnte sie sich nicht mehr auf den Sprung konzentrieren, sie fand einfach nicht die Kraft, die anderen zu ignorieren, so wie Christa das offensichtlich konnte. Birke sah zu, wenn Christa sprang, wie sie Anlauf nahm, das Gesicht verzerrt von äußerster Konzentration und Anspannung. Christas Mädchengesicht war entstellt, eine Fratze der Leistung. Birke war schon für sich allein gesprungen, nach dem Training, unbemerkt, sie hatte die Weite gemessen, Birke sprang so weit wie Christa, aber nur, wenn niemand sie sah.

Als Michael Birke zum ersten Mal im Bisampelz seiner Mutter sah, um den Hals ein Collier aus Granat, spürte er im Mund einen bitteren Geschmack. Michael wollte schimpfen, sich dem Unfug nicht fügen. Er erschrak vor einer ihm fremden Birke, die aussah, als ginge sie bei Jacques Fath über den Laufsteg. Seine Mutter wollte Birke im Ort vorführen. Ein Kind mit seiner neuen Puppe, dachte Michael. Er musste sich Zeit lassen, über Birkes leuchtende Augen nachzudenken. Da kam der Elefant von einer Reise zurück. Michaels Mutter lief ihm aufgeregt wie ein Huhn fast ins Auto. Der Elefant stieg aus, ließ die Tür des Wagens offen, ging an Michael und seiner Mutter vorbei zur Treppe, wo Birke stand. Er blieb kurz vor ihr stehen, wortlos. Michael sah, dass das Leuchten in Birkes Augen beim Anblick des Elefanten nicht erlosch. Michael sah seine Mutter, sah Birke und sich selbst wie auf einem Standfoto im novemberlichen Licht des Nachmittags. So, als tanze er auf einem Seil, voller Angst Schritt vor Schritt setzend, bewegte sich Michael auf Birke zu.

Als Michael sein Mädchen zum ersten Mal auf dem Schoß des Elefanten sitzen sah, hatte er diese Situation schon hundertfach vorausgeahnt. Daher erschreckte es ihn nicht. Aber für lange (wie lange?) Zeit gehörten ihm seine Beine nicht, sie fielen aus, taten keinen Schritt mehr, waren wie gelähmt. Michael hatte geübt, durch die Zähne zu pfeifen, aber seine Lippen schlossen sich nicht. Michael sah Birkes zufriedenes Kindergesicht, er sah ihren Lippenstift auf dem Doppelkinn des Elefanten. Michael sah, dass diese intime Situation – so nannte man das doch, oder? –, dass diese intime Situation allein die Intimität des Elefanten bedeutete. Michael spürte zum ersten Mal, dass der alt war. Er sah es, weil neben Birkes strahlender Glätte der Elefant sich umso faltiger und fauliger ausnahm. Jetzt stand sein Mund, sein Elefantenmaul, offen, seine kleinen umfalteten Augen schauten tückisch. Er war ein Elefant, der Sklaverei entkommen, jetzt wollte er sich suhlen im Schlamm seiner Freiheit. Welcher Freiheit? Hatte der Elefant nicht das gleiche Recht wie Michael, in Birke verliebt zu sein? Hatte er nicht die Freiheit, sie (und nur sie, alle anderen gingen ihm angeblich auf die Nerven) mitzunehmen auf die Jagd, wo sie stundenlang auf dem Hochsitz hockten? Hatte der Elefant deshalb nicht das Recht, weil er siebenundfünfzig Jahre alt und mit Michaels Mutter verheiratet war? Und Birke, hatte sie nicht die Freiheit, zu finden, dass der Elefant gut roch? Das war nämlich ihr einziger Kommentar, als Michael sie rauer, als er beabsichtigt hatte, vom Schoß des Elefanten wegzog.

»Er riecht gut, er ist wie ein Kuscheltier, Steiff Knopf im Ohr.« So versuchte Birke vor Michael ihre

Zuneigung zum Elefanten auf eine seiner Empfindlichkeit gerecht werdende Ebene herunterzuspielen. Dass es Zuneigung war, daraus machte sie keinen Hehl. Birke, zu Kriegsbeginn geboren, hatte an ihren Vater nur eine vage, von Fotos gestützte Erinnerung, die ihre Mutter offenbar nicht auffrischen wollte. Sie sprach nur dann von Birkes Vater, dem SS-Helden, wenn Birke sie danach fragte. Obwohl ein Nazi, ein Selbstmörder dazu, hatte Birke ihn immer ersehnt. Sie wäre gern die Tochter eines Vaters gewesen. Wem gehörst denn du, pflegten die einfachen Leute zu fragen, die in der Gegend wohnten, wo die Gärten der Wohlhabenden lagen. Wenn Birke dann ihren Namen nannte, sagten die Leute achso, oder sie sagten gar nichts. Pastor Kemper, dem Birkes Mutter den Haushalt führte, eignete sich nicht als Vater-Ersatz. Obwohl er, kurzbeinig und kugelig, von allen Kemperchen genannt wurde und mit seinen fünfundsechzig Jahren nicht mehr zum Adonis taugte, mussten Birke und ihre Mutter sich vor dem Klatsch hüten. Umso mehr liebte es Birke, wenn sie jetzt mit dem Elefanten, der sie sogar heimlich selbst chauffieren ließ, nach Köln fuhr, um mit Geschäftsfreunden des Elefanten zu essen. Sie saßen in der Bastei über dem Rhein oder im Domhotel, und wenn niemand von der Familie es hörte, nannte sie den Elefanten Dad.

Einmal sagte der Elefant einem Köbes, einem der Ober mit den langen grünen Schürzen über dem Frack, er solle doch für seine Tochter einen besonders schönen Eisbecher bringen. Der Köbes stellte das üppig garnierte Eis vor Birke hin, um dann respektvoll zum Elefanten zu sagen: Donnerwetter, dat is abber ne Elfmeter vom Pappa. Birke wusste genau, dass die überschwängliche Herzlichkeit, die respektvolle Haltung, die man ihr in den Geschäften, in den Restaurants und in den Hotels entgegenbrachte, auf das Konto des Elefanten ging, der mit seiner kaschmirumhüllten Leibesfülle, seiner dröhnenden Stimme und den großzügigen Trinkgeldern überall eine bekannte Größe war. Der Elefant ging nur in Geschäfte, wo man ihn kannte, er verkehrte immer in denselben Restaurants und Bars. Er wollte einen Hofstaat, vor allem wollte er ihn jetzt wegen Birke. Waren sie einige Kilometer heraus aus dem Ort, schminkte sie sich unter den liebevollen Blicken des Elefanten. Sie malte sich Lidstriche, schwarz, aber nicht zu dick, der Elefant mochte es dezent. Er lackierte ihr sorgfältig die Nägel, Michael verabscheute das, und deshalb entfernte Birke auf dem Nachhauseweg alles sorgfältig. Wie zwei Verschwörer fuhren der Elefant und Birke, wenn sie Schulschluss hatte, hierhin und dorthin.

Michael studierte in Köln im ersten Semester Germanistik und Geografie. Einmal, als der Elefant für Birke bei Salzmann einen Kamelhaar-Dufflecoat gekauft hatte und sie beide lachend aus dem Geschäft herauskamen, begegneten sie Michael, der zum Bahnhof wollte. In dieser Sekunde empfand Birke eine unbestimmte Reue, eine Sehnsucht nach Michael, die gleiche Sehnsucht, die sie empfunden hatte, als ein belgischer Besatzungssoldat sie nach dem Weg zum Hotel Graf von der Mark fragte. Birke wusste, dass sie mit niemandem mitgehen durfte. Sie war damals wohl sechs Jahre alt und es wurde ihr immer wieder eingehämmert. Sie wollte auch nur ein kleines Stück mit dem freundlichen Soldaten gehen, bis an die Ecke zum Schmittenloch, dann konnte er das Hotel sehen.

Sie ging mit dem Soldaten und es war heiß. Der Soldat war sehr groß, er hob Birke hoch und setzte sie sich auf die Schultern. Birke hatte jetzt ein wenig Angst, aber sie aß die Schokolade, die der Soldat ihr gab, und als sie das steile Schmittenloch hinuntergingen, hatte Birke noch mehr Angst, aber eher, dass der große Soldat hinfallen könnte und sie mit ihm. Er jedoch ging mit großen, sicheren Schritten, und als sie unten waren am Schmittenloch und er das Hotel Graf von der Mark sehen konnte, blieb Birke trotzdem bei ihm. Er hatte Birke jetzt mit Schwung von seiner Schulter gehoben und auf die Beine gestellt, was Birke lieber war. Und der Soldat fragte nach Birkes Mutter und ob sie gerne Kaffee tränke, er habe eine große Packung im Hotel und wolle sie Birke gerne für ihre Mutter schenken. Birke wusste, dass es ihr streng verboten war. Noch strenger, als den Weg zu zeigen, war verboten, mit in ein Haus zu gehen. Obwohl Birke das genau wusste, begleitete sie den Soldaten hinab ins Souterrain des Hotels, wo sein Zimmer war. Dort zeigte er Birke den Kaffee, den Kaugummi, die Schokolade. Alles für dich, sagte er und nahm Birke auf den Schoß. Von seinem Schoß aus konnte Birke durch die vergitterten Fenster auf die Straße sehen, dort fuhren Kinder mit dem Roller, Kinder in ihrem Alter. Birke glaubte, diese Kinder zu kennen, und sie hatte mit einem Mal schmerzliche Sehnsucht, dort draußen mit den Kindern Roller zu fahren. Aber der Soldat hatte seine Finger da, wo es verboten war, und Birke wollte nicht, dass er die Finger da hatte, doch der Soldat wollte seine Finger nicht wegnehmen, und alles wurde dunkel und böse, und der Soldat wurde böse. Doch als Birke weinte, ließ er sie gehen, und

Birke rannte und sie wollte den Kaffee nicht und nichts, nur an die Sonne wollte sie.

Als Birke mit Michael und dem Elefanten heimfuhr, saßen sie schweigend im Wagen. Birke nicht wie sonst vorne bei dem Elefanten, vergnügt mit ihm redend. Sie hatte sich in den Fond zu Michael gesetzt und sie wusste zum ersten Mal, dass sie ihn lieb hatte. Doch den Elefanten hatte sie auch lieb, er hatte sie noch nie angerührt. Wenn sie, Birke, ihn küsste, berührte sie niemals seinen Mund. Es war mehr so, dass sie sich hineingrub in seine Weichheit, seine Wärme. Der Elefant, der sich sonst schlecht benahm, die Leute anbrüllte, seine Frau ignorierte und seinen Stiefsohn demütigte, dieser Elefant war, wenn er mit Birke allein war, leise und weich. Er breitete vor ihren Augen sein Leben aus, seine Tricks, seine Niederlagen, seine Siege. Einmal hatten sie ihn ins Gefängnis gesteckt, weil seine Sekretärin bei einer Abtreibung gestorben war. Das Kind war vom Elefanten. Seine erste Frau war krankhaft eifersüchtig gewesen, so sah es jedenfalls der Elefant. Sie habe ihm das Leben vergällt. Er sprach von Gaunereien, von Betrügern, die ihn, den Elefanten, ruinieren wollten. Er erheischte ihr Mitleid durch seine gut getarnte Larmoyanz. Er malte Birke Zukunftsbilder, in denen sie der Mittelpunkt war. Alles wolle er verkaufen, seine Geschäfte, Häuser, alles. Und dann mit Birke ins Flugzeug steigen, fliegen, weit fliegen, Venezuela, Uruguay.

Birke sah vor sich den Kopf des Elefanten, der sich plastisch von der Windschutzscheibe abhob. Der kugelige Kopf mit den eichenholzfarbenen Haaren, dünn waren sie, kurz geschnitten. Im weichen Licht des frühen Abends sah der Elefant wie eine Echse aus, wie eine mächtige Echse lenkte er den Wagen mit der linken Hand, die rechte lag auf dem Schaltknüppel.

Hass lag in dieser Hand, Betrug, Lüge, Verleumdung, Grausamkeit hatte sie gelenkt. Eine seltsam weiche, große Hand, die Hand eines ehemals bekannten Wasserballspielers, eine kämpferische, Angst machende Hand. Doch Birke fürchtete sie nicht, für sie hatte diese Hand nur Liebkosungen bereit. Liebkosungen, die Birke genauso gern mochte wie die Michaels. Führte sie ein Doppelleben, ein Liebesdoppelleben? Birke fragte es sich zum ersten Mal, jetzt, da sie mit Michael und dem Elefanten im Wagen saß und das Schweigen zwischen ihnen drückend war. Birke fühlte sich verantwortlich für dieses Schweigen. Hatte sie es bislang vor sich selbst verheimlicht, dass der Elefant in ihren Augen ein Unglücklicher war? Wollte sie damit vor sich selbst rechtfertigen, dass sie so gern mit ihm Vater-Tochter spielte? In dem lastenden Schweigen fühlte Birke sich als Angeklagte.

Ich will sie beide nicht mehr sehen, dachte Michael. Den Elefanten nicht und Birke auch nicht. Sie ist auf seiner Seite. Dafür müsste ich sie hassen, so wie ich ihn hasse. Was tut sie mit diesem Kerl? Michael sah den dicken Wulst des Nackens über dem Anzugkragen des Elefanten, er sah die Spitzen der Haare verschwitzt auf dem Wulst liegen. Dass Birke den Elefanten nicht widerlich fand. Michael begriff es nicht. Womit wickelte der Elefant sie ein? Sah sie nicht, dass der blödsinnig verliebt war in sie? War Birke wirklich so kindlich, war auch seine Mutter blind? Sie schien nicht zu sehen, dass der Elefant mit immer helleren Trompetenstößen Birke umwarb, dass er überhaupt nur noch den Mund aufmachte, wenn Birke da war.

Nur Birke konnte ihn noch genießbar machen. Es war, als lehne sich seine Mutter in dieser Heiterkeit des Elefanten beruhigt zurück, sie war froh, ihn bei Laune zu halten. Sah sie nicht, um welchen Preis?

Michael konnte mit seiner Mutter nicht darüber sprechen. Es wäre ja dann so gewesen, als seien sie Schicksalsgefährten. Das aber wollte Michael nicht sein. Lieber brachte er den Elefanten um. Michael hätte mit einem Messer in den Wulst des Nackens hineinschneiden mögen. Ruhig und tief, immer wieder quer durch bis nach vorn an die Kehle.

Als der Wagen in den Hof einbog, hatte Michael den Elefanten schon dreimal umgebracht. Birke dagegen erteilte er Absolution für Sünden, die sie nicht begangen hatte. Das wusste Michael. Er hätte es aber allen beweisen mögen. Vor allem dem Elefanten.

Einige Wochen nach der gemeinsamen Fahrt – es war auch die letzte Fahrt Birkes mit dem Elefanten gewesen –, an einem schönen Wintermorgen, der einen glücklichen Tag hätte bringen können, an diesem Morgen fiel der Elefant um. Seine Mutter rief Michael, der es, aber erst am späten Abend, Birke berichtete. Umgefallen, ohnmächtig, in der Klinik nicht mehr erwachend. Ein Tumor war es, faustgroß, der es dem Elefanten versagte, zu sehen, zu hören, zu denken und vielleicht auch zu fühlen. Jedenfalls äußerte der Elefant nichts von alledem. Er schrie nicht, er tobte nicht, er aß nicht, er trank nicht. Der Elefant ignorierte alles, was um ihn war. Sie brachten ihn in die Universitätsklinik nach Köln. Michael und seine Mutter sahen täglich nach ihm, doch der Elefant reagierte nicht. Er lag auf der Schwelle zum Tod und bewegte sich nicht. Vielleicht gewöhnt er sich so besser ans Totsein, dachte Michael und wunderte sich, wo jetzt sein Hass war. Nach drei Wochen äußerster Ruhe und Gelassenheit starb der Elefant.

Birke konnte sich ihren Dad nicht tot vorstellen, aber sie gewöhnte sich rasch an den Gedanken, dass er nicht mehr da war. Sie hatte es gelernt, Väter unbenutzt wieder zurückzugeben.

Völlig unerwartet für uns alle. Die Zeitungen gaben ganzseitig davon Kenntnis. Nicht völlig unerwartet kam auch der Bankrott des Unternehmens, das der Elefant in den letzten Jahren offensichtlich nur noch durch Geschäftsessen, Männerbündelei auf Treu und Glauben zusammengehalten hatte. Michael, der bewusst aus dem Geschäft ausgeschaltet gewesen war, konnte den Untergang nicht einmal begleiten, geschweige denn aufhalten. Seine Mutter sah allem zu. Es war, als versteinere sie innerlich, als breite sich der Verlust des Elefanten, der Verlust ihrer Existenz langsam, aber unaufhaltsam in ihr aus, als durchziehe das Unglück sie gründlich bis in die feinsten Adern. Sie schwieg zu allem, sagte wortlos Ja zu allem. Es schien ihr gutzutun, wenn Birke mit ihrer Mutter um sie war.

Als Birkes Mutter von Umzugsplänen nach München sprach, von ihrem verstorbenen Bruder, dessen Witwe sie gerne in München sähe, als diese Pläne in Einzelheiten besprochen wurden, immer mehr Gestalt annahmen, wurden sie auch zu Michaels Plänen, die seine Mutter wortlos akzeptierte.

# 4

Sharon dachte manchmal, dass sie während ihres ganzen Lebens in Israel nicht so häufig aus dem Fenster geschaut habe, wie sie es jetzt in ihrer neuen Münchner Wohnung tat. Immer wieder sah sie auf die Straße, die vom Sommerregen dampfte. Das glänzende Dunkelgrün der Blätter war frisch – die Bäume in Israel erstickten fast unter Staub. Sharon möchte viele Stunden des rauschenden Regens nach Israel schicken, in den Sinai, in den Negev, in die West Bank, wo die Erde aufbrach vor Trockenheit. Ödzonen und unwirtliche Berge machten einen großen Teil Israels aus, die Menschen mussten sich mühsam zurückholen, was sie viel zu lange dem Sand überlassen hatten. Als Kind hatte Sharon nicht genug hören können von den byzantinischen Städten, die im Negev begraben lagen. Städte mit herrlichen Plätzen, prachtvollen Säulengängen und groß angelegten Palästen. Alles hatte der Sand sich geholt. Nur Dattelpalmen, Tamarisken und Eukalyptusbäume überlebten, denn, so hieß ein Spruch: »Sie haben ihre Füße im Salzwasser und ihre Kronen im Sonnenfeuer.« Wer möchte leben ohne den Trost der Bäume, hatte Sharon neulich gelesen. Sharon möchte die Regentage, über die viele Deutsche schimpfen, nach Jerusalem schicken. Vor allem nach Tel Aviv, wo die Menschen im Hochsommer wie in heißer Watte gehen, sobald sie ihre Häuser verlassen.

Wenn Sharon hier in München auf die Straße trat, war es, als gäbe die Luft ihr einen leisen kühlen Kuss. Die Straße war still, Sharon ging wie in einer grünen Höhle, die sich am Ende der Straße zu einem Kanal hin öffnete, auf dem Enten den Tag durchschwammen, manchmal von grauen Jungen gefolgt. Die Straße und der Kanal waren Sharons Oase, an deren Ende dann lärmende Busse und Autos die Großstadt ankündigten. Dort stand auch das Taxi, das Sharon hineinbrachte in ihr neues Leben, das so neu schon lange nicht mehr war.

Seit elf Monaten lebte Sharon in München. Manchmal erschien ihr dieser Zeitraum unübersehbar lang, es schien ihr, als sei in der Zwischenzeit so viel passiert, dass sie in ihrer Erinnerung nicht mehr zurückfand nach Israel, nach Tel Aviv. Dann wieder – besonders, wenn sie aus Träumen erwachte – konnte das Zurückgelassene ihr so heftig nahe sein, so lebendig in ihr, dass sie den Tag über davon nicht loskam. Sharon sprach dann im Traum mit ihrer Mutter, wissend, dass diese tot sei. Sie spürte auch im Traum den Schmerz um dieses Wissen, trotzdem blieb im Erwachen der Wunsch, es möge die Mutter noch leben. Doch es war ja passiert, was nicht hätte geschehen dürfen, und sie, Sharon, würde sich immer daran schuldig fühlen. Sie sah sich wieder nach der Beisetzung beim Schiwa-Sitzen mit den anderen. Nurit, Jakob und Esther waren aus Jerusalem gekommen, Michael und Ruth aus Giwat Scharett. Auch Oren, Amos und Nava waren da, Kollegen der Mutter vom *Ha'aretz,* zu dessen Redaktion Ruth lange gehört hatte. Aus Mea Schearim ist Abraham gekommen, auch ein Freund der Mutter, trotz der Wärme im Kaftan und Pelzhut der chassidischen Juden. Er und Mirjam, seine Frau, haben nach dem Begräbnis alle Spiegel und Bilder verhängt, Sitzgelegenheit für alle auf dem Boden arrangiert. Sharon lässt es mit müder Dankbarkeit geschehen. Abraham schneidet Fetzen aus den Hemden der Männer, er hat auch, als er das Haus nach dem Tod Ruths betrat, alle genötigt, die Schuhe auszuziehen. Es ist ein Kommen und Gehen. Die Nachbarn erzählen Sharon, wann sie Ruth zum letzten Mal gesehen haben, was sie gesagt habe, wie schön sie gewesen sei. Heiter, voller Pläne. Es war, als wolle jeder sich entschuldigen, dass er Ruth nicht beschützt hatte. Nurit, Jakobs neue Freundin, nahm immer wieder Jakobs Hand, wie ein Beschwörungsritual: Du, ich bin jetzt da. Jakobs bedrängtes Flüstern zu Sharon: Du weißt, dass nicht ich Ruth verlassen habe. Ja, Sharon wusste, dass ihre Mutter den zehn Jahre Jüngeren freigegeben hatte.

Ruth, ihre schöne, umworbene Mutter – hatte sie an den immer gleichen Zeichen erkannt, dass Jakob sich, vielleicht noch unbewusst, darauf vorbereitete, sich von ihr zu trennen? Hatte sie gespürt, dass diese Trennung die tödliche Konsequenz ihrer eigenen Sünden an Jakob war? Hatte Ruth Jakob je ernst genommen, seine verlässliche Liebe geschätzt? War nicht erst, als Ruth ihre eigene Ermüdung, das seltsame Nachlassen der Kräfte bemerkte, war nicht erst da eine verzweifelte Liebe zu Jakob aus ihr hervorgebrochen, eine Liebe, an die sie nie geglaubt hatte? War Ruth nicht auch für sie, Sharon, eine völlig Neue geworden? Die nervöse Sprödigkeit, die Ungeduld und Kühle von früher wandelten sich in der letzten Zeit zu Nachgiebigkeit, Sanftheit. Ruth, die Sharon früher Fragen gestellt und dann auf ihre Antworten nicht oder wenigstens nicht lange gehört hatte, begann sich spät der Tochter zuzuwenden. Sie, deren Arbeit in ihrer Redaktion immer häufiger kritisiert wurde und die sich verletzt aus dem Geschehen zurückzog, fand plötzlich Gefallen daran, in einer Gärtnerei Blumen zu verkaufen. Auch dies dauerte nicht lange, bis sie mit einem müden Lächeln berichtete, dass sie auch in der Gärtnerei nicht mehr arbeiten möge, sich zurückziehen wolle, um ein Drehbuch zu schreiben. Sharon sah die Zeichen nicht. Ihre Mutter war ihr immer unerreichbar gewesen. Sharon hatte sie oft verstohlen angeschaut. Ruths dunkle Augen unter starken Brauen, Augen, die abschätzten, aufsaugten, wegstießen, übersahen, selten lächelten. Ruths Hände, die Sharon zum ersten Mal streichelten, als die Großmutter starb. Dort, als Sharon vor der Grube an ihrem Schluchzen zu ersticken meinte, da hatte sie die Hände Ruths an ihrer Wange, am Hals und auf dem Haar gespürt, Hände in kühlen, dünnen Lederhandschuhen.

Einmal, früh, als sich die Brust der Mutter unter einem dünnen weißen Hemd abzeichnete, da wollte Sharon diese weichen Wölbungen berühren. Doch Ruth fasste schroff und schmerzhaft Sharons dünne Gelenke. Sharon hatte auch gesehen, wie Ruth Amnons Hände beiseiteschob, wie ihre Mundwinkel immer öfter Absagen gegen Amnons Liebe waren. Wie Amnon schließlich, nachdem er drei Jahre mit Ruth und Sharon zusammengelebt hatte, mit weißem Gesicht und zusammengepressten Lippen aus dem gemeinsamen Haus ausgezogen war, weil Ruth es so wollte. Sharon hatte geweint, sie mochte Amnon, er war immer liebevoll mit ihr umgegangen.

Er verteidigte Sharon gegen die nervöse Ungeduld Ruths, versuchte die Versprechen zu erfüllen, die Ruth Sharon gab und dann nicht hielt. Morgen, Kind, morgen ganz bestimmt. Amnon war Sharon näher, als die Mutter es war. Dem Kind war es lieber, wenn sein Schritt vor der Tür erklang, es war Sharon lieber, mit Amnon allein zu sein als mit Ruth. Als er Sharon sagte, dass er weggehen müsse, fragte Sharon ihn: Wohin gehen wir denn? Für sie war es selbstverständlich, dass sie zu Amnon gehörte, doch er erklärte ihr, dass sie Ruths Kind sei und daher nicht mit ihm, Amnon, mitkommen könne. Als Amnon sah, dass Sharon weinte, weinte auch er.

Sharon hatte Amnon lange schmerzlich vermisst. Aber damals war die Großmutter noch da, Ruths Mutter. Sie wohnte in der Ben-Jehuda-Straße, nahe dem Meer. Sharon verbrachte fast jedes Wochenende bei ihr. Die Großmutter hatte bis zu ihrem Tod das gleiche dichte schwarze Haar wie Ruth und Sharon gehabt, sie war niemals alt gewesen und niemals ganz Israeli. Großmutter war in Deutschland geboren, in Bad Cannstatt. Ihre Eltern hatten sie 1933 nach Palästina geschickt, weil sie fürchteten, dass es in Deutschland nicht gutgehen könne. Sie selbst wollten nachkommen, wenn alles geordnet sei. Sie hatten es nicht mehr geschafft, waren mit der übrigen Familie deportiert und in Theresienstadt ermordet worden. Trotzdem sprach Großmutter deutsch. Sie sprach es mit Fritz, ihrem Mann, mit Ruth, ihrer Tochter, und auch mit Sharon. Sharons Großvater, Sohn jüdischer Einwanderer aus Hamburg, war als 15-Jähriger mit seinen Eltern nach Palästina gekommen. Sein Vater, in Deutschland ein wohlhabender Kaufmann, der aber weder religiös war noch hebräisch sprach, verlor sein nach Palästina transferiertes Vermögen durch einen betrügerischen Geschäftspartner. Bis er wieder eine neue Existenz aufgebaut hatte, war das Geld in der Familie knapp. Sharons Großvater, ein verträumter Junge, der das Land Palästina hasste und sich ständig nach Deutschland zurücksehnte, konnte nur auf eine kostenlose landwirtschaftliche Schule gehen. Er, der von zarter Konstitution war und sich für Dichter, Komponisten und Maler interessierte, musste sich mit Ackerbau beschäftigen. Sein Hass auf das Land wurde immer größer. Er verschloss sich gegen die Mitschüler, gegen seine Familie, wurde ein störrischer Einzelgänger, der vor allem seine deutsche Identität verteidigte. Er las deutsche Bücher, schrieb ein Tagebuch in Deutsch. Als er viel später aus dem Internat ausbrach und Medizin studieren konnte, lernte er im deutschen Kulturkreis von Tel Aviv das deutsch-jüdische Mädchen Eva Stern kennen. Er lieh ihr seine Bücher aus. Sie erzählten einander alles, was sie von Deutschland noch wussten. Sie begannen bald, einer im anderen die Heimat zu sehen. Obwohl noch sehr jung, heirateten sie. Als Sharons Mutter, Ruth, 1941 auf die Welt kam, waren die Eltern jedoch dankbar, dass sie mit ihrem Baby in Israel leben durften, jetzt, da in Deutschland der Nazi-Terror tobte. Obwohl nicht religiös erzogen, begannen sie, die jüdischen Festtage zu feiern und das Land zu lieben, das sie vor der Verfolgung durch die Nationalsozialisten bewahrte. Beide schlossen sich der Haganah, der jüdischen Wehrorganisation, an. Sharon hatte ihren Großvater nicht gekannt. Er war 1948 als Begleiter in einem Versorgungskonvoi erschossen worden.

Als Sharons Großvater fiel, war ihre Mutter sieben Jahre alt. Als Ruth sich von Sharons Vater scheiden ließ, war Sharon sieben Jahre alt. Sieben. Die magische Zahl. Sharons Vater André, Journalist wie die Mutter, studierte bereits, als er Ruth kennen lernte, die ihren Wehrdienst ableistete. Ruth wurde schwanger, wollte aber unter keinen Umständen schwanger bleiben, da es ihr unerträglich schien, wegen eines Kindes zu heiraten. André jedoch bestand darauf. Sorglos hatte er gemeint: Was soll schon sein, wenn es nicht geht, auch gut. Es ging nicht lange gut. André fühlte sich bald eingeengt, hatte Freundinnen, die Ruth immer wieder tolerierte. Sie liebte André, wollte nicht kleinlich sein. Doch dann passierte es, dass André sich in Nava verliebte, ernsthaft, dass er nicht mehr zurückkam zu Ruth und dem Kind. Er wollte die Scheidung, um Nava zu heiraten. Die beiden gingen nach New York. Ruth verharrte lange mit dem Blick auf die Tür. Sie, die nie eine zärtliche Mutter sein konnte, die es André oft überlassen hatte, das Kind zu wickeln und zu füttern, sie, die das kleine Mädchen mit ungeduldigen Klapsen traktierte, wenn es in ihrer Nähe spielen wollte, sie entfernte sich nach der Scheidung von André noch mehr von Sharon. Brachte sie immer häufiger zur Großmutter, schrie sie an, obwohl sie genau wusste, dass es ihre Verletztheit war, die sie das Kind anschreien ließ. Du bist wie André, schrie sie manchmal unbeherrscht. Eine nicht aufgeräumte Schulmappe Sharons konnte Ruth bis zur Raserei treiben. Unordnung im Zimmer ebenfalls. Einmal hörte Sharon ihre Mutter zu einer Freundin sagen: Sie hat Andrés Nase, aber bei einem Mädchen sieht das natürlich nicht so gut aus. In Sharons Gegenwart erzählte Ruth Freunden, dass sie eine gute Chance habe, als Korrespondentin des *Ha'aretz* nach Galiläa zu gehen, doch könne sie das ja schließlich nicht, Sharons wegen. Als dann Amnon ins Haus kam, Ruths erster Mann nach der Trennung von André, wurde die Kluft zwischen Mutter und Tochter noch größer. Sharon ging, außer an den Wochenenden, jetzt auch oftmals abends zur Großmutter. Die beiden machten dann ihre Spaziergänge am Meer. Meistens gingen sie am Strand entlang in Richtung Jaffa. Sharon, eng an die Großmutter geschmiegt, hörte sie von einer Stadt in Deutschland, von Stuttgart, erzählen. Von Bad Cannstatt, wo die Familie Stern ein Hotel geführt hatte. Sie erzählte Sharon von Marbach, dem Geburtsort eines großen deutschen Dichters, dessen Dramen sie oft mit dem Großvater in verteilten Rollen gelesen hatte. Schon lange ehe Sharon in der Schule oder später im Goethe-Institut in deutscher Literatur unterrichtet wurde, waren ihr die Namen Schiller, Goethe, Lessing, Hölderlin oder Nietzsche vertraut. Und so antwortete die Großmutter auch auf Sharons Frage, warum sie nach dem frühen Tod des Großvaters allein geblieben sei, mit Hölderlin: »Einmal lebt ich wie Götter, und mehr bedarf's nicht.« Ohne auch nur einen Sinn zu verstehen, konnte Sharon auswendig: »Liebe wallt durch Ozeane, Durch der dürren Wüste Sand, Blutet an der Schlachtenfahne, Steigt hinab ins Totenland. Liebe trümmert Felsen nieder, Zaubert Paradiese hin, Schaffet Erd und Himmel wieder – Göttlich, Göttlich, wie im Anbeginn.«

Oftmals, wenn Sharon in der Abenddämmerung mit der Großmutter am Meer stand, wenn die grauen

Wellen ihre weißen Ränder wieder und wieder vor sich hertrieben in den Ufersand, dann sah Sharon die Liebe wie eine Frau im weißen Gewand. Sie ging über die Säume der Wellen hinaus ins Meer, dem Horizont zu, der bergend und drohend zugleich das Meer zu begrenzen schien. Lange konnte Sharon die Stimmung des abendlichen Meeres nicht aushalten. Ihr wurde dann Angst. Rasch zog sie die Großmutter mit sich fort, zurück zum belebten Strand, zur illuminierten Uferpromenade. Sharon wollte dann unter Menschen sein, ihre Stimmen hören, ihr Lachen und lautes Debattieren. Ganze Familien gingen abends am Meer spazieren. Sharon wäre gern Teil einer großen Familie gewesen, doch sie waren allein, die Großmutter, Ruth und Sharon. Onkel, Tanten gab es nur aus der Familie des Großvaters, doch sie lebten in Haifa. Sharon sah sie ebenso selten wie die Familie ihres Vaters, die in der Negev-Wüste, in Beer Sheba, lebte. Sharon wusste, dass die Familie ihrer Großmutter in Deutschland ermordet worden war, dass sie aus diesem Grund in Tel Aviv keine Angehörigen hatte. Keine große laute Familie, wie die meisten ihrer Mitschülerinnen.

Doch hatte Sharon oft den Sederabend, den ersten Abend des Pessachfestes, in der Familie ihres Vaters in Beer Sheba gefeiert, gemeinsam mit Großmutter und Ruth. Sharon liebte die Geschichten zum Pessach, was so viel heißt wie Vorüberschreiten oder Verschonen, denn der Engel, der die Erstgeborenen der Ägypter tötete, schritt an den Häusern der Israelis vorbei, verschonte deren Erstgeborene. Sharon liebte es auch, wenn Großvater Amos aus der Passah-Haggada vorlas: »Ihr sollt diesen Tag haben zum Gedächtnis und sollt ihn feiern dem Herrn zum Fest, ihr und alle eure Nachkommen, zur ewigen Weise. Sieben Tage sollt ihr ungesäuertes Brot essen: Nämlich am ersten Tag sollt ihr den Sauerteig aus euren Häusern tun. Wer gesäuertes Brot isst vom ersten Tag an bis auf den siebenten, des Seele soll ausgerottet werden von Israel ...«

Die Familie hatte schöne alte Sederschüsseln, auf denen die Matzen gereicht wurden, deren milden Kohlegeschmack Sharon gern mochte.

Die Bilder des Auszugs der Kinder Israels aus Ägypten hatten Sharon schon immer fasziniert. Als sie zum ersten Mal bewusst hörte: »Der Herr zog vor ihnen her, bei Tag in einer Wolkensäule, um ihnen den Weg zu zeigen, bei Nacht in einer Feuersäule, um ihnen zu leuchten ...«, da fragte sie ihre Großmutter, warum der Herr nicht vor den Juden aus Deutschland hergegangen sei und ihnen geleuchtet habe. Die Großmutter hatte nichts erwidert und Sharon blieb still. Doch oft sah sie sich mit der ganzen ihr unbekannten Familie Stern am Tag einer Wolkensäule folgen und in der Dunkelheit einer Feuersäule. Sie fürchtete sich vor beidem und konnte doch nicht aufhören, sich vorzustellen, wie alle Sterns auszogen aus dem Land Württemberg. Doch keine der rettenden Säulen war erschienen, und so waren schließlich nur Großmutter, Ruth und Sharon übrig geblieben. Ruth und sie waren Sabre, im Land geborene Nachkommen von Jeckes. Seit Sharon wusste, was Jeckes oder Jekkes überhaupt bedeutete, war sie stolz darauf. Sie mochte vielleicht sechs Jahre alt gewesen sein, als Mira, ein Nachbarsmädchen, ihre Falafel achtlos auf die Haustreppe warf, auf der Sharon saß und malte.

Zum einen aß Sharon sehr gern diese Waffeln, zum anderen hatte das Geschoss sie erschreckt. Zornig rief sie Mira zu, was ihr einfalle, die Falafel wegzuwerfen, sie solle sofort kommen und sie aufheben. Aggressiv schrie Mira zurück: »Das ist meine Falafel, mit der mach ich, was ich will, und überhaupt, von Jeckes lass ich mir gar nichts sagen.«

Sharon hatte Ruth gefragt, und die Mutter erklärte ihr, dass Jeckes ursprünglich ein höhnischer Name gewesen sei für Juden aus Deutschland, die Anfang der Dreißigerjahre vor Hitler nach Palästina geflüchtet seien. In Palästina lebten damals mehr als eine Million Menschen, davon waren vielleicht 200 000 Juden, der Rest Araber. Doch schon 1941, als der Zweite Weltkrieg die Einwanderung nach Palästina blockierte, lebten dort bereits eineinhalb Millionen Menschen, ein Drittel davon waren Juden. Waren es vor dem Krieg etwa zweitausend deutsche Juden gewesen, die in Palästina eingewandert waren, so suchten bald mehr als fünfzigtausend verfolgte deutsche Juden dort Schutz. Das war für damalige Verhältnisse eine Masseneinwanderung, die kaum verkraftet werden konnte. Es gab noch keine deutsch-jüdische Gemeinschaft, noch keine Immigrantenfürsorge. Die Einwanderer waren auf sich allein angewiesen. Sie waren zum großen Teil gezeichnet durch die Verfolgung in Hitlerdeutschland. Sie sprachen meist kein Hebräisch, konnten also in ihren Berufen als Kaufleute, Journalisten, Schauspieler oder Ärzte zunächst nicht arbeiten. Sie mussten versuchen, von der Landwirtschaft zu leben, Kartoffeln anzubauen oder Hühner zu züchten. Dinge, die sie zum Teil nur dem Namen nach kannten. Die Siedler machten dabei bittere demütigende Erfahrungen. Menschen, die in Deutschland Villen bewohnt und große Vermögen besessen hatten, lebten jetzt mit ihren Kindern in primitiven Ställen. Alles, was sie zum Überleben brauchten, musste erlernt werden: Pflügen mit Eseln, künstliches Bewässern der steinigen Felder, die seit Jahrtausenden brachlagen. Unter größeren Steinbrocken lauerten Schlangen, Skorpione und Taranteln. Die Einwanderungsbehörden schickten Experten, die den Neulingen helfen sollten. Sie prägten irgendwann den Begriff »Jeke«, was so viel heißt wie »ein Jude, der schwer versteht«. Das bezog sich auch auf die Sprachprobleme der deutschen Neueinwanderer, die sich in ihren Dörfern abkapselten von den Juden aus Osteuropa, aus Nord- und Südafrika und aus den USA. Die Deutschen hielten häufig starr an ihren Traditionen fest und sprachen auch zwanzig Jahre später noch nicht hebräisch, fanden nie so recht Anschluss an die hebräische Kultur.

Sharons Großmutter, Eva Stern, deren Verwandte sich nicht ausreichend um das Waisenkind kümmern konnten, kam in einen Kibbuz. Die Kinder dort, alle im gleichen Alter wie Eva, nämlich zwischen zwölf und vierzehn, waren fast alle Sabres, also im Land geboren, und sprachen im Gegensatz zu Eva Hebräisch. Eva war von Anfang an in eine Außenseiterrolle gedrängt. Zusammen mit noch zwei anderen Mädchen wohnte sie in einem Zelt. Morgens ging es zur Arbeit in den Kuhstall, nachmittags wurden sie von einem Lehrer unterrichtet. Zu dieser Tageszeit war es für Evas Begriffe unerträglich heiß, sie hatte nach der schweren Arbeit des Morgens Mühe, dem Unterricht zu folgen. Ihr Lehrer gab sich große Mühe mit ihr, sprach mit ihr Englisch, das Eva in Deutschland noch gelernt hatte. Deutsch sprach niemand mit Eva. Deutsch wurde als Sprache Hitlers verachtet. Die meisten Leute im Kibbuz stammten aus Osteuropa. Sie hatten früher in Gettos gelebt, waren geflüchtet. In Palästina ließ ihnen die Freiheit Flügel wachsen. Wüste wurde durch die Siedler in fruchtbares Land verwandelt. Es gab große Obstplantagen, Gärten, Getreidefelder, Gemüsebeete. Es gab Schulen, jeder hatte genug zu essen. Es gab Kleider, Bücher in der Bibliothek. Die Kibbuz-Mitglieder wohnten in Häusern, ihre Kinder hatten eigene Kinderhäuser. Es war das größte Privileg, im Kibbuz geboren zu sein. Die eingeborenen Kibbuz-Kinder behandelten das elternlose deutsche Mädchen Eva mit großer Arroganz. Eva war einfach nicht vorhanden. Ausgerechnet in dieser sozialistischen Gemeinschaft lernte Eva schmerzlich, was Hierarchien bedeuten, Rangunterschiede. Eva begriff nicht, warum sie nichts wert war, warum sie im Zelt schlafen, vor dem Unterricht stundenlang arbeiten musste. Keiner der regulären Kibbuz-Jugendlichen musste das tun. Eva lernte, was es hieß, nur eine Jecke zu sein. Eine Jecke unter den im Lande geborenen Sabres. Sabres sind Kakteenfrüchte. Stachlig. Wer sie berührt, tut sich weh. Und genauso verhielten sich die im Kibbuz geborenen Jugendlichen gegenüber Eva. Das süße, saftige Innere der Frucht zeigten sie nicht. Es gab täglich neue Demütigungen, die sich die Kibbuzgeborenen für die Außenseiter ausdachten. Eva sehnte sich fort aus dem Kibbuz, wo ihr jeden Tag aufs Neue ihre Heimatlosigkeit bewusst wurde. Bei einem Kibbuz-Konzert lernte sie eine Familie aus Tel Aviv kennen, deutsche Juden wie Eva. Sie suchten ein

Kindermädchen für ihre beiden acht- und zehnjährigen Söhne und nahmen Eva mit in die Stadt. Endlich war sie eine Jecke unter Jekkes. Erst als sie mit ihrem späteren Mann Fritz in der Haganah arbeitete, erfuhr sie, dass Jecke inzwischen so etwas wie ein Gütezeichen geworden war, das nicht mehr für Schwerfälligkeit stand, sondern für Korrektheit, Pünktlichkeit, Ehrlichkeit.

Für Evas Enkelin Sharon bedeutete es nicht mehr sonderlich viel, dass sie von Jeckes abstammte. Sie war eine Sabre wie die Mutter, alle jüngeren Leute waren Sabres. Unter den alten Freunden der Großmutter, überhaupt unter den Älteren, gab es viele, die ihre KZ-Nummern in den Unterarm eintätowiert hatten. Sharon hörte immer wieder Schreckensgeschichten über die Gräuel der Konzentrationslager, über Morde und Folter, doch blieb der Nazi-Terror für sie merkwürdig abstrakt. Viel näher waren ihr, die nach dem Abitur ihren Wehrdienst antrat, die Toten in der West-Bank. Ihre Aggression und ihre Ängste galten der Palästinensischen Befreiungsfront, die im Norden Israels mordete und das Land verwüstete. Terrorgruppen, Kamikazekämpfer warfen sich in sprengstoffbeladenen Lastwagen auf israelische Ziele und ließen sich mit ihnen in die Luft sprengen. Diese Leute waren die Realität für Sharon. Realität waren auch der Spaten und das Gewehr, die Tornister, drei Hemden, drei Blusen, Rock und Kampfanzug, zwei Paar Schuhe, Essgerät, Schlafen im Zelt, Duschen im Gemeinschaftsraum. Frauen waren Offiziere, es gab einen weiblichen Oberst, es gab Puder, Lippenstift, Schmuck. Da hat sich viel verändert seit damals, sagte

Ruth. Für uns gab es nur Drill und Waffen. Wir hassten und kämpften wie die Männer. Geblieben war der Tod. Abel war gefallen. Er war sehr groß, breitschultrig, auf seinem schmalen Kopf ringelten sich die gestutzten Locken in die Stirn. Sein Lächeln war offen, es schien zu sagen: Lasst uns nur Feste der Freundschaft feiern. Ja, so lächelte Abel. Sharon saß gern mit ihm im Schatten der Zypressen am Lagertor. Abel war aus Jaffa. Sharon und er waren oft am Freitag per Autostopp nach Tel Aviv gefahren. Abels Daumen musste nicht lange signalisieren, jeder Autofahrer in Israel nahm Soldaten und Soldatinnen mit. Ehrensache. Abel, der Übermütige. Wie oft hatte Sharon sich gewünscht, ihm gleichen zu können. Wenn sie im Abendlicht auf Wochenendurlaub nach Tel Aviv fuhren, wenn sich die Umrisse der Zypressen weich mit den Konturen der Hügel verwebten, wenn alles sanft schien, der Krieg weit weg, dann lehnte sich Sharon eng an Abel. Einmal, es war schon spät, saßen sie auf dem Rücksitz eines verbeulten Fiat, dessen Seitenfenster links total verklebt war. Als Sharon Abel den roten Himmel zeigte, an dem eine flüssiggoldene Sonne unterging, musste er sich nah zu ihr beugen, um an ihrer Seite aus dem Fenster zu schauen. Abels Locken kitzelten ihre Nase, er schaute zu Sharon hoch, sekundenlang, Abel küsste sie nicht zum ersten Mal, doch noch nie unter solch einem Himmel.

Abel war tot. Abel war nur noch ein Name. Viele Abel werden täglich getötet, erschossen, in die Luft gesprengt, gefoltert, bis keine Seele mehr in ihnen war. Sharon war oft auf Friedhöfen, bei Abel und den anderen, die vor ihm und nach ihm fielen. Wozu?

Wenn es um die Freiheit ging, welche Freiheit hatte dann der tote Abel? Wenn es um das Land ging, um Erez Israel, was hatte der tote Abel von der toten Erde?

Als sie Abel begruben, senkte sich da der Keim des Gedankens in Sharon, wegzugehen aus Israel? Oder war es am Grab der Mutter, an Ruths Grab? War es die Unruhe in Sharon, ihre Suche nach dem Leben? Wo war Sharon daheim?

Sharon hörte noch die Worte des Oberrabbiners bei Ruths Beerdigung: »Fürchte dich nicht, denn ich habe dich ausgelöst, ich habe dich beim Namen gerufen, du gehörst mir. Denn ich, der Herr, bin dein Gott, ich, der Heilige Israels, bin dein Retter. Denn jeden, der nach meinem Namen benannt ist, habe ich zu meiner Ehre erschaffen, geformt und gemacht.«

Als sie Ruth begruben, die ihr Leben selbst beendet hatte, sagte der Rabbi nicht: »Eurer eigen Blut will ich von euch einfordern.« Er sagte nichts, und niemand sagte etwas darüber, dass Ruth aus dem achten Stockwerk eines Rohbaues gesprungen war. Offenbar konnte sie ihr Leben nicht mehr ertragen. Vielleicht konnte sie auch Sharon nicht mehr ertragen. Sharon, die voller Ungeduld war mit der Mutter, die einer Stoffpuppe ähnlicher war als sich selbst. Kam Sharon zum Wochenende aus Nablus heim, gleichgültig um welche Tageszeit, fand sie die Mutter vor dem Fernsehapparat, meist im Nachthemd. Die Wohnung war verwahrlost. Ruth, die Unnahbare, oft Verletzende, aber immer königliche Mutter, gehasst, doch von Sharon trotz allem bewundert in ihrer Welt der Nachrichten, Meinungen, brillanten Glossen – die schöne Ruth lebte jetzt in einer Schattenwelt. So wie Ruth sie, Sharon, nicht auf die Welt hatte bringen wollen, so wünschte Sharon ihrer Mutter jetzt den Tod. Hatte Sharon ihre schöne, junge, ungeduldige Mutter gefürchtet, so hasste sie jetzt die zerstörte, um Zuneigung werbende Fremde. Oder war es Scham, was Sharon die Mutter so verhasst machte? Sharon ertrug die Blicke der anderen nicht, die Prognosen über Ruths Zustand. Offenbar hatte Ruth es auch nicht mehr ertragen. Was wusste Sharon von ihr? Vielleicht war sie schon lange müde von den Nächten ohne Schlaf, vom Weinen der Verzweiflung und des Erkennens? Sharon wollte es nicht wissen. Sie erfuhr jedoch, dass Ruth Ärzte aufgesucht hatte. Deren Diagnose jagte Ruth hinauf in den achten Stock des Hochhauses. Die Tote war zerschmettert, doch Gesicht und Hände waren heil geblieben. Als Sharon ihre Mutter sah, sie ansehen musste von Amts wegen, da beschwerte Ruth das Herz der Tochter mit noch größerer Wucht, als sie das im Leben schon getan hatte. Jedenfalls schien es Sharon, als lächle die Mutter in leisem Triumph.

Abel. Wenn Abel jetzt da wäre.

Als die Maschine der El Al abhob, schaute Sharon auf das Land hinunter, das sie diesmal nicht nur für eine kurze Reise verließ. Sie war mit Ruth in Paris gewesen und in London. Bevor sie ihren Wehrdienst antrat, hatte ihr Vater sie zu sich nach New York eingeladen. Eine Stadt, die Sharon anzuschreien schien: Schau her, wie groß ich bin, wie reich, wie potent. Der Vater, der sie umarmte und küsste, ein fremder Mann. Er wohnte mit seiner Frau Nava im Village nahe Saint Marks Place. Die Wohnung war winzig und Sharons Vater schien seine Tochter deshalb vom La Ma Ma Experimental Theatre Club in die Carnegie Hall, am nächsten Tag in die New York City Opera, zum American Ballet Theatre, ins Pursuit of Happiness zum Discotanz, in The Peppermint Lounge zum Rockkonzert zu verschleppen, wohl damit sie die Behelfsmäßigkeit, das Improvisierte der väterlichen Existenz nicht erkennen sollte. Dabei war es Sharon völlig gleichgültig gewesen, ob der Vater in glänzenden Verhältnissen lebte oder in desolaten. In Sharon war Neugier gewesen, eine vage Hoffnung, die im Non-stop-Programm unterging. Sharon wusste, dass es in New York, USA, einen Mann gab, der ihr Vater war. Ihre Träume, ihre Sehnsüchte würden sich hier nicht erfüllen.

Sharon sah auf das Meer. Da, wo das Tel Aviv Hilton Hotel stand, war Sharon früher mit ihrer Großmutter zum Meer gegangen. Von der Ben-Jehuda-Straße über die Hayarkon waren es nur wenige Schritte zum Strand, der immer Sharons Lieblingsplatz geblieben war, auch noch, als das Hilton schon gebaut und der Strand immer belebter wurde. Auch mit Ruth hatte sie dort gebadet und mit Abel. Sie hatten der Tänzerin zugesehen, die täglich mit elastischen Schritten am Meer entlangging. Eine grauhaarige Tänzerin, die auf dem nassen Sand ihre Vorstellung gab. Balance, Schwünge, Pirouetten, beschwörend beschrieben die Hände komplizierte Figuren. Und die Wäscherin kam jeden Tag. Tiefbraun, von hoher kräftiger Gestalt, stand sie nahe der Dusche, um sich fast ohne Unterbrechung dort zu waschen. Nur ungern ließ sie andere Leute unter den Wasserstrahl. Sie wusch ihre Kleider, die Taschen, in denen sie offenbar alles aufgehoben hatte, was ihr gehörte. Wollte ihr jemand den Zutritt zur Dusche verwehren, gab sie nur scheinbar nach, um dann umso entschlossener wieder zu duschen. Verrückte, dachte Sharon, in Israel gab es so viele Verrückte.

Über den Wolken versuchte Sharon, sich auf das Kommende zu konzentrieren. In Tel Aviv waren die Tage kaum ausreichend gewesen, Ruths und Sharons Leben dort abzuschließen. Sharon hatte alle Möbel verkauft, das Haus in Ramat Chen fand sofort neue Mieter, die das Mobiliar zum großen Teil mit übernommen hatten. Jakob kaufte Ruths Fiat für einen zu hohen Preis, wie Sharon fand, aber er bestand darauf. Alles in allem war es nicht viel Geld, was Sharon behielt, als alles Behördliche geregelt war. Doch sie war noch nie wohlhabend gewesen. Großmutter hatte immer arbeiten müssen, zuletzt in der Herzl-Bibliothek. Ruth verdiente beim *Ha'aretz* zumindest so viel, dass sie das geräumige Haus in Ramat Chen mieten und angenehm leben konnten. Sparsamkeit, Haushalten, diese Begriffe hatte Sharon daheim nie gehört. Allenfalls im Zusammenhang mit Verwandten oder Bekannten, die diesen Hang hatten und von Großmutter und Mutter manchmal halbherzig darum beneidet wurden. Sharon hatte auch, als sie Wehrsold bekam, von Ruth zusätzlich Taschengeld erhalten. Andere Mädchen mussten sich oft von ihren Eltern Geld erkämpfen. Sharon nie. Sie hatte auch keine konkrete Vorstellung davon, wie lange sie in Deutschland von ihrem Geld würde leben können. Jedenfalls hatte sie für den Flug ein Ticket in der ersten Klasse gebucht und in München ein Zimmer im Bayerischen Hof bestellt. Der Name »Bayerischer Hof« gefiel ihr. Ein Hof in Bayern. Da wollte sie wohnen. Zunächst einmal. Dann würde sie weitersehen. Bei der Zahal hatte Sharon in den Dörfern Kinder von Einwanderern unterrichtet, die kein Wort Hebräisch konnten. Diese Arbeit hatte ihr viel Freude gemacht, und sie stellte sich vor, dass sie auch in Deutschland mit Kindern arbeiten könnte. Sharon sprach mühelos Deutsch. Sie hatte am Goethe-Institut jahrelang Deutsch gelernt, an Intensivkursen und Discussion-Clubs teilgenommen. Sie sprach wesentlich besser deutsch als Ruth, die es nur mit Großmutter und dann kaum noch gesprochen hatte. Sharon las auch Deutsch. Fontane war ihr Lieblingsautor. Von den Gegenwartsautoren las sie Christa Wolf, Wolfgang Koeppen, Martin Walser.

Besonders in Koeppens Buch *Jugend* las Sharon immer wieder. »Ich glaubte damals, aufzuwachen, aber die Wahrheit ist wohl, dass mein Schlaf sich in einem Traum verlor. Ich sah mich in diesem Traum agieren, ich handelte folgerichtig nach einer ihm innewohnenden Logik; doch hätte ich zu keiner Zeit sagen können, wovon ich träumte oder auf welches Ziel hin ich mich bewegte. Dies lässt sich auch nicht damit erklären, dass mein Ziel die Ziellosigkeit war ... Ich hatte mir nichts vorgenommen, nicht einmal die Ziellosigkeit; nur steuerte ich beharrlich von den anderen fort, und das war es, worauf es mir ankam.«

Beharrlich von den anderen fort ... Sharon wurde aus ihren Gedanken aufgeschreckt, als die Stewardess Essen brachte. Der Herr, der schräg gegenüber von Sharon saß und bisher in der *Frankfurter Allgemeinen Zeitung* gelesen hatte, wobei er beim Umblättern jedes Mal Sharon anschaute, der Herr fragte Sharon, ob sie zum ersten Mal nach Deutschland fliege. Sharon bejahte. Der eher mittelgroße, weißhaarige Mann, er mochte um die sechzig sein, hatte ein gebräuntes, glattes Gesicht, in dem starke, weiße Brauen auffielen und hellgraue Augen. Er trug ein Kaschmirjackett und zwei Brillantringe. Ich will nicht aufdringlich sein, sagte er zu Sharon, aber ich wüsste gern, was Sie nach München führt. Sharon hatte keine Lust, mit jemandem zu reden, obwohl ihr der Weißhaarige nicht unsympathisch war. Sie sagte daher freundlich, aber abschließend: Ich werde in München leben. Daraufhin holte der Mann aus seinem Jackett eine Visitenkarte und gab sie Sharon mit dem Bemerken: Falls Sie einmal Hilfe brauchen. Er sagte das in so sachlich ruhigem Ton, dass Sharon die Karte nahm und in ihre Handtasche steckte. Sie entdeckte die Karte erst wieder, als sie in ihrem Hotel die Handtasche auf dem Bett ausschüttete. Dr. Ferdinand Dietl, las Sharon, Ferdinand Dietl, Rechtsanwalt und Notar.

Aus ihrem Fenster im Bayerischen Hof konnte Sharon die Frauentürme sehen. Jetzt, in ihrem Hotelzimmer, fühlte sich Sharon zum ersten Mal allein, doch es war eine Art festlicher Einsamkeit, Exerzitien, Vorbereitung. Und doch hätte Sharon sich gewünscht, dass die Wände, die Decke ihres Zimmers mit ihr reden könnten.

Im Restaurant, beim Essen, fand sie sich angestarrt von Leuten, die ihr Aussehen den Kleidern verdankten, die sie trugen. Solche Leute waren Sharon unsympathisch, die erinnerten sie an reiche Amerikaner, die nach Jerusalem und Tel Aviv reisten, um zu sehen, wo ihre Spenden angelegt waren.

In ihrer ersten Nacht in Deutschland träumte Sharon von einem fremden Mädchen, das mit großer Strenge auf Sharon zuging und tadelnd fragte: Wie siehst du denn aus? Du bist ja gar nicht festlich gekleidet? Das macht aber keinen guten Eindruck, wenn du stirbst.

Sharon wehrte sich. Du siehst auch nicht sehr schön aus. Und wer sagt dir, dass ich sterben werde?

Das Mädchen antwortete streng: Wie ich aussehe, ist völlig gleichgültig, denn ich bin von innen heraus glücklich. Du jedoch musst festlich gekleidet sein für den Tod, denn du wirst sterben. Sharon fragte: Und warum muss ich sterben? Das Mädchen rief laut, so dass ihre Stimme wie ein Echo nachklang: Du stirbst an der Liebe, an der Liebe …

Sharon wurde wach, nahm langsam die Umrisse des Zimmers wahr. In ihrem Kopf hallte die Traumstimme noch nach. Sharons Glieder schienen mit Strängen gefesselt, so dass sie nicht wagte, sich zu rühren. Sharon hasste ihre Träume, die einander in geradezu perfider Trostlosigkeit glichen. Sie, Sharon, fand sich suchend in Wüstenzonen, auch in verfallenen Stadtvierteln oder in den drohenden Schluchten der Kupferminen. In Ruinenlandschaften fand sie sich, allein, suchend. Traf sie auf Menschen, waren sie fremd und in großer Zahl. Und in allen Träumen war Sharon unzureichend bekleidet oder nackt. Es gab auch Träume, in denen sie die Großmutter suchte. Es war noch vor wenigen Tagen, als sie von der Großmutter träumte, die nur wenige Meter vor ihr durch eine Tür ging. Als Sharon die Tür öffnete, zeigte sich direkt dahinter eine zweite, die sich nicht öffnen ließ. Da erwachte Sharon.

Selten träumte Sharon von Abel, doch wenn, dann war die Suche nach ihm so schmerzlich, dass Sharon mit Tränen auf dem Gesicht erwachte. Abels Mutter hatte ihr nach der Beisetzung Kinderbilder des Sohnes gezeigt. Abel, der unbekümmert und leuchtend schien, sah auf diesen Kinderbildern meist ernst aus. Ein umschattetes Kindergesicht, Schatten unter den Augen, ernst der kleine Mund. War Abel ein trauriges Kind gewesen? Es gab kein Gleichmaß, sagte seine Mutter. Abel war entweder strahlend froh, so dass er uns alle fast überrollte mit seinem Temperament – oder aber er war so still und traurig, dass niemand ihn trösten konnte. Abels Mutter hatte Sharon ein Bild geschenkt, auf dem Abel, auf seinen Locken die Jarmulka, traurig in die Kamera schaute. Diesen traurigen Abel suchte Sharon in ihren Träumen, und der ständig sich wiederholende Schmerz um die Vergeblichkeit dieser Suche war beim Erwachen auch physisch spürbar. Sharon hatte gelernt, aus diesen Träumen herauszugehen, sie konnte sich befehlen, zu erwachen, indem sie im Halbschlaf das Licht andrehte, womöglich das Radio. So konnte sie am schnellsten siegen über die Schatten der Nacht, die sich im Laufe des Morgens auflösten, nein, nur zurückzogen, denn in allzu vielen Nächten kehrten sie zurück.

Der Radiowecker zeigte 5 36 Uhr. Ein Sender namens Bayern 2 kündete Musik aus Altbayern, Franken und Schwaben an, der nächste Musik für Frühaufsteher; Sharon fand einen dritten, Bayern 4, dessen Klaviermusik – Fantasie C-Dur von Schumann – sie beruhigte. Als das heiße Wasser der Dusche um sie dampfte, wich auch der Klammerring um ihren Kopf. Sharon aß das Obst, das mit den besten Empfehlungen der Hoteldirektion in der Klarsichtfolie prächtig aussah, aber fad schmeckte.

Gegen Mittag ging Sharon durch die Drehtür des Hotels. Sie trug ihr einziges Paar hochhackiger Schuhe, in denen sie mehr als einmeterachtzig maß, da sie barfuß einsachtundsiebzig groß war. Groß genug also, doch Sharon hatte die Vorstellung, als müsse sie heute, an ihrem ersten Tag des neuen Lebens, das begann oder auch nicht begann, als müsse sie da so hoch und unangreifbar wie möglich sein. In der entgegengesetzten Richtung der Drehtür betrat ein Mann das Hotel, den Sharon gestern im Restaurant gesehen zu haben glaubte. Richtig, er grüßte. Sharon war einen Moment erwärmt, vergaß es aber sofort. Sie musste sich jetzt überlegen, in welche Richtung sie gehen wollte. Der mit Platten ausgelegte Gehsteig vor dem Hotel war breit und gepflegt, Taxen warteten, Gäste, Passanten kamen und gingen. Männer starrten Sharon an, Frauen auch, aber sie starrten anders. Sharon starrte zurück, sie hatte das gelernt, es war die beste Manier der Einschüchterung. Sharon bereute, dass sie die hohen Absätze trug, das schien eine Herausforderung zu sein, wahrscheinlich ging Sharon auf hohen Hacken zu tänzerisch. Du verwechselst die Straße mit dem Ballett-Studio, hatte Abel oft gesagt. Aber Abel hatte sie nie angestarrt, er liebte Sharons Gang, ihre Art, sich zu bewegen. Ja, Tanzen, Tänzerin, das wäre ein Beruf, den Sharon sich gewünscht hätte. Doch sie hatte zu spät mit dem Ballett-Unterricht angefangen, erst mit sechzehn. Da war eine richtige Ausbildung nicht mehr möglich. Dann musste Sharon zur Zahal. Sie hatte dort mit anderen Mädchen sogar eine Jazzdance-Gruppe gegründet, aber Armee war eben Armee, und da war wenig Zeit zum Tanzen.

Es war Sharons schönste Erinnerung an New York, der Abend im American Ballet Theatre. Sie konnte in den Sprüngen der Tänzer die eigene Sehnsucht erleben, den Wunsch nach vollkommenem Einssein mit dem Körper. Hochgehoben zu werden, sich allein oder mit den anderen in einem Rhythmus zu bewegen, das schien Sharon eine gute Form des Daseins.

Sharon las auf dem Schild »Promenadeplatz«, sie fand den Namen schön, Promenadeplatz. Nur promenierte niemand, alle Leute rannten, genau wie in der Dizengoffstraße in Tel Aviv. Sharon ging jetzt nach links, Maffeistraße hieß es hier. Autos gab es nicht, eine Straßenbahn klingelte die Fußgänger aus dem Weg. Sharon sah sich in den Schaufenstern der eleganten Läden, sie waren viel eleganter als in Tel Aviv oder Jerusalem. Sie sah sich in den Schaufenstern in ihrem kurzen weißen Kleid, und sie wusste nicht, warum sie auffiel. Sah man ihr am Ende an, dass sie aus Israel kam, dass sie Jüdin war?

Israels Zeitungen berichteten immer wieder darüber, dass der Antisemitismus in Deutschland und noch stärker in Österreich wieder aufflamme. Dass Juden Drohbriefe bekamen, dass ihre Grabsteine zerbrochen wurden oder beschmiert, dass man jüdischen Kindern in der Schule sagte, sie würden vergast werden im KZ. Sharon konnte sich das nicht vorstellen, sie kannte auch niemanden, dem das passiert war. Dorin, die lange in München lebte und letztes Jahr mit ihrem Mann nach Tel Aviv zurückgekommen war, Dorin hatte Sharon erzählt, dass sie in den acht Jahren ihres Studienaufenthaltes, ihres Lebens in München, auch im übrigen Deutschland, niemals eine antisemitische Äußerung gehört habe. Nie, nie, nie, hatte Dorin gesagt. Obwohl sie gläubige Juden waren, am Sabbat und an allen traditionellen Festen in die Synagoge gingen.

Ein schwer deutbares Gefühl erhob sich in Sharon. Es war eine Art Übermut, ein Bewusstsein von Freiheit oder Anfang. Sie war nicht an die jüdische Tradition gebunden, sie, Sharon Weil, war an überhaupt nichts gebunden. Sie wusste noch nicht, was sie tun wollte, sie hatte keine Lust zu handeln, sie war im Moment vollkommen erfüllt von ihrem Hier und Jetzt.

Am frühen Abend, müde im Gewühl der Leopoldstraße nach einem Taxi Ausschau haltend, sah Sharon plötzlich Abel. Sie sah ihn auf der anderen Straßenseite, an der Treppe einer U-Bahn. Sie sah ihn, wollte ihn halten, schrie »Abel, Abel« und rannte über die Straße. Autos bremsten, sie fiel und schrie im Fallen Abel. Sie wollte aufstehen, Abel nachlaufen, doch sie knickte wieder ein. Passanten halfen ihr auf, der Fahrer des Wagens, bleich, setzte sie neben sich auf den Beifahrersitz, um sie ins Schwabinger Krankenhaus zu fahren. Sharon sah und hörte alles nur am Rande, sie entschuldigte sich bei dem höflichen Fahrer, der sich wiederum bei ihr entschuldigte. Schließlich sei er auch zu rasch an die Ampel herangefahren. Er schaute besorgt Sharons Bein an, es blutete am Knie und am Schienbein gar nicht wenig, die Polster der Sitze bekamen Flecke, ebenso der Teppich. Es war ein schöner Wagen, ein teurer Wagen, ein Armaturenbrett wie ein Cockpit, der Fahrer hatte weiße Manschetten. Sharon wurde mit einem Mal übel. Sie war wie in Schweiß gebadet. Aber sie hatte doch Abel gesehen, sie hatte ihn wirklich gesehen, es war Abel gewesen, der tot in Beer Sheba auf dem Friedhof lag. War sie, Sharon, verrückt geworden, verrückt von dem Münchner Föhn, über den sie gelesen hatte, dass er die Menschen aggressiv mache, Entbindungen beschleunige, Herzanfälle verursache, vielleicht machte dieser Föhn auch Halluzinationen. Aber sie hatte doch Abel wirklich gesehen ... Der Fahrer des Wagens stützte Sharon die paar Schritte bis zur Ambulanz, aber Sharon knickte ständig wieder ein, so dass der Fahrer – vielleicht war er ja auch Chauffeur, denn er war sehr stark –, der Fahrer trug Sharon die letzten Meter und er hielt ihre Hand, als sie eine Tetanus-Spritze bekam und der Arzt mit eisigem Spray hantierte und es ihr gemein wehtat. Der Fahrer bestand darauf, die Behandlung zu bezahlen, und Sharon war es schließlich recht. Alles war recht, sie fühlte sich wie betrunken und konnte auch immer nur »Abel« denken und dass sie ihn finden müsse und dass sie im Hotel sofort Dorin anrufen würde, die sich auskannte in München und ihr helfen musste. Dieser Gedanke beruhigte Sharon im selben Moment, wie er ihr kam. Dorin würde ihr sagen, wie sie Abel finden könne.

Der höfliche Starke, wie Sharon den Fahrer nannte, bestand darauf, sie in den Bayerischen Hof zurückzubringen. Als er sie durch die Halle zum Fahrstuhl brachte, stand der grüßende Unbekannte des Vormittags wieder in der Hotelhalle in einer Gruppe von eleganten Leuten. Er kam sofort auf Sharon zu: »Sie sind verletzt, kann ich Ihnen helfen?« Sharon verneinte dankend und war froh, als der Lift sie nach oben brachte. Sie musste mit dem Gedanken an Abel, mit dem Telefon, mit Dorin allein sein.

Dorin sagte nicht, dass Sharon verrückt sein müsse, sie sagte auch nichts vom Föhn, sie hörte Sharon zu. Wenn das so ist, sagte Dorin schließlich, wenn das so ist, musst du ihn eben suchen. Jetzt war es Sharon, die Dorin für verrückt hielt. Dorin, du weißt, wie groß diese Stadt ist, wo soll ich ihn hier suchen?

Du musst immer wieder zu dieser U-Bahn-Haltestelle gehen, sagte Dorin. Du kannst auch eine Anzeige aufgeben. In der *Abendzeitung* zum Beispiel, aber auch in der *Süddeutschen Zeitung.* Schreibe, dass du den jungen Mann suchst, der an diesem Freitag um 18.45 h dort gewesen ist. Du weißt doch, was geschrieben steht: Suchet ihr mich, so findet ihr mich. Rufe zu mir, so will ich dir antworten und dir große unfassbare Dinge mitteilen, die du nicht kennst.

Die Anzeige in beiden Zeitungen brachte keinen Hinweis auf Abel. Doch Sharon war erfüllt von seinem Bild. Sie sah ihn jetzt in jeder Straße der Stadt, suchte ihn in den Gesichtern der jungen Männer, die intellektuell ausgeprägt waren oder schlicht, fröhlich lachend oder in sich gekehrt, aber niemals waren sie Abel. Und im Hotel wartete jeden Tag ein frischer Strauß hellrosa Rosen von dem Eleganten aus der Hotelhalle. Sharon hatte jetzt seine Karte, ein kompliziert geschriebener Doppelname mit einem Adelsprädikat stand drauf, dafür war der Vorname leicht – Friedrich. Friedrichs Rosen gaben Sharons Zimmer eine Wochenbettstimmung.

So viel Trostrosen, Rosentrost, tröstende Rosen, rosige Tröstung, rosiges Trösten. Spiel mit den deutschen Wörtern, das erinnerte Sharon ans Goethe-Institut in Tel Aviv, wo sie oft Scrabble spielten. Unweit ihres Hotels war das Münchner Goethe-Institut in der Sonnenstraße, es gab Intensivkurse für Ausländer. Sharon schrieb sich ein. Ausländer unter Ausländern. Tagsüber ging sie durch die Straßen wie alle anderen, oder doch nicht wie alle anderen? Ihre Füße spürten den harten Asphalt, sie ging auf der Suche nach Abel immer in die gleiche Richtung, Maffeistraße, Theatinerstraße, Odeonsplatz, Ludwigstraße, Leopoldstraße. Dort, in der Nähe der U-Bahn, war ein Café, Sharons Ziel. Suchte sie immer nur Abel, oder suchte sie in den Gesichtern der Frauen auch Ruth und Großmutter? Suchte sie hinter den Fassaden der Häuser ein Zuhause? Am Tag ließ sich die Illusion einer Zugehörigkeit noch aufrechterhalten. Viele Menschen gingen oder hasteten durch die Straßen. Sharon ging oder hastete auch. Auch sie hatte ein Ziel, von dem niemand wusste, dass es keines war. Auch Sharon ging, wie die anderen, auf einen Sprung ins Café, auch sie zahlte scheinbar hastig, um sich auf der anderen Seite der Straße wieder in einem Café niederzulassen. Sharon übte sich im Anpassen, sie war keine Touristin, nicht einmal die aufwendigen Schaufenster interessierten sie und auch nicht das Deutsche Museum. Wenn sie in die Neue Pinakothek wollte, dann an einem Abend in der Woche, wenn der Akademie-Professor mit seinen Studenten in den Marées-Saal ging. Der Hotelportier, dessen Tochter an der Akademie studierte, hatte Sharon davon erzählt, und sie stand an dem betreffenden Tag um sieben Uhr abends vor einer postmodernen Zwingburg zwischen wartenden Studenten. Sharon war beeindruckt vom Selbstbildnis des Malers Hans von Marées, das ihn im Alter von

25 Jahren zeigte. Ein verschattetes Gesicht, ein unstetes Leben. »Ich bin da immer der steinerne Gast.« Der Professor ließ die Studenten erst lange ruhig schauen, bis er fragte, was sie sähen. Sharon stand unter den Studenten, schaute die Bilder an, es war kein Zufall, dass sie hier war, diese Bilder – Menschengruppen, in traditioneller Pose vor schwebenden Landschaften stehend, endlos übermalt, immer wieder übermalt – hatten mit ihr, Sharon, zu tun. Marées will die klassische Kunst, das Volumen, sagte der Professor, das Volumen von innen heraus. Seht euch die akademischen Akte an, sie haben in der Kunstgeschichte Tradition, das Bild hat einen platonischen Charakter, ist ein geträumter Naturzustand.

Sharon empfand sich innerhalb der Gruppe völlig beziehungslos, so wie sie innerhalb menschlicher Gruppen meist völlig beziehungslos war. Ich bin da immer ein steinerner Gast. Sharon wird wieder in diese gläserne Zwingburg gehen, die »Neue Pinakothek« heißt, neue Bildersammlung, es gibt auch eine Alte Pinakothek unter buschigen Bäumen. Sharon fühlt sich in Bildersammlungen wohl, hier kann sie sich in Jahrhunderte hineinträumen, in Glück und Schmerzen, in Rausch und in Stille. Vor allem, wenn die Räume leer sind und kühl, so wie an diesem Abend.

Es ist halb neun Uhr, die Straßen im Viertel sind leer. Diese Leere hat Sharon fürchten gelernt. Es ist, als würden sich die Menschen am Abend einigeln, sie schließen sich in ihre Häuser ein, und die Straßen gehören denen, die keine Häuser haben. Du kannst jederzeit zu mir kommen, hatte Christin gesagt. Als Sharon vor einigen Tagen wieder mal im Café Adria saß und auf Abel wartete, hatte sich Christin zu ihr an den Tisch gesetzt. Eine junge Frau, die ihr rotes Lockenhaar zu einem Strauß auf den Kopf zusammengebunden hatte, eine breite Latzhose trug. Unter den roten Locken sah Sharon ein helles, schmales Gesicht mit einer zart nach oben gebogenen Nase, die Biegung war so sanft, dass sie dem Gesicht etwas Filigranes gab, das noch dadurch bestätigt wurde, dass der Mund klein und weich war. Das Kind, das die junge Frau unter dem Arm trug wie einen Seesack, dieser Kleine hatte hellblonde Igelhaare und einen Schnuller am Band, den er sich schweigend einschob und nur zum Essen freigab. Das Eis, das die Kellnerin brachte, warf er allerdings Sharon auf den Rock, der Becher war so kippelig und so schön kühl, das Kind wollte ihn halten, selber halten. Die Mutter sah Sharon bedauernd an, beide lachten, das Kind lachte, so dass ihm der Schnuller aus dem Mund fiel. Das Kind steckte ihn, als es fertig gelacht hatte, ruhig und ernst wieder in den Mund. Ich heiße Christin, sagte die Frau, die keinen Ring trug und keinen Ehemann hatte, nicht mehr hatte. Sie war verheiratet gewesen; »gleich nach dem Abitur, wir haben das beide gewollt und wir wollten auch, dass Pablo auf die Welt kam, der nicht den Namen Pablo bekommen hätte, wenn sein hellblondes Haar damals schon zu sehen gewesen wäre«. Pablos Vater, obwohl erst Mitte zwanzig, war dabei, einen Betrieb für Messebau aufzuziehen. Der Laden lief schon gut, sagte Christin, da ist Bodo verunglückt. Er wollte auf der Autobahn einen liegen gebliebenen Wagen abschleppen und wurde überfahren. Wir hatten noch so viel Schulden, sagte Christin, und wir hatten noch gar nicht gelebt. Der Pablo war daran gewöhnt, dass ich bei ihm war, wir konnten uns das leisten. Solange der Bodo lebte, da hat es gut gereicht für uns drei. Jetzt muss ich selber ran. Christin schaute kurz und prüfend auf Sharon. Ich arbeite in einer Bar. Tänzerin. Kannst ruhig auch Stripperin sagen. Ich gehe spätabends weg, wenn Pablo schläft, gegen vier in der Frühe komme ich heim und leg mich auch hin. Vorher stell ich dem Pablo eine Flasche ins Bett, eine Flasche mit Kakao, den mag er gern. Dann lässt er mich länger schlafen.

Das Kind kletterte jetzt an einem Stuhl herum, immer wieder versuchte es, hochzukommen auf die Sitzfläche. Für einen Moment hielt es inne. Drückte kurz, so dass sein Kopf rot anlief, rot durch die hellen Haare schimmerte. Nach diesen Sekunden der Kraft und Konzentration, deren Resultat jetzt in den dicken Windeln ruhte, nach dieser Anstrengung vertiefte der Kleine sich wieder in seine Kletterübungen, die er nur unterbrach, wenn Hunde in Sicht kamen. Wuffwuff, machte er dann oder brmmbrmm, wenn die Autos von der Ampel losfuhren.

Du musst uns besuchen, hatte Christin gesagt, aber wirklich. Und Sharon hatte diese Einladung angenommen. Es war ihr, als kenne sie Christin und den Kleinen schon geraume Zeit.

An einem der nächsten Abende fand Sharon in ihrem Hotelzimmer wieder einen rosafarbenen Rosenstrauß. Eine Zeit lang, Sharon wusste nicht, wie lange, war dieser Friedrich, dessen Namen sie sich nicht merken konnte, nicht in München gewesen, oder zumindest nicht im Bereich der Gärtnerei, wo rosarote Rosen zu kugelförmiger Üppigkeit mit rosa Bändern, Perlen und grünen Farnen zusammengebunden wurden. Seit Sharons Bargeld immer rascher abnahm, stellte sie auch über den Preis dieser Gebinde Überlegungen an und darüber, dass dieser Friedrich über viel Geld verfügen musste. Und so nahm sie die Einladung zum Abendessen an, die auf einer beiliegenden Karte ausgesprochen war. Um halb acht wollte dieser Friedrich sie in der Hotelhalle erwarten. Dann aber schnell. Allein Haarewaschen dauerte bei Sharon mehr als eine Stunde. Danach waren die Haare nur an der Oberfläche trocken, doch das war an Sommerabenden nicht weiter schlimm. Die Luft trocknete das Haar sanfter als jeder Föhn, und Abel hatte Sharons feuchtes Haar geliebt.

Was sollte Sharon zu diesem eleganten Friedrich anziehen? Sie zog einen blauen Tulpenrock aus der Tüte, sie hatte ihn erst heute gekauft, dazu passten vielleicht die trägerlose schwarze Corsage und schwarze Pumps. In Tel Aviv hätte Sharon sich in diesem Aufzug nicht aus dem Haus getraut. Der Rock war äußerst blau und äußerst kurz, beim Gehen schob er sich noch höher, doch jetzt war Sharon schon im Lift und auch schon in der Halle, und Friedrich erhob sich aus einem Sessel, ja, er erhob sich, er war wirklich elegant. Sie sind ja noch schöner geworden, seit ich Sie das letzte Mal gesehen habe, sagte Friedrich ernst und küsste ihre Hand. Dann nahm er leicht Sharons Arm und führte sie durch die Halle. Sharon war fast ebenso groß wie Friedrich. Sie fühlte die Massen ihres Haares feucht auf den Schultern sich ringeln, sie fühlte die laue Luft an ihrer nackten Haut mit einer Freude, die ihr neu war. Dieser Mann neben ihr, das spürte sie, war einer, der Frauen, schöne junge Frauen, zur freien Auswahl hatte. Sie, Sharon, war nur ein Glied in einer langen Kette, sie wollte das auch sein, heute Abend wollte sie das sein. Nicht mehr, nicht weniger. Die Falten, die sich von der kräftigen Nase Friedrichs hinunterzogen zum Mund, diese Falten gaben dem Gesicht etwas Statuenhaftes. Das dunkle Haar war nicht nur an den Schläfen grau, eine breite graue Strähne zog sich auch von der Stirn bis ins Nackenhaar.

Friedrich führte Sharon jetzt zu einer Limousine, die vor dem Eingang wartete. Ein Chauffeur öffnete die hinteren Türen. Sharon verstand nicht allzu viel von Autos, aber sie hielt dieses graue Schiff für einen Bentley.

Ich hätte Sie schon vor Wochen einladen mögen, doch ich war sicher, eine Absage zu bekommen, sagte jetzt Friedrich leise und ohne besondere Betonung. Er hatte eine dunkle, ruhige Stimme, seine Sprache war kultiviert, selbstverständlich, fast sachlich, als er fragte: Sie kommen aus Israel, nicht wahr? Ich bin Deutscher, meine Mutter war Französin.

Friedrich hatte auf dem Rücksitz den größtmöglichen Abstand zwischen sich und Sharon gelassen. Trotzdem roch sie sein Parfum oder Rasierwasser oder was es sein mochte. Es roch auf diese Entfernung schon so intensiv, dass Sharon es in der Nähe nicht hätte ertragen können.

Der Bentley fuhr, nein rollte jetzt über den Odeonsplatz, fuhr ein Stück die Ludwigstraße hinunter, um dann rechts abzubiegen. Sharon bemühte sich, die Straßenschilder zu lesen, an Orientierung fehlte es ihr noch weit. Sie fuhren jetzt ein Stück Altstadtring, bogen dann nach rechts in die Maximilianstraße ein. Friedrich hatte gefragt, ob Sharon das Restaurant Walterspiel in den Vier Jahreszeiten recht sei. Sharon war das gleichgültig. Außerdem hatte sie Hunger. Und dann war ihr alles Essbare recht. Das teilte sie Friedrich mit und der lachte. Endlich mal eine Frau, die nicht Diät hält, sagte er und küsste wieder Sharons Hand.

Wie ein großes altmodisches Wohnzimmer sah die Halle des Vier Jahreszeiten aus. Als Friedrich Sharon am Arm nahm, als er sie über ein paar Stufen ins Walterspiel führte, kamen sie an einem Schaukasten vorbei, in dem edle Kinderkleidung ausgestellt war. Sharon dachte an Christin, die jetzt bald Pablo allein lassen musste, um in der Bar zu tanzen. Number Six hieß das Etablissement, es musste hier ganz in der Nähe sein, am Kosttor, Christin hatte es Sharon beschrieben. Für einen Moment wäre Sharon jetzt lieber bei Christin gewesen. Sie hatte inzwischen schon einige Male in Christins Wohnung geschlafen, damit Pablo nicht die ganze Nacht allein war. Bei Christin und Pablo in der Agnesstraße hatte Sharon sich zum ersten Mal, seit sie in Deutschland war, daheim gefühlt.

Friedrich erzählte ihr von seiner Familie, von Stahl- und Hüttenwerken, die sein Großvater aufgebaut habe. Er, Friedrich, habe auch viele Jahre im Unternehmen gearbeitet, jetzt jedoch widme er sich fast nur noch der Gemäldesammlung, die der Familie gehöre. Sharon erzählte Friedrich von ihren Dienstagsbesuchen in der Neuen Pinakothek. Sie musste aufpassen, dass sie nicht mit vollem Mund sprach, die Bouillabaisse, die sie sich als Vorspeise ausgesucht hatte, schmeckte köstlich. Sharon überlegte, ob sie von dem Knoblauchbrot nehmen sollte, das gebuttert und duftend in weißen Servietten lag. Sharon vermutete, dass

Friedrich sie umarmen wollte, und obwohl sie noch nicht wusste, ob sie sich das wünschen sollte, ließ sie das Knoblauchbrot lieber liegen. Sie ließ sich von Friedrich mit Lachs-Carpaccio füttern, aß selber ein Kalbsbries auf Spinat und die halbe Saltimbocca von Friedrich. Sie hatte lange nicht so gut gegessen und sie vertraute dem Ober an, dass sie Lust auf eine große Portion Vanilleeis mit Sahne habe. Nein, nicht überbacken und nicht mit Cointreau, Vanilleeis pur. Zwischendurch fragte Sharon Friedrich, warum er sie eingeladen habe. Wenn ihn diese Frage verwunderte, zeigte er es nicht. Sachlich sagte er, weil Sie aussehen wie die Frauen auf den Bildern von Delacroix.

Sharon dachte, dass Friedrich vor vierzig Jahren wohl ungefähr so alt gewesen war wie sie, Sharon, jetzt. Dass er wahrscheinlich nur wenige Jahre jünger war als Großmutter, wenn sie noch lebte. Friedrich könnte ihr Großvater sein. Im selben Moment sprach er diesen Gedanken aus: Ich weiß, ich könnte Ihr Großvater sein. Tauschen wir also die Jahrgänge aus, sagte Sharon eislöffelnd. Ich bin 1964 geboren, und Sie? 1927, sagte Friedrich lächelnd. Nun, dann könnten Sie nicht mein Großvater sein, eher schon mein Vater. Der wäre ich mit Vergnügen, sagte Friedrich. Ich habe keine Tochter, allerdings könnte ich nicht garantieren, dass ich das Inzest-Tabu respektieren würde. Zum Übertreten gehören aber zwei, erinnerte Sharon. Eben, sagte Friedrich.

Sharon spürte, dass sie einen Schwips hatte. Zu Beginn des Essens ein trockener Sherry, dann wie viele Gläser Chablis? Jedenfalls war es Sharon, als bade sie in Friedrichs Wohlhabenheit. Die Kellner umtanzten sie, andere Gäste schauten diskret. Friedrich fragte

Sharon, ob sie nicht umziehen wolle ins Palais Montgelas, er würde gern für sie etwas reservieren lassen. Es ist eine wirklich hübsche Suite, sagte Friedrich, ein kleines Studio auf zwei Ebenen, da würden Sie sich wohlfühlen. Als Sharon kühl sagte, dass sie bald ausziehen werde aus dem Hotel, schwieg Friedrich sekundenlang und sprach dann über seine Wohnung in Bogenhausen. Er träfe sich oft mit Leuten im Bayerischen Hof, so aus Tradition, und er beglückwünsche sich jetzt, dass er diese Tradition nicht aufgegeben habe.

Sharon spürte eine unbestimmte Zärtlichkeit für Friedrich. Vielleicht galt diese Zärtlichkeit auch den weichen Teppichen, auf denen sie ging, den Kellnern, die sie umsorgten, ganz gewiss galt sie der Bouillabaisse, dem Vanilleeis und der Illusion einer Sicherheit und Sorglosigkeit, die Sharon sonst nicht kannte. Sharon war noch niemals sorglos und sicher gewesen, jedenfalls nicht, seit sie denken konnte. Und sie hatte gelernt, dass sie für Illusionen zu zahlen hatte. Die Währung war unterschiedlich, der Preis immer gleich.

Die schönste Illusion, die Sharon sich vorstellen konnte, die sie sich auch immer wieder kaufen konnte, war das Erleben der Schwerelosigkeit im freien Fall. Sie war inzwischen süchtig danach. Nach dem Sprung aus dem Flugzeug, nach dem Fall ins Nichts ohne Atem und ohne Gefühl, nur du und das Nichts, dreißig Sekunden lang, das ist berechnet, wie jede Illusion mathematisch berechenbar ist. Aber in dem Moment weißt du das nicht, du fühlst nur dich. Die Luft ist eine Hülle aus Stahl, dann öffnet sich über dir der Schirm, du hörst deinen Puls in den Schläfen, greifst in die Steuerschlaufen und schaust nach unten, versuchst, die Landezone zu finden, langsam dreht sich der Schirm in der totalen Stille, unfassbares Alleinsein, minutenlang, dann gehst du dem Boden entgegen, sanft und leicht, hinter dir sinkt raschelnd der Schirm.

Hatte sie es Friedrich erzählt, oder sich selber? Jedenfalls hörte Friedrich mit interessiertem Lächeln zu. Und sie erzählte ihm weiter, dass sie in Israel Fallschirmspringen gelernt habe. Bei der Zahal durften die weiblichen Soldaten nur Schirme zusammenlegen, Sharons Mutter war noch im Fallschirmspringen ausgebildet worden, doch das gab es nur in der Pionierzeit der israelischen Armee. Wie sehr hatte Sharon das bedauert, die Jungen beneidet, die eine Fliegerausbildung bekamen. Wie Abel. Er hatte die Fallschirmspringerlizenz, war in Israel und in den USA ausgebildet worden. Da es bei der Zahal keine Erlaubnis gab, lernte Sharon beim Aero-Club Tel Aviv Fallschirmspringen. Niemals hatte sie so gern gelernt. Dauerlaufen, Landefalltraining, Üben am Hänger, das Zusammenlegen des Schirms waren Sharon längst vertraut. An einem Sonntag wurde sie zum ersten Übungssprung eingeteilt. Abel, der die Leute vom Aero-Club kannte, durfte als Sprunglehrer mitfliegen. Er und Oren, der zweite Lehrer, schauten Sharon immer wieder aufmunternd an. Das Absetzflugzeug stand bereit. Aaron, der Pilot, stieg ein. Good luck, sagte er und gab Sharon einen kleinen Klaps. Dann ließ er den Motor an. Abel, Oren und Sharon kletterten in die Maschine, der Vogel hob ab. Sharon spürte ihr Herz klopfen, es war, als habe sich Sharons Herz in ihren Hals verlagert, dort klopfte es, Sharon wollte es hinunterschlucken, doch das ging nicht. Da nahm Abel ihre Hände, Sharon spürte, dass sie eiskalt waren. Abel lachte ein strahlend-liebevolles Lächeln, auch Oren war ihr ganz nah, und Sharons Angst, die ihr fast die Luft abschnüren wollte, diese Angst legte sich. Sharon rutschte wie Abel und Oren zur Tür, die beiden nahmen sie in die Mitte, hielten fest die Hände auf Sharons Schultern. Sharon wusste, gleich mussten sie springen, und da kam auch Aarons Kommando: »Go!«, und die beiden Männer sprangen mit ihr, hielten sie fest, Sharon spürte ihre Hände, sie sah das Lachen der beiden, fühlte den rasenden Fall. Sie versuchte, den Kopf in den Nacken zu legen, ein Hohlkreuz zu machen, doch gab ihr Abel schon das Zeichen, jetzt musste sie die Reißleine ziehen. Abel und Oren hielten sie noch so lange fest, bis ihr Schirm offen war, sie sanft in die Vertikale zog. Jetzt ließen Abel und Oren sie los, sie fielen an Sharon vorbei, jetzt öffneten sich auch ihre Schirme und alle drei glitten sanft dem Boden entgegen. Abel und Oren umarmten Sharon, lobten sie, gratulierten ihr. Auch die anderen vom Club beglückwünschten Sharon. Erstflieger hatten die Sympathie aller – jeder war einmal zum ersten Mal geflogen, jeder hatte es anders und einmalig erlebt, jeder erzählte davon. Sharon konnte ihre Freude mit den anderen teilen.

Friedrich sagte, dass es ihn bei Sharon nicht überrasche, dass sie auch noch vom Himmel springe. Und er kenne unweit von München einen Fallschirmsportclub, wo Sharon jederzeit springen könne. Doch Sharon wusste, dass sie sich diese Illusion von Freiheit und Gelöstheit, vom Fallenlassen ohne Gefahr nicht mehr leisten konnte. Sie durfte jetzt kein Geld mehr ausgeben, sie musste welches verdienen. Doch das sagte sie nicht.

Als Sharon mit Friedrich nach dem Essen in Harry's Bar ging, waren ihre Gedanken immer noch in ihrem früheren Leben. War sie damals glücklich gewesen und hatte es nur nicht gewusst? Jetzt, in ihrem neuen Dasein in dieser Stadt schien es ihr, als schwinde der Boden ihrer Existenz, sie sah ihre Zukunft wie durch ein umgekehrtes Fernrohr, durch ein langes Objektiv, bei dem man am Ende das Objekt winzig klein sieht. Sharon war beim Arbeitsamt gewesen, bei der Berufsberatung. Abitur und Wehrdienst, das ist keine Ausbildung. Dass Sie Kinder in Hebräisch unterrichtet haben, berechtigt Sie hier zu nichts.

Friedrich nahm Sharons Hand. Sie spürte die warme trockene Handfläche, die kühlen Finger. Doch das Gefühl der Fremdheit überstieg langsam die Wirkung des Alkohols. Sharon fragte sich, was sie hier tue mit einem Mann, von dem sie lediglich wusste, dass er immens reich war. Reichtum war für Sharon ein Abstraktum, das ihr die Menschen, die damit verbunden waren, nicht näher brachte. Im Gegenteil. So wie sie, Sharon, sich die Welt oder das Leben reicher Leute vorstellte, wenn sie sich überhaupt Gedanken darüber machte, so schien es ihr nicht erstrebenswert. Natürlich wäre sie selbst gern reich oder wohlhabend gewesen, das war etwas anderes, aber der Reichtum anderer Menschen hatte sie immer kalt gelassen. Sie interessierte sich auch nicht für kommunistische Ideologien. Sharon hatte keinerlei Gefühl für Standesbewusstsein, gesellschaftliche Hierarchien, sie sah nur alle möglichen Formen von Existenz und wünschte sich eigentlich nicht eine einzige davon für sich selbst. Nur dass sie so rasch wie möglich Geld verdienen musste, das wusste Sharon. Und sie dachte an Christin, die sich jetzt darauf vorbereitete, für sich und Pablo die Existenzmöglichkeit zu schaffen, tanzend, nackt tanzend. Und Pablo konnte es sich nicht aussuchen, er wurde nicht gefragt, ob er eine Mutter wollte, die Stripperin war. Christin hatte keine Chance, ihn zu fragen, wenn er nicht seinen Tag in einer Krippe verbringen sollte.

Ich möchte ins Number Six, sagte Sharon zu Friedrich. Er schaute Sharon einen Moment überrascht an, schob dem Barkeeper Geld über den Tresen und nahm Sharons Arm. Zum ersten Mal überlegte sie, was Friedrich wohl über sie dachte, welche Vorstellung von ihr in ihm lebte. Vielleicht war Friedrich nicht neugierig, vielleicht kannte er zu viele Menschen, war der Schicksale schon überdrüssig. Vielleicht wollte er auf anderen Wegen Sharon kennen lernen. Wenn er das überhaupt wollte. In ihrer wiedererwachten Nüchternheit zweifelte Sharon daran. Sie bezweifelte überhaupt die Situation, in der sie sich befand. Was tat sie hier an der Seite dieses Mannes, mit dem sie nur den allerkleinsten gemeinsamen Nenner hatte. Es gab nichts Verbindendes. Warum hielt sie seine Hand, warum legte er jetzt den Arm um ihre Schultern? Es gab keinen Grund, und Sharon wusste nicht, warum sie Friedrich Gefühle verwehrte, die er gar nicht von ihr gefordert hatte. Warum war sie zornig auf Friedrich? Denn Sharon wusste, dass sie zornig war, den Mann beneidete um seine Gelassenheit. Selbst wenn sie davon ausging, dass seine Sicherheit und Überlegenheit aus dem Reichtum kamen, in den er hineingeboren war, den ihm vermutlich niemand nehmen konnte. Wahrscheinlich hatte Friedrich immer gewusst, was das Morgen ihm bringen würde. Sharon wurde sich an der Hand Friedrichs darüber klar, dass sie sich nichts vom Morgen zu erhoffen hatte. Sehnte sie sich zurück nach Israel? Tel Aviv liegt nah am Tegernsee, schrieb Schalom Ben-Chorin. Für Sharon gab es jedoch nur die Wege ihrer Träume, die sie zurückführten, sie hatte in Tel Aviv nur das Gestern, die Toten, die ihr gehörten, und sonst nichts.

Und München? Hier hatte sie ein Hotelzimmer, das sie bald nicht mehr bezahlen konnte. Hier hatte sie ein Phantom namens Abel, das sie seit Wochen immer wieder in die Leopoldstraße trieb. Hier hatte sie Friedrich und roséfarbene Rosen. Doch sie hatte auch Christin. Christin und Pablo. Waren sie ihr, Sharon, nicht ähnlich? Sharon mutmaßte, dass sie sich Christin und Pablo in diesen wenigen Wochen mehr genähert habe als vielen Menschen aus ihrem früheren Leben. Christin hatte es sich angewöhnt, Sharon mit Shalom zu begrüßen. Pablo sagte inzwischen Schlom. Der Kleine sprach viel für sein Alter. Er sagte heiß, wenn man ihn fütterte, und tautau, wenn man sich verabschiedete. Pablo war so blond und blauäugig, wie Sharon sich ein deutsches Kind vorgestellt hatte. Einmal, als Sharon nachts Pablo einhütete, war er erwacht, rief »Maamii«, das er bald auch auf Sharon übertrug. Sharon nahm ihn auf, wickelte ihn neu und trug ihn, der sich müde an sie drückte, in der Wohnung herum. Vor einem großen Spiegel blieb sie stehen, sah sich und das Kind, und sie wusste, dass sie Pablo beschützen wollte, dass sie sich für ihn vierteilen lassen würde. Sharon dachte, dass sie wahrscheinlich erst ein Kind haben müsste, um zu lieben.

Im Number Six sah Sharon erst einmal nur Männer, eigentlich nur Köpfe und die auch wieder nur als helle Flecken im Dunkel der Bar. Helle Flecken, entweder

der Bühne zugewandt oder einem Whisky oder einem anderen hellen Flecken neben sich. Es war fast Mitternacht, alle Plätze schienen besetzt.

Der dunkle Raum war ohne Fenster. Natürlich, niemand wollte hinausschauen, dies war eine Festung. Sharon hatte keine Vorstellung von dem, was sie erwartete, sie nahm nur Gerüche wahr, einen schwer deutbaren Dunst, der alle Wahrheit zu vernebeln schien.

Als Friedrich und Sharon sich an die Bar stellten, die linker Hand die Wand einnahm, bot ein Mann Sharon seinen Barhocker an. Es war der Weißhaarige aus der El-Al-Maschine, der Sharon seine Karte gegeben hatte, der Anwalt Ferdinand Dietl. Auf einen Wink von ihm bekam auch Friedrich einen Sitzplatz. Aus dem Dämmer tauchte der Geschäftsführer auf und fragte nach den Wünschen. Seine Devotheit war kalt. Ihm, dem Zuhälter in der dritten Generation, machte keiner was vor. Er kannte sie, die kleinen Fretter und die wirklich dicken Fische. Er wollte von allen dasselbe. Vorsehen musste er sich vor Leuten wie dem Dietl. Der kannte die Gesetze, die er, Felngruber, scheute. Scheuen musste. Daher bemühte er sich, zu Dietl eine Art kumpelhafter Feindschaft aufrechtzuerhalten.

Dietl zeigte deutlich seine Bewunderung für Friedrich. Er kannte sich aus in der Malerei des achtzehnten und neunzehnten Jahrhunderts, die Friedrichs Familie gesammelt hatte. Er kannte auch die zahlreichen Stiftungen des Hauses. Der Geschäftsführer begnügte sich mit anerkennendem Nicken. Ihm war gleichgültig, woher die Leute ihr Geld nahmen, wenn sie nur welches hatten und gewillt waren, es in Etablissements wie dem, das er führte, auszugeben. Der Doktor Dietl, dem das Haus gehörte, dem er Pacht zahlen musste, der zog ihm die Haut ab.

Sharon schaute auf die Bühne, wo jetzt ein blondes Mädchen die langen Beine abwechselnd in die Höhe warf, wobei sie jedem Bein immer beglückwünschend nachzuschauen schien. Freundlich verabschiedete sie sich auch von ihrem fast sportlich anmutenden Seidenhemd, dem breiten Gürtel, dem Büstenhalter und dem Höschen aus Glitzerleder. Das Mädchen hatte jetzt nur noch die Freundlichkeit am Leib. Nackt schickte sie nochmals ihre Beine gen Himmel und dann trat sie ab, um nach kurzem Lichtwechsel Christin Platz zu machen, die in einem hautengen Abendkleid auftrat, das eine Art spanischen Rüschenrock hatte, der sich beim Tanzen dann als rüschenbesetzte Hosenbeine erwies. Die trug sie noch, als das Bikinihöschen schon gefallen war.

Sharon wusste von Christin, dass sie während des Tanzens nichts empfand außer den eigenen Herzschlag. Dass sie ihren Körper in einer Hülle trug, keinerlei Intimität kannte mit den anderen, die sie ansahen oder auch nicht ansahen. Sharon versuchte beim Auftritt Christins die in ihrer Nähe sitzenden Männer zu beobachten. Weder Friedrich noch Dietl geschweige denn der Geschäftsführer hatten einen Blick für die Bühne, und auch auf den Gesichtern der Männer konnte Sharon kein großes Interesse oder gar Gier entdecken. Eine Atmosphäre des Banalen. Sharon meinte sogar, Desinfektionsmittel zu riechen. Zuerst hatte ich Magenschmerzen, hatte Christin gesagt, dauernd musste ich auf den Lokus. Ich glaube, in der Woche vor meinem ersten Auftritt habe ich sechs

Pfund abgenommen. Jeden Tag eines. Obwohl mein Geld so knapp war, hab ich mir diese Perücke gekauft, 800 Mark, aber ohne die hätte ich mich überhaupt nicht rausgetraut auf die Bühne. Stell dir vor, da sitzt einer drin, der mich kennt. Ich will das nicht wegen Pablo. Und dann war es so weit, und ich habe mich auf meinen Auftritt konzentriert und auf den Bewegungsablauf, den ich mit Bill einstudiert hatte, nur darauf habe ich mich konzentriert, gesehen habe ich niemanden. Und ich hab mich gefühlt wie als Kind, wo du dir die Augen zugehalten hast und überzeugt warst, dass dich niemand sieht. So sicher habe ich mich unter der Perücke gefühlt, ohne die Perücke würde ich niemals auftreten. Ich bin eben Vanessa, nicht Christin, es ist gar nicht so schlimm, vor allem nicht, wenn die anderen Mädchen noch nüchtern sind. Nur wenn sie sich betrinken und hysterisch werden, dann gibt es Krach, das ist manchmal nicht zum Aushalten. Da verteilt der Felngruber auch Ohrfeigen. Ich halte mich da raus. Ekelhaft wird es, wenn du zu Behörden musst oder zur Polizei, egal aus welchem Grund. Wenn die merken, dass du Stripperin bist, dann bist du unten durch, dann bist du das Letzte, der letzte Dreck. Die behandeln dich genau wie eine Prostituierte, die machen da keinen Unterschied.

Sharon wusste, sie bräuchte keine Perücke. Da war niemand in München, dem sie sich preisgeben würde. Sie wandte sich zu Dietl, fragte ihn, ob er ihr helfen könne, sie wolle als Tänzerin in der Bar arbeiten.

Soll des a Witz sein?, fragte Felngruber, der Sharons Frage gehört hatte. Dietl starrte fassungslos Sharon an, schaute dann zu Friedrich, der nur sein müde-ironisches Lächeln zeigte. Doch Sharon erkundigte sich bei Dietl nach den Formalitäten, nach Arbeitserlaubnis und Versicherung. Vor allem musste er Felngruber weichklopfen, der, das spürte Sharon, keine Lust hatte, sie einzustellen.

Doch Sharon wusste, dass Dietl Felngruber keine andere Wahl lassen würde. Dietl war noch neugieriger auf Sharon geworden. Wer war das schöne Mädchen, das in der El Al First Class flog? Jetzt hatte er die Erklärung, Friedrich war die Erklärung für First Class und den Bayerischen Hof. Er, Dietl, hatte so was sofort vermutet. Mädchen, die First Class fliegen, haben entweder reiche Väter oder sind Edelprostituierte. Dieses Mädchen hier wollte noch mehr ausprobieren. Das schwarze Haar hing wie eine spanische Mantilla um ihre Schultern, sie war Carmen. Er, Dietl, hatte nicht aufgehört, an Sharon zu denken, seit er sie im Flugzeug gesehen hatte.

Als Sharon mit Friedrich das Number Six verließ, umgab die Nacht sie mit frischer lauer Luft. Sie wollen wirklich in dieser Bar tanzen?, fragte Friedrich. Und er setzte hinzu: Warum, glauben Sie, kann Ihnen das mehr geben als ein Leben mit mir? Betroffen sah Sharon Friedrich an. Sie hatte ihn fast schon vergessen.

Felngruber mochte Sharon nicht. Obwohl die Bar jede Nacht überfüllt war, seit Sharon tanzte, obwohl er persönlich Sharon als Star Nummer eins unter den Tänzerinnen ankündigte, glich sein schmallippiges Lächeln einer Beschimpfung für Sharon. Er verzieh es ihr nicht, dass Dietl von ihm verlangt hatte, sie einzustellen. Jedes der Mädchen wusste, dass Sharon gegen seinen, Felngrubers, Willen in der Bar arbeitete. Doch er gab zu, dass Sharons Tanz die Bühne fast sprengte. Sharon hatte eine Woche mit Bill gearbeitet. Bill, der immer mit dem Rücken zur Bühne saß. Bill war Choreograf am nahen Theater, aber vor allem war er Gast im Number Six. Gast und Freund, er brauchte nicht zu zahlen. Dafür machte er aus Kassiererinnen, Krankenschwestern oder Friseusen Striptease-Tänzerinnen. Er fühlte sich für nichts verantwortlich, vermied es aber, das Ergebnis seiner Mitwirkung zu betrachten.

Bei Sharon war das anders, da sie regelmäßig Jazzdance-Training gemacht hatte. Darauf konnten beide etwas Brauchbares aufbauen, bei dem er, Bill, sogar ohne das Risiko eines Schreikrampfes zuschauen konnte.

Sharon hatte sich zu ihren Tänzen westindische Musik ausgesucht. Sie tanzte nur für sich allein. Von der ersten Sekunde ihres Auftritts an war sie mit ihrem Körper und mit der Musik allein. Im Tanz konnte sie sich nach den Straßen und Quartieren Tel Avivs sehnen, nach den Rekruten der Zahal, die ihr überall begegneten, nach Pablos Pizzeria und Mickeys Icecream auf der Dizengoffstraße, nach den grauen, weiß gekrönten Wellen des Meeres, das schmutzig war und ewig zugleich. Sharon sehnte sich nach dem Sandstrand. Richtung Jaffa hinter dem Meeresfelsen lag die Festung, bestrahlt die hellen Quader für die Fremden, doch immer noch labyrinthisches Versteck der Kindheit. Sharon tanzte sich die Sehnsüchte und unbestimmten Träume duftender Sommerabende in den Felsen des Negev, in den Salzkrusten des Toten Meeres, sie streichelte Schafe im Schatten der Eichen in

Hebron, sie sah die Weizenfelder, die Zedern und Zypressen des Jordantals, sie badete im grün beschatteten Wasser des Jordan, den die Israelis Yarden nannten, der Fluss, der hinabsteigt zum See Genezareth. Sie tanzte sich Dattelpalmen und Feigenbäume, glutrote Granatäpfel und grüne Trauben. Sharon holte Jerusalem zum Tanz, die Davidstadt, die in ihren Träumen stets golden in der Sonne lag, eine einzige Verheißung. Sie schrieb ihre Träume auf Papier und steckte sie in die Fugen der Tempelmauer. Im Tanz konnte Sharon sich die schönsten Erinnerungen wie eine Tarnkappe überstreifen, die sie für andere unerreichbar machte.

Sharon hörte daher auch nicht den Applaus. Er war ihr gleichgültig, eher lästig, sie wollte keine Sonderstellung, wollte nicht ausgesondert sein. Doch Sharon schien alles Boshafte, alles Unbeständige in den Gefühlen der Frauen wachzurufen, die sie anfangs als eine Art Motor zu akzeptieren schienen, dann aber die Lust verloren und das Idol zu zerstören oder zumindest zu stören suchten. Bald war in der Garderobe die Atmosphäre eines Eisschrankes. Nicht nur Dandy, Sharons kleiner Yorkshireterrier, den Friedrich ihr geschenkt hatte, nicht nur Dandy fror unter seiner Decke. Sharon fand immer wieder Teile ihres Kostüms zerschnitten oder angeflämmt. Alles was sie in der Garderobe zurückließ, wurde auf irgendeine Weise zerstört. Dandy, anfangs zutraulich und Hätschelhund aller, versteckte sich neuerdings in den hintersten Winkel und kam nicht hervor, bis Sharon ihn holte. Obwohl auch Christin versuchte, auf Sharons Sachen und auf Dandy achtzugeben, obwohl sie mit den anderen Mädchen und mit den Frauen an der Bar redete, war die Bosheit nicht zu fassen. Sharon suchte die Garderobe zu meiden. Im grell beleuchteten Spiegel sah sie die anderen. Andrea, die rote Perücke neben sich auf dem Styroporkopf, häkelte an Weißem, Biggi lackierte die Fingernägel, Elke schrieb einen Brief, Assi las Kaugummi kauend in einer Illustrierten. Sharon wusste nicht, was die Mädchen über sie dachten, sie spürte nur die Distanz, die sich tagtäglich zu vergrößern schien. Doch wie hätte Sharon ausgerechnet in diesen Kreis Einlass finden sollen, wenn es ihr bislang nirgends und niemals gelungen war, teilzunehmen. Bei der Zahal hatte sie sich ebenso als Außenseiterin gefühlt wie bei den Ihren, bei den Verwandten des Vaters oder des Großvaters, bei Hochzeiten oder bei Beerdigungen. Immer war Sharons einzige Verwandte die Einsamkeit gewesen. Seit dem Tod der Großmutter war diese Einsamkeit endgültig geworden.

Christin. Ihr hatte sich Sharon immer mehr genähert. Zwischen ihr und Christin gab es keine Spur von Missgunst oder Heuchelei. Sharon glaubte Christin genauso wie sich selber. Sie verbrachten ihre freie Zeit fast ausschließlich miteinander. War Friedrich in München, holte er Sharon manchmal aus dem Number Six ab, und sie ging mit ihm wie in eine andere Welt, in der sie nur Gast war, auch nur Gast sein wollte. Friedrich schenkte ihr Schmuck, Blumen, Taschen und Kleider. Sharon teilte alles mit Christin, wie kleine Kinder tauschten sie lachend die teuren Dinge. Nimm es als späte Wiedergutmachung, sagte Christin, als private Wiedergutmachung. Sharon hatte Christin erzählt, dass ihre Großmutter in der Adenauer-Ära Wiedergutmachung erhalten hatte, da ihre gesamte Familie im Konzentrationslager ermordet worden war. So viel Geld hatte die Großmutter bis dahin niemals besessen. Es hatte immer gerade so zum Leben gereicht. Weil ihr über eure Verhältnisse lebt, hatten die Verwandten in Haifa und Beer Sheba gesagt. Das galt auch Ruth, Sharons Mutter, die nicht daran dachte, sparsam zu leben. Sharon wohnte jetzt bei Christin in der Agnesstraße. Ihr Zimmer im Bayerischen Hof hatte sie längst aufgeben müssen. In Christins Zweizimmerwohnung war es eng, weil Christin aus der Wohnung mit Bodo so viele Möbel hatte, an denen sie hing. Trotz der Enge fanden Christin und Sharon es schön, zusammen zu wohnen. Besonders morgens, wenn sie aus dem Number Six kamen, brauchte eine die Wärme der anderen. Meist schliefen sie Hand in Hand ein. Doch beide wussten, dass es auf Dauer nicht ging. Sharon suchte eine eigene Wohnung. Friedrich wollte einen Makler beauftragen, das hatte Sharon jedoch abgelehnt. Mochte er ihr Kinkerlitzchen schenken, und seien sie noch so teuer, das ganz normale Leben wollte sie allein einrichten. Das ganz normale Leben einer Stripperin. So lautete die Headline einer Reportage, die eine Journalistin für ein Magazin schreiben wollte. Es war die Frau des Reporters Krug, der seinerseits über das Münchner Nachtleben berichtete. Von ihm hatte seine Frau, Birke Krug, die Idee, Sharon zu interviewen. Obwohl Felngruber dieses Interview unbedingt verhindern wollte, obwohl er wieder behauptet hatte, dass bei Sharon »nichts ginge«, sprach Sharon mit Birke Krug, weil sie spürte, dass diese Frau ernsthaft war, ehrlich. Von ihr erfuhr Sharon dann auch, dass im

Hause Krugs eine Dachwohnung frei geworden war. Sharon, die einen ganzen Tag mit Birke verbracht hatte, mit ihr im Englischen Garten spazieren gegangen war, mit ihr zu Mittag gegessen und auf dem Viktualienmarkt eingekauft hatte, Sharon fühlte sich zu der mehr als zwanzig Jahre Älteren sofort hingezogen. Gemeinsam mit ihr fuhr sie am späten Nachmittag nach Nymphenburg. Hier, in einer ruhigen Straße, lag das Haus, die Wohnung im Dachgeschoss. Sharon war schon von der grünen Baumallee entzückt, von den alten Reihenhäusern, die zum Teil pittoresk aussahen, blumengeschmückte Fenster und Vorgärten hatten. Hier wollte sie wohnen, hier konnten Christin und Pablo am Wochenende bei ihr im Grünen sein, am Kanal die Enten füttern, im Park des Schlosses spazieren gehen. Sharon, Christin, Pablo. Warum Birke nicht mehr bei ihrem Mann wohnte? Sharon konnte sich an Michael Krug kaum noch erinnern. Er war offenbar verreist. Die beiden Damen, die noch mit im Haus lebten, die Mütter Krugs, schienen auch nicht im Haus zu sein. Birke zeigte jedenfalls Sharon nur ihr künftiges Refugium, und Sharon gefiel sogar die Einrichtung. Sie hätte ohnehin kein Geld für Möbel gehabt. Doch am meisten beeindruckt war Sharon von Birke.

Sharon war noch nie einer Frau wie Birke begegnet. Es war, als sei sie für einige Herzschläge lang die andere Hälfte von Sharon, untrennbar mit ihr vereint. Sharon kannte von Ruth und anderen Journalisten des *Ha'aretz* die Neugier, die Aufmerksamkeit, die Journalisten Menschen entgegenbringen, wenn sie für ihre Arbeit von Interesse sind. Doch hier, bei Birke, war das anders. Sharon spürte, dass sie ihr vertrauen konnte. Birke war der erste Mensch gewesen, der in Zusammenhang mit Sharons Arbeit von Beruf gesprochen hatte. Wie sind Sie zu diesem Beruf gekommen?, hatte Birke gefragt. Stripteasetänzerin, Stripperin – ein Beruf? Doch Birke meinte das ernst, Sharon spürte, dass sie nicht wertete, nicht beurteilte, schon gar nicht verurteilte. Birke nahm Sharon ernst, sie sammelte ihr alles wieder ein, was Sharon verloren glaubte. Bei Birke, das wusste Sharon, waren alle Ängste und Zweifel, war alle Unsicherheit ihrer Existenz aufgehoben, die sie bei Christin niemals zeigen durfte, da Christins Sicherheit ebenso brüchig war wie die Sharons.

Birke wohnte in Bogenhausen, in der Lucile-Grahn-Straße. Sie hatte dort eine große Altbauwohnung übernommen von einer Kollegin, die nach London gezogen war. Schon auf der Treppe hörte Sharon *Purple Rain.* Dann ist Mauritz da, sagte Birke. Doch von ihm war nichts zu sehen, einzig *Prince and the revolution* quollen aus seinem Zimmer. Im Wohnraum, gelehnt an einen lebensgroßen Porzellanleoparden, saßen zwei Mädchen, die sich die Fingernägel goldfarben lackierten. Sie schauten kaum auf. Erst, als Birke und Sharon Spaghetti carbonara gekocht und den Tisch für alle gedeckt hatten, erst da kamen sie in die große Wohnküche. Mauritz, ein hoch aufgeschossener Junge mit kurz geschorenem Haar, kam auf Strümpfen und blieb auch während des Essens leise. Er hatte dunkle Augen mit auffallend dichten Wimpern, die seinem mageren Gesicht, dessen helle Haut fest über die Backenknochen gespannt schien, etwas Leidendes gaben. Das fand jedenfalls Sharon, die in

Mauritz' Ausdruck viel von ihren eigenen Sehnsüchten wiederzufinden glaubte. Genau wie in Birke glaubte sie in Mauritz Teile von sich zu entdecken, zumal Mauritz seiner Mutter sehr ähnlich sah.

Danda dagegen, die jetzt ungeniert Sharon anstarrte und auszufragen begann, Danda glich mehr ihrem Vater, soweit Sharon sich das noch vorstellen konnte. Sie hatte auffallend graue Augen, die dem blassen Gesicht unter dem dunkelblonden Lockenhaar einen eher kühlen Ausdruck gaben. Nase und Mund waren kräftig, trotzig, die Bewegungen des Mädchens überaus graziös und dabei ungebärdig. Danda sprach schnell, wartete manchmal nicht auf die Antwort, gab sie selber, um neue Fragen zu stellen. Birke gegenüber war sie von einer Art nervösem Trotz, der Sharon betroffen machte. Danda konnte in einer Sekunde ihrer Mutter einen Pfeil hinschleudern: Darf ich vielleicht mal ausreden, ja? Könntest du nur einmal nicht an mir rummeckern, bitte? Nein, ich denke gar nicht daran, immer soll ich nach deiner Pfeife tanzen! Merkst du nicht, dass ich erwachsen bin, nein?

Im selben Moment, als Danda scharf und trotzig mit ihrer Mutter sprach, konnte sie dagegen Sharon anstrahlen, erwartungsvoll und offen.

Julie, Dandas Freundin, hatte ein hell geschminktes Gesicht unter einem Wust pechschwarz gefärbter Haare. Ein mit roten Steinen besetztes großes Kreuz hing in einem Ohr, um den Hals hatte sie merkwürdige, dünne Gummischläuche geschlungen. Sie trug eine Art Abendkleid aus schwarzem Taft mit Tüll, in das sie offenbar große Zacken hineingeschnitten hatte.

Mauritz hatte bemerkt, dass Sharon nachdenklich auf Danda und Julie schaute. »Die beiden suchen ihre

Identität«, sagte er ernsthaft, während er seinen Spaghetti-Berg sorgfältig mit Sauce bedeckte, »sie spielen jeden Tag eine andere Rolle.«

»Hosenscheißer«, sagte Danda, doch Mauritz war offenbar geladen: »Lern du erst mal, fleckenlos zu menstruieren«, riet er kühl seiner Schwester; »ich durfte heute schon wieder dein Bett neu beziehen.«

Birke erklärte Sharon, dass Mauritz in diesem Monat für die Betten verantwortlich sei. Das gehe reihum bei ihnen, da sie alle das Bettüberziehen hassten und es immer an ihr, Birke, hängen geblieben sei. Jetzt ginge es nach Plan, ebenso das Einkaufen und das Kochen. Damit sei diese Woche sie, Birke, dran. »Haste Glück gehabt«, sagte Mauritz zu Sharon.

»Ich find das total geil, dass du im Number Six tanzt«, sagte Julie zu Sharon, »machen dich die Männer an?«

Sharon fühlte sich gegenüber diesen Mädchen, die beide noch die Schule besuchten, neben diesen nur wenige Jahre Jüngeren fühlte sie sich schon schmerzhaft ins Leben verflochten, verbogen, verkrümmt, belastet. Danda und Julie erschienen ihr kindlich, behütet, sorglos, spielerisch das Leben probend. Auch wenn Sharon aus den Gesprächen gehört hatte, dass Julie sich mit ihren Eltern gar nicht verstand, bei der Großmutter lebte, einmal im Zorn in der elterlichen Wohnung Tabula rasa gemacht hatte. Das schien Sharon alles erstrebenswerter, leichter lebbar als ihre eigene Existenz, die nie eine Mitte gehabt hatte und dadurch allzu früh zerstörbar gewesen war. Diese Mitte, so glaubte Sharon, kann ein Kind nur dann finden, wenn es Vater und Mutter, ein Elternhaus hat. Danda, Mauritz und Julie hatten es zumindest jahrelang besessen, ihre Opposition schien Sharon Attitüde zu sein, eine Variante nur des spielendleichten Erwachsenwerdens.

»Lass dir nichts von meiner Turbo-Nazi-Oma gefallen«, sagte Danda zu Sharon, »die Nazi-Oma ist harmlos, die ist schon gaga.«

»Bitte, Danda!« Birke sah Danda wütend an. »Danda und Mauritz sind unverschämt. Sie haben mitbekommen, dass meine Schwiegermutter im Dritten Reich in der NS-Frauenschaft mitgearbeitet hat. Sie glauben, sie dürfen das heute beurteilen und verurteilen. Auch dass der Bruder meiner Mutter einer von Hitlers Architekten war, der in Nymphenburg mehrere Häuser besaß. Auch das Haus, in dem mein geschiedener Mann wohnt. Es gehört heute meinem Vetter Adi.«

»Sag ihr ruhig, was mit dem Adi los ist«, sagte Danda, »Sharon muss schließlich wissen, in wessen Haus sie kommt. Wenn du zu feig bist, dann sag ich es ihr.«

Und Danda erzählte, dass ihr Onkel Adi auch gaga sei. Sein Vater habe den Hitler so flammend verehrt, dass er daheim keine Worte mehr gehabt habe. Nur Pfiffe. Wenn er einmal pfiff, galt es seiner Frau, wenn er zweimal pfiff, galt es Adi, der damals natürlich Adolf hieß. »Von dem Pfeifen«, sagte Danda, »ist der Onkel Adi gaga geworden. Trotzdem hat der Arm von seinem Nazivater noch aus dem Grab dazu gereicht, dass der Adi im Landwirtschaftsministerium Sachbearbeiter für Manöverschäden werden konnte. Aber dort hatte niemand gepfiffen, und deshalb konnte sich der Adi nicht orientieren. Da haben sie ihn früh pensioniert. Jetzt lebt er in einem Gartenhaus, das früher mal zu einem der Häuser seines Vaters gehört hat. Er sammelt Plastiktüten, die verschenkt er an Leute, gegen die Atomstrahlen. Du wirst ihn schon kennen lernen, denn er kommt immer zum Dachreparieren. Der liegt dann stundenlang droben mit einem Transistorradio. Irgendjemand pfeift ihm dann schon, und dann kommt der Adi wieder runter.« Danda sah Sharon erwartungsvoll an. Julie fragte plötzlich:

»Willst du als Jüdin denn mit den Nazi-Omas zusammenwohnen?«

Sharon spürte mit einem Mal, dass ihre Nerven sich spannten, dass Julies Frage eine Wunde schlug, aus der ihre, Sharons, Unbefangenheit herausrann. Sie sah die Mädchen und den Jungen, die sie anstarrten, diese fast Gleichaltrigen setzten sich offenbar mit der nationalsozialistischen Vergangenheit ihres Landes auseinander, eines Landes, aus dem Sharons Vorfahren nach Palästina auswanderten. Und wenn nicht, waren sie von den Vorfahren dieser Jungen umgebracht worden. Heute hatte ein Nachkomme der Opfer mit den Nachkommen der Täter Spaghetti carbonara gegessen. Kein Schrei war erklungen, kein Meer hatte sich geteilt, nirgends brach die Erde auf.

»Ich bin Jüdin, ja«, sagte Sharon. »Aber ich möchte es sein, ohne dass mir daraus Nachteile entstehen oder ohne dass ich davon Vorteile habe. Ich möchte sein wie ein Christ, ein Brahmane, ein Moslem oder ein Mormone. Ich möchte nicht etwas Besonderes sein, weil ich Jüdin bin. Und deshalb denke ich, dass ich mit den Großmüttern in einem Haus leben kann. Eine Nazi-Oma oder eine Turbo-Nazi-Oma, darunter kann ich mir nichts vorstellen.«

»Meine Kinder können sich ebenso wenig darunter vorstellen«, sagte Birke ungehalten. »Sie sind respektlos und naseweis, sie fressen derzeit in den Medien alles, was sie über die Nazis und über den Antisemitismus geboten bekommen. Aber sie setzen sich nicht wirklich damit auseinander. Sie verurteilen nur, und über ihre Großmütter machen sie sich im Grunde nur lustig ...« Während Birke redete, war Mauritz leise aufgestanden und in sein Zimmer gegangen. Danda hatte Julie bei der Hand genommen und hatte im Hinausgehen zu Birke gesagt: »Du verdrängst doch bloß, du traust dich ja nicht mal nach Dachau.«

Vielleicht, sagte Christin zu Sharon, vielleicht musstest du erst nach Deutschland kommen, um Jüdin zu werden.

Sharon schwieg. Sie dachte an Danda, die über Birke gesagt hatte: Du traust dich ja nicht mal nach Dachau. Christin sagte zu Sharon, dass sie bislang Scheu davor gehabt habe, mit ihr über das Dritte Reich zu sprechen. Ich kann durchaus verstehen, sagte Christin, wieso Adolf Hitler in Deutschland an die Macht kam. Ich kann auch verstehen, dass ihm die Menschen zugejubelt haben. Die so genannte Masse. Hitler hat den Menschen scheinbar einen Wert gegeben, eine Identifikation. Er tat das zwar aus Kalkül, doch das haben die Menschen nicht durchschaut. Hitler hat Massenveranstaltungen organisiert, die Leute fühlten sich als ein Teil von etwas Großem, Herrlichem. Deshalb sind sie Hitler gefolgt, sie haben ihm geglaubt bis zum Ende. Das kann ich begreifen. Nur die Verfolgung der Juden – die kann ich nicht begreifen. Dass da Tausende mitgemacht haben, Unschuldige zu quälen, zu erniedrigen und umzubringen, das geht nicht in meinen Kopf hinein. Dafür schäme ich mich tatsächlich gegenüber jedem Juden. Gegenüber dir. Ich verstehe auch nicht, wieso ein Deutscher heute noch einen Judenwitz machen kann.

Inzwischen fuhren sie und Christin auf der Dachauer Straße. Pablo in seinem Kindersitz sang Lieder vor sich hin, die nur er verstand. Sein Blick war nirgendwo, nur bei sich selbst. Sharon fühlte sich durch Pablo ständig an den kleinen Prinzen von Saint-Exupéry erinnert: »Wenn ein Kind auf euch zukommt, wenn es lacht, wenn es goldenes Haar hat, wenn es nicht antwortet, so man es fragt, dann werdet ihr wohl erraten, wer es ist ...«

Nur wenige Autos standen um diese frühe Zeit auf dem Parkplatz vor dem Konzentrationslager. Nur wenige Besucher, die meisten offenbar amerikanische Familien, gingen mit ihren Kindern ebenfalls ins Lager. Sharon band Pablo in ein Tuch, das Christin ihr auf dem Rücken zusammenhakte. Scha-on, sagte Pablo, Scha-on.

Sie standen in einer großen Halle, vor einer Tafel, auf der die gesamten Konzentrationslager Hitlerdeutschlands aufgelistet waren einschließlich der Außenlager. Wie ein engmaschiges Netz hatten diese Orte des Gräuels über Deutschland gelegen. Dachau, in dem sie jetzt standen, hatte allein dreißig Außenlager: München, Germering, Ottobrunn, Bad Tölz, Eching, Landshut et cetera.

Warum, dachte Sharon, warum gehen wir durch ein Museum der Vernichtung? Warum geht man nach Dachau, Auschwitz oder Yad Vashem? Die Bilder der Gequälten tätowieren sich in unsere Seele. Warum schauen wir sie an? Als Mahnung? Es passieren doch jeden Tag und überall auf der Welt Verbrechen. Durch Gedenkstätten bringt man niemanden von Machtgier, Willkür und Grausamkeit ab. Sharon wusste nicht, ob Gedenkstätten sinnlos sind. Sie wusste aber, dass sie sich elend fühlte. Und Christin ging es ebenso.

Stumm gingen sie nebeneinander durch die Baracken. Stumm blieben sie vor Fotos stehen, die Verhungerte, Gequälte, Hoffnungslose zeigten. Besonders grausam waren die medizinischen Experimente an jüdischen Häftlingen. Die SS-Ärzte hatten Unterkühlungsversuche und Höhenflugversuche in Phasen fotografiert bis zum Tod der VP (Versuchsperson) genannten Menschen. Junge Männer schauten ohne Trost in die Kamera, bis irgendwann der Tod gnädiger gewesen war als die SS und sie erlöst hatte.

Bei diesen Versuchen hatte sich ein Münchner Arzt, SS-Untersturmführer Dr. R., besonders diensteifrig gezeigt. Seine Korrespondenz mit Reichsführer Heinrich Himmler war das beflissene Anschleimen eines gewissenlosen Verbrechers, der für seine bestialischen Morde von Himmler mit Delikatesspaketen belohnt wurde. Es gab einen Brief der Frau dieses Arztes an den »lieben hoch verehrten Herrn Reichsführer«, in dem sie sich für die Köstlichkeiten bedankte, die Himmler der Familie geschickt hatte. »Mein Mann bekam auch etwas davon mit ins KL (Konzentrationslager), weil er Schokolade so gern isst. Unser Sohn, Heinrich Peter, zappelt immer vor Aufregung, wenn ein Paket von Ihnen kommt.«

Weiter schrieb diese Arztfrau: »Mein Mann ist sehr glücklich, dass Sie den Versuchen so viel Interesse entgegenbringen, über Ostern hat er jetzt nur solche

Versuche alleine gemacht, bei denen Dr. Romberg doch nur Hemmungen und Mitleid gehabt hätte. Immer Ihre dankbare N. R.«

Als sie wieder daheim waren, suchten Sharon und Christin im Telefonbuch den Namen des SS-Arztes. Es gab einige Menschen dieses Namens im Ortsnetz München, allerdings nicht mit dem Vornamen des Arztes. Doch der Vorname der Frau, der eine Koseform sein musste, fand sich oder ließ sich vermuten. Christin rief dort an, und als sich eine Dame meldete, fragte Christin nach Frau N. R. Nach einer Sekunde des Schweigens sagte die Dame, dass sie Frau N. R. sei und was man von ihr wünsche. Christin legte mit einer Entschuldigung den Hörer auf.

Und alle behaupten, sie hätten nichts gewusst, sagte Christin.

## 5

Am nächsten Tag waren Christins Augen, die schon einige Zeit entzündet waren, voller Schlieren, und sie fuhren zur Augenklinik in der Mathildenstraße. Sharon trug Pablo auf dem Arm. Als sie sich am Eingang an der Tafel orientierten, sah Sharon einen Mann im weißen Kittel durch den Flur gehen. Es war Abel. Sharon, Pablo im Arm, rannte hinter Abel her, sie rief seinen Namen, obwohl sie wusste, dass es nicht sein konnte. Als sie kurz hinter ihm war, drehte sich der Mann um. Meinen Sie mich?, fragte er überrascht.

Es war Abel und es war nicht Abel. Natürlich nicht. Sharon stand vor ihm wie nach einer langen Reise, erschöpft und atemlos. Voller Freude. Sie sah ihn an, der Abel war und doch nicht Abel war, aber er war der, den sie gesucht hatte. Sein Haar, dunkel wie das von Abel, war lang und reichte weit in den Nacken. Seine Augen, waren sie blau oder grün? Er sah Sharon an, die zu erklären suchte, was nicht erklärbar war: Ich glaubte, ich meinte, verzeihen Sie bitte. Sharon stellte Pablo auf den Boden, er lief zu Christin, die zögernd näher kam. Sharon gab dem Mann, der noch sehr jung schien, ihre Hand, sagte ihren Namen. Er erwiderte, dass er sich freue, er heiße Alexander von der Heydte. Alexander brachte Sharon und Christin zu dem Arzt, der sich Christins Augen ansah. Währenddessen berichtete Sharon Alexander, dass sie ihn in Schwabing gesehen habe und seitdem suche. Ihn schien das keineswegs zu erstaunen. Dass ich so viel Glück habe, sagte er schließlich ernst, und es war Sharon, als versprühten seine Augen ein Freudenfeuerwerk.

Sie konnte es nicht begreifen, dabei war alles so einfach. Sharon wusste, dass dieser Tag sie für alles entschädigte. Wieder hörte sie ihre Großmutter: Einmal lebt ich wie Götter, und mehr bedarfs nicht. Doch sie, Sharon, wollte mehr, wollte alles. Der Wunsch, diese Freude für die Ewigkeit zu sichern, erfüllte sie, so dass sie zu zittern glaubte.

Christin kam von der Behandlung zurück und Alexander sagte zu ihr, dass es etwas zu feiern gebe. Können wir am frühen Abend miteinander essen, so dass auch dieser kleine Mann hier noch dabei sein kann? Zwei Frauen fühle ich mich unterlegen.

Alexander verabschiedete sich, er musste auf die Station.

Als Sharon mit Christin und Pablo auf die Straße trat, war ihr, als sei überall geflaggt. Die Häuser schienen zu strahlen, die Menschen – Sharon liebte jeden Einzelnen. Und jeden Hund, jede Katze. Christin erfuhr nun auch endlich, dass es Abel war, dass Alexander Abel war, den Sharon so lange schon suchte. Siehst du, sagte Christin, man muss es sich nur stark genug wünschen. Christins Stimme bebte. Der Tod, der ihr Bodo weggenommen hatte, war stärker als alle Wünsche.

Christin umarmte Sharon. Sie blieben auf der Straße stehen und sahen sich an. So schön wie du jetzt aussiehst, sagte Christin, so schön warst du noch nie. Und leiser: Ich hab gedacht, nach Bodo möchte ich mich nicht mehr verlieben, aber wenn ich dich so sehe …

Als Treffpunkt schien ihnen das Adria passend zu

sein. Als Sharon sich neben Alexander setzte, als er ihre Hand nahm und nicht mehr losließ, glaubte sie, dass aus ihren Haaren wilde Anemonen wachsen müssten. Sie war nicht mehr getrennt vom Leben anderer. Alexander, das wusste sie, war ihr ähnlich. Jede Minute, die sie zusammen verbrachten, fühlten sie sich enger miteinander verbunden.

Plötzlich hörte sie Alexander zu Christin sagen, dass er morgen früh nach Italien müsse. Alexander sah Sharon nicht an, als er sagte, er müsse dort Verpflichtungen wahrnehmen, die ihn mindestens drei Wochen festhalten würden. Dabei drückte Alexander Sharons Hand, er hob sie an seine Lippen, kurz nur, doch Sharon war es, als tauche er ihre Hand ins Feuer. Für Augenblicke war Sharon wieder eingebunden in ihre Ängste, doch als Alexander seinen Arm um ihre Schultern legte, als er ihr sagte, dass er ihr jeden Tag schreiben werde, da legte sich die Angst wieder und Sharon ruhte sich in Alexanders Augen aus. Als Alexander Sharon, Christin und Pablo in die Agnesstraße fuhr, als Christin mit Pablo ins Haus ging, nahm Alexander Sharons Hände. Werden wir heiraten?, fragte er. Sharon sagte Ja.

Jeden Tag kamen Karten aus Arma di Taggia. Karten, auf denen Alexander gepresste Blumen aufgeklebt hatte. Er malte eine Nase mit zwei Flügeln und schrieb dazu, dass er die Frage nach den hinreißendsten Nasenflügeln nun mühelos beantworten könne. Carissima, schrieb er, Sharonissima, ich bin aufgeregt und warte voller Freude auf dich, wann kommst du?

Dann der erste Brief: Carissima Sharon, mir geht es wie Asterix dem Gallier, der nur eines fürchtet – dass ihm der Himmel auf den Kopf fällt. Und eben das ist mir jetzt zugestoßen, und jetzt fühl ich mich wie – halt wie jemand, dem der Himmel auf den Kopf gefallen ist. Ist das alles wirklich wahr? Aber das ist ja das Problem, dass es wirklich wahr ist. Wenn's nicht so wahr wäre ... Ich hab schon blaue Flecken im Gehirn vom vielen Andichdenken. Sharon! Mir ist eingefallen, dass wir uns in das Guinness-Buch der Rekorde eintragen lassen können: Ein Mann und eine Frau, 22 und 24 Jahre alt, im Vollbesitz ihrer geistigen Fähigkeiten, beschließen nach zwei Stunden gemeinsamen Lebens zu heiraten. Sharon, das ist, denke ich, absoluter Weltrekord! Sharon, wenn wir so weitermachen, dann sind Philemon und Baucis ein Schmarrn gegen uns.

Dir zu sagen, dass ich Dich liebe, kommt mir fast schon wie ein Pleonasmus vor. Ich sage es Dir aber trotzdem, weil es so schön ist. Und weil Du es hoffentlich gern hörst. Ich werde es Dir jeden Tag sagen: Ich liebe Dich, Sharon. Du bist es und keine andere, und auf Dich habe ich 24 Jahre lang gewartet. Und Du hast 22 Jahre lang auf mich gewartet. Und das ist wohl die einfachste Erklärung dafür, dass wir nur zwei Stunden gebraucht haben, wozu man normalerweise zwei Jahre (mindestens!) braucht. Und bei den zwei Stunden haben wir uns noch Zeit gelassen. Ich glaube, wir hätten das auch in zwei Minuten erledigen können. Wie Du auf mich zugegangen bist, wie Du ranntest, den Pablo im Arm, wie Du atemlos vor mir gestanden bist, da wusste ich es eigentlich schon: Das ist SIE. Stell Dir vor, Du wärst nicht mit Christin in die Klinik gefahren, nein, stell es Dir nicht vor, ich darf gar nicht dran denken.

Ich möchte Dir gern beschreiben, wie es hier aussieht. Ich bin allein im Haus, es liegt schön und weiß und still hier am Berg. Stell Dir einfach das Paradies vor, wie Du es Dir als Kind vorgestellt hast – so ist es hier. Und ich bin Adam und warte auf meine Eva. Wenn ich mir vorstelle, dass Du hier wärst bei mir … mein Gott, 24 Jahre Warten haben sich gelohnt. Jeder einzelne Tag. Der Himmel ist mir auf den Kopf gefallen.

Und der Himmel bist Du.

Ich bin Dein Alexander Maximilian Gabriel.

P. S.

Damit Du es weißt: Alexander und Maximilian heiße ich nach meinen Großvätern, Gabriel nach meinem Urgroßvater. Ich bin vorläufig das letzte Glied in der Kette der Familie von der Heydte, und ich glaube, dass die anderen der Ansicht sind, ich sei auch das schwächste. Jedenfalls haben sie sich immer so verhalten. Es ist noch nicht allzu lange her, da haben sie mir noch vorgeschrieben, wie ich über die Straße zu gehen habe. Dass sie mir dies Weingut hier anvertrauten, ist wohl ein Experiment. Sie sind fest davon überzeugt, dass die Italiener mich über den Löffel barbieren werden. Aber da ich etwas Italienisch spreche, lassen sie mich machen.

Sharon. Wenn sie wüssten, dass es Dich gibt. Dich würden sie mir nämlich auch nicht zutrauen. Weil ich in ihren Augen immer noch das Baby bin (und sicher bleiben werde), können sie sich nicht vorstellen, dass andere mich ernst nehmen. Nimmst Du mich ernst, Sharon?

P. S. P. S. Wann kommst Du? Ich rufe Dich gleich nachher an, um zu hören, wann Du kommst. Sag Christin, dass Du zu deinem Mann nach Arma di Taggia musst. Ich küsse Dich. Pertutto!

Sie strahlen, sagte Birke zu Sharon, Ihre Haut strahlt, Ihre Augen, alles an Ihnen. Birke hatte Sharon geholfen, ihre Bücher und die Kleider in die neue Wohnung zu transportieren, sie konnten alles im Kofferraum und auf dem Rücksitz des Golf unterbringen.

Einen solchen Umzug wie diesen lasse ich mir gefallen, sagte Birke, als sie mit Sharon die Kleider in die Schränke hängte. Wenn ich an die Umzüge denke, die wir hinter uns haben – lieber Himmel. Zuerst aus dem Oberbergischen nach München. Zwei Haushalte, zwei Möbelwagen. Meine Mutter und ich zogen zu unserer Tante in dieses Haus, das Einzige, das ihr von dem großen Besitz geblieben war. Die Tante hatte selbst viel zu viel Möbel, wir wussten mit unseren gar nicht, wohin. Als die Zimmer voll waren, stand die Hälfte der Sachen noch im Möbelwagen. Bei Michael und seiner Mutter war es nicht viel anders. Meine Tante hatte ihnen eine Wohnung in der Südlichen Auffahrtsallee besorgt, das ist gleich drüben überm Kanal, fünf Minuten zu Fuß von hier. Auch bei ihnen standen Möbel und Kisten vor dem Haus. Ich werde es nie vergessen, die Paradekissen von Michaels Oma, die hatte seine Mutter ganz zum Schluss noch gerafft, sie standen da mit dem exakten Knick und sahen richtig bekümmert aus. Michael und ich stellten alles bereit für den Sperrmüll, außerdem kamen genug Leute, um sich die Sachen zu holen. Doch in der Nacht gingen unsere Mütter runter und holten alles wieder rein ins Haus.

Als Michael und ich dann heirateten, zogen wir in eine eigene Wohnung in der Ridlerstraße. Die Kinder kamen, es wurde zu eng, wir zogen wieder um in ein Reihenhaus nach Obermenzing. Dann starb meine

Tante, der Adi ging endgültig in sein Gartenhaus und vermietete uns dieses Haus. Gemeinsam mit den Müttern konnten wir den Mietpreis bezahlen. Wenn der Adi auch gaga ist, wie Danda sagt, und er ist tatsächlich nicht ganz dicht im Kopf, aber was Geld angeht, macht ihm niemand was weis. Er holt sich bis heute seine Anzüge vom Roten Kreuz, aber uns erhöhte er die Miete, wann immer das juristisch möglich war. Das nur nebenbei. Ja – und dann kam unser bisher letzter Umzug, als ich mit den Kindern in die Lucile-Grahn-Straße zog. Also mir reicht es fürs Erste …

»Ich hoffe trotzdem, dass du noch mal umziehst, nämlich wieder hierher, zu mir.« In der Tür stand Michael Krug, die beiden Frauen hatten ihn beim Reden und Einräumen nicht kommen hören.

»Ich habe gerade Sharon gesagt, dass ich die Umzüge meines Lebens hinter mir habe.« Birke kniff ihren ehemaligen Mann leicht in die Wange. »Provozier mich nicht immer«, sagte sie, »provozier mich nicht immer, dir Absagen zu erteilen.«

»Meine Frau ist zauberhaft, nicht wahr?«, sagte Krug zu Sharon, »leider hat sie keine Gefühle.«

»So ist es«, bestätigte Birke, »zumindest für dich habe ich gewisse Gefühle nicht. Und ich werde auch nicht vorgeben, dass ich sie habe. Und du solltest nicht einmal im Spaß dauernd von Gefühlen reden, die du ebenfalls nicht hast. Außerdem können wir Sharon unsere Geschichten nicht zumuten, sie ist verliebt, und ich hoffe, dass es ihr damit besser geht als uns.«

»Da kann man sehen, wie ungerecht du bist«, klagte Krug in scherzhaftem Ton, dem man aber die Bitterkeit anhörte: »Sharon gestehst du zu, dass sie verliebt ist, mir gestehst du nicht zu, dass ich in dich verliebt bin, mir willst du alles abstreiten, nur weil du selber nicht so fühlst.«

Birke hakte sich bei Sharon ein und fragte sie lächelnd, ob es etwas Grässlicheres gäbe als ein geschiedenes Ehepaar, das nicht aufhören könne, herumzustreiten. Sharon spürte, dass Birke die Unterhaltung mit Krug nicht recht war. Daher bedankte sie sich bei Birke für ihre Hilfe und sagte, dass sie noch heute Abend verreise, nach Ligurien. Krug bot sich sofort an, Sharon zum Zug zu bringen, und Birke verabschiedete sich, Sharon umarmend. Ich beneide Sie, sagte Birke, und es klang aufrichtig und traurig.

»Ich beneide Sie auch, ich beneide Ihren Freund, zu dem Sie jetzt fahren«, sagte Krug zu Sharon. Und: »Als ich Sie das erste Mal im Number Six sah, gingen Sie mir tagelang nicht aus dem Kopf. Ich glaubte, ich hätte noch nie eine Frau wie Sie gesehen. Oder ein Mädchen wie Sie. Ich war dann öfter im Number Six, hab Sie gesehen, wenn Sie auftraten, hab auch den Baron gesehen. Auch die sanfte Freundlichkeit, die Sie im Umgang mit ihm hatten. Damals habe ich geglaubt, dass Sie eine Frau sind, die sich niemandem öffnet. Seit heute weiß ich, dass ich mich geirrt habe. Ein Kind könnte sehen, dass Sie lieben. Und mir ist dabei etwas über mich selbst klar geworden. Manchmal wird man an einem Tag zwanzig Jahre älter; mir ist klar geworden, dass ich immer noch auf ein Wunder gewartet habe. Obwohl ich weiß, dass ich Birke liebe, dass ich damit auch nicht aufhören kann, wollte ich das immer wieder leugnen. Ich glaubte an ein Wunder, das sich an mir vollziehen könnte, an ein Märchen, in dem ich der Prinz bin. Ich glaube, davon haben Sie mich geheilt, Sharon.«

Sie schwieg. Im Moment interessierte sich Sharon mehr für Birke als für Krug, Birke war ihr näher. Sie hatten fast einen Tag und eine Nacht lang miteinander geredet. Sharon konnte über ihre Einsamkeit sprechen, Birke über ihre Ehe mit Krug. Ich war noch nie so allein wie am Tag unserer Hochzeit, hatte Birke gesagt. Grotesk. Als die Glocken läuteten, hätte ich heulen können. Ich habe aber gelacht. Und dann habe ich mit einem Vetter von Michael Rock 'n' Roll getanzt. Wie besessen Rock 'n' Roll. Michael kann nicht tanzen. Er ging dann ins Bett, von allen gefrotzelt ging ich halt mit, obwohl ich viel lieber weitergetanzt hätte. Mein Herz wurde immer kälter, meine Füße auch. Michael schlief sofort ein. Wir haben uns nicht berührt, wochenlang nicht. Als wir zum ersten Mal miteinander geschlafen haben, kannten wir uns mehr als sechs Jahre und waren zwei Monate verheiratet. Entsprechend war es dann auch.

Birke hatte so ein helles Kinderlachen. Sie schien Sharon stark zu sein, eigenwillig und frei. Krug dagegen schien ihr wie ein Gefangener, der offenbar von seinen Frauen erwartete, dass sie ihn befreiten. Doch Sharon konnte sich vorstellen, dass auch mit Krug gut reden war. Sie freute sich, bei ihm zu wohnen. Sie freute sich über so viele Dinge, die ihr in der letzten Zeit passierten, sie glaubte sich fast unfähig, so viel Freude auszuhalten.

Krug half ihr aus dem Wagen, trug die Reisetasche. Der Zug stand schon auf dem Perron. Sharon stieg in den Kurswagen München – Ventimiglia, sie hatte eine Platzkarte. Krug schärfte ihr ein, gut auf Geld, Gepäck und Pass achtzugeben. In diesem Zug wird wie verrückt geklaut, sagte Krug. Er spürte, dass er sich wie ein besorgter Ehemann verhielt, und Sharon dankte ihm, indem sie ihn spontan umarmte.

Dann war Sharon froh, allein zu sein. Allein mit ihren Gedanken an Alexander. Morgen, gegen zehn Uhr, würde sie bei ihm sein. Ein Gedanke, so groß, dass er nicht hineinpasste in Sharons Kopf. Sie musste ihn verdrängen, sie musste die Zeit bis morgen früh herumbringen, die Zeit totschlagen. Die Deutschen haben so schreckliche Begriffe, die Zeit totschlagen, schauerlich, herumbringen, das klingt wie umbringen, doch heute, jetzt möchte Sharon zum ersten Mal auch die Zeit totschlagen, herumbringen, umbringen. Die Zeit, die sie von Alexander trennt. Wie hat sie es nur ausgehalten bis heute?

Sharon holt seine Briefe heraus, es sind vier Briefe und sechs Karten, die Alexander innerhalb einer knappen Woche geschrieben hatte: Sharon, Liebste! Wenn Du kommst ... hoffentlich flippen wir nicht aus vor Glück. Ich will nicht ausflippen, ich will leben mit Dir. Du erfüllst alle meine Vorstellungen.

Gestern Abend um zehn Uhr ist Aldo raufgekommen zu mir, in strömendem Regen, Gewitter, Blitz und Donner. Hoon!, hat er vor der Tür gerufen, ich hab aufgemacht, und da stand er tropfnass mit Deinem Brief in der Hand. Wie im schlechten Roman: Der ligurische Bauer eilt durch Nacht und Regen und Gewitter, um Alexander einen Brief von Sharon zu bringen, weil sein Herr vor Sehnsucht krank ist nach seiner Liebsten. Wie oft ich den Brief bis jetzt gelesen hab? Zwanzigmal, dreißigmal. Und dann, um mich total in den Liebeswahnsinn zu treiben, hast Du mir auch noch Bilder von Dir geschickt. Sharon, mach so was bitte nicht mehr, ich halt das nicht aus, oder doch, mach es doch, es ist ein süßer Wahnsinn. Du machst mich jetzt schon so glücklich, wie ich noch nie in meinem Leben war – wie soll das denn weitergehen, da werden ja die Götter neidisch. Ich kann jetzt nicht mehr schreiben. Ich muss Dich endlich sprechen, riechen, fühlen, schmecken. Hab ich schon gesagt, dass ich Dich mit achtzig immer noch lieben werde? Da hab ich aber stark untertrieben. Gut, okay, ich weiß auch, dass normalerweise die erste Verliebtheit, der süße Wahnsinn, nach einiger Zeit nachlässt. Aber da unsere Geschichte so gar nichts mit einer normalen Liebesgeschichte zu tun hat, gilt auch dieses Naturgesetz für uns nicht. Dies ist wahr, Gottverdammich. Oder auch lieber nicht. Wenn, dann uns beide. Dein Alexander Maximilian Gabriel.

So und ähnlich lauteten alle Briefe Alexanders. Sharon war von jedem so erfüllt, dass sie ihre eigenen dürren Worte Alexander gar nicht schreiben wollte. Ihr schien es unmöglich, auch nur annähernd ihre Gefühle zu schildern, ihre Freude, ihre Sehnsucht, ja, es war eine Sehnsucht, die an Wahnsinn grenzte, an den süßen Wahnsinn, von dem Alexander schrieb.

Der Zug hatte den Bahnhof verlassen. Es dämmerte, Sharon war allein im Abteil und hoffte, dass sie schlafen könne bis Arma di Taggia. Angesteckt von Krugs Sorge hatte sie ihre Reisetasche zwischen sich und die Wand gedrückt, so dass niemand sie berauben konnte, es sei denn, er ließe es auf einen Kampf mit Sharon ankommen. In dem Moment, da Sharon sich versuchsweise zum Schlafen einrollte, kam ein Mann ins Abteil. Er kam herein, Sharon den Rücken zuwendend, er zog die Vorhänge beiderseits der Schiebetür zu. Alles mit dem Rücken zu Sharon, die das nicht begriff. Dann setzte er sich in die äußerste Ecke, legte sich eine Zeitung übers Gesicht und atmete hörbar. Er schien alt zu sein und sicherlich krank oder entstellt. Weshalb hielt er sonst die Zeitung ständig vor sein Gesicht. Ihr, Sharon, konnte es gleichgültig sein. Sie wollte ohnehin nur die Augen schließen und an Alexander denken. Alles war so unwirklich. Dass sie hier in diesem Zug saß, durch eine blauschwarze Sommernacht fuhr, dass sie zu einem Mann fuhr, den sie zwei Stunden lang gesehen hatte und den sie ersehnte wie noch niemanden in ihrem Leben. Sie hatte sich so oft vorgestellt, wie es sein könnte, wenn Alexander sie in die Arme nähme, doch dann hatte sie den Gedanken, das Bild wieder verdrängt, da sie ein tiefes Misstrauen hatte gegen ihre Wünsche und Träume. Sie fürchtete, dass Alexander und mit ihm die Liebe ihr wieder abhanden kommen könnten. Und diesmal für immer und unwiederbringlich.

Draußen im Gang erhob sich plötzlich Lärm, Schreien, Weinen. Eine Frau lief am Abteil vorbei und schrie, dass sie bestohlen worden sei, ihr Geld, ihre Pässe, die Fahrkarten, alles sei weg. Sie schrie es in Englisch, Sharon hörte, dass sie Israeli sein musste. Sie lief der Weinenden nach, die umso verzweifelter war, weil ihr Mann, als der Diebstahl bemerkt wurde, am nächsten Bahnsteig ausgestiegen war, um die Bahnpolizei zu alarmieren. Und nun sei der Zug abgefahren und ihr Mann sei noch in dem Bahnhofsgebäude. Die Frau, die Raya hieß, weinte immer verzweifelter. Sharon nahm sie mit zu sich ins Abteil, der Schnaufende verließ daraufhin sofort seinen Platz, Glück im Unglück. Raya erzählte, dass sie nach Finale Ligure wollten, sie und Keren, ihr Mann. Und jetzt? Sharon riet ihr, nach Finale Ligure zu fahren und dort auf ihren Mann zu warten. Sie gab Raya einen Teil der Lire, die sie in München bei der Bank besorgt hatte. Inzwischen kam auch der Schaffner, er war von dem Bahnhof aus angerufen worden, Raya solle sich keine Sorgen machen, ihr Mann komme mit dem nächsten Zug, morgen Mittag sei er da. Zu Sharons Überraschung schlief Raya, den Kopf an Sharons Schulter gelehnt, rasch ein. Auch Sharon duselte, und aus allen Geräuschen des Zuges hörte sie Alexander, Alexander, Alexander.

Arma di Taggia, las Sharon in schwarzer Schrift auf dem weißen Putz des Bahnhofsgebäudes. Das Herz schlug ihr jetzt bis zum Hals. Sharon fürchtete sich auszusteigen, es war, als fürchte sie, aus einem Traum aufzuwachen. Sharon hörte nicht mehr den Dank Rayas, ihre guten Wünsche, sie fühlte für einen Moment nichts als Furcht. Sie spürte, dass sie zitterte, die Anstrengung, ruhig zu erscheinen, war so groß, dass Sharon sich richtig darauf konzentrieren musste.

Als der Zug stand, war Alexander schon da. Er nahm Sharons Tasche, stellte sie auf den Boden und sah Sharon an. Sharons Gefühle liefen ihr davon in alle Richtungen. Sie begriff nun, dass sie bis heute nichts von der Liebe gewusst hatte, nichts von Begehren, nichts von Leidenschaft. Und in Alexanders Augen las sie, dass es ihm ebenso erging.

Ich habe schon alles eingekauft, sagte er. Nun müssen wir noch eine Kleinigkeit erledigen. In der einen Hand trug Alexander Sharons Tasche, mit der anderen Hand zog er Sharon eng an sich. Sie gingen ohne

Anstrengung in der sanften, warmen Morgenluft. Du bist noch viel schöner, als ich dich in Erinnerung hatte, sagte Alexander. Er führte Sharon in einen kleinen Laden unweit des Bahnhofs. Es war ein Juwelierladen. Der Besitzer, ein alter glatzköpfiger Mann, und seine mollige hellblond gebleichte Frau sahen die Ankommenden mit glänzenden Augen an. Auf der Theke lag eine weiße Decke, in einem Silberleuchter brannten zwei Kerzen, die Tochter des Paares brachte Asti spumante. Alle schauten Sharon feierlich an. Der Alte gab Alexander jetzt ein Etui, Alexander nahm zwei Ringe heraus, rotgoldene glatte Trauringe, einen davon steckte er Sharon an den Ringfinger ihrer linken Hand. Der Ring passte. Den anderen Ring gab er Sharon. Wieder spürte Sharon ihr Herz in den Schläfen klopfen, sie nahm den Ring, steckte ihn an Alexanders Finger, die Italiener gratulierten, sie musste Asti spumante mit ihnen trinken. Dann stürzten Alexander und Sharon hinaus an die Sonne.

Das Haus der von der Heydtes bestand eigentlich aus drei Gebäuden. Auf verschiedenen Ebenen lagen sie wie weiße Würfel im Tal der Propheten. So taufte es Sharon, denn es erinnerte sie an die Landschaft bei Jerusalem, die ähnlich grün und sanft sich im Horizont verlor. Sharon war ganz bei Alexander, sie empfand seine Offenheit, die Zärtlichkeit, die in seinem Tun lag, in seiner Stimme, die »komm zur Schlossbesichtigung« sagte und ihr die karg und schön eingerichteten Räume zeigte. Viel Weiß, Mauerwerk, weiße Felle, auffallend viel Gemälde. Sharon sah alles und sah es doch nicht, sie spürte nur Alexander neben sich, er zeigte ihr gerade das große helle Bad, es gab auch eine Dusche außen in der Sonne. Dort zogen sie sich aus, duschten im hellen Licht. Sharon fühlte seinen Körper, er glitt in sie hinein und sie in ihn, unter dem sonnenwarmen Wasser zerflossen sie in eines. Sharon wusste, dass sie noch nie im Körper eines Mannes Platz gefunden hatte, erst jetzt in Alexander, dass sie für alle Zeit dort bleiben musste. Niemals vorher hatte sie etwas über die Liebe gewusst. Abel war ihr Bruder gewesen, Friedrich, wer war Friedrich gewesen? Sharon wusste es nicht, sie kannte nur Alexander, hatte ihn immer schon gekannt, geliebt, ohne es zu wissen. Ihr Körper war leicht, jede Bewegung Alexanders löste Feuer aus, setzte das Bett in Brand, auf dem sie lagen, seit wann schon? In Sharons Haar war noch Wasser, es roch nach Sonne. Alexander grub sich hinein, sagte, dass er dort bleiben wolle, für immer. Sharon suchte Worte für Alexander und für das, was mit ihnen geschah, ihre eigene Stimme schien ihr tief und brüchig. An Alexanders Körper, unter seinen Augen und Händen, verwandelte sich Sharons Liebe in Lust, in Raserei, sie spürte Alexander in sich, immer wieder und immer neu, sie sog seine Lippen in sich ein, seine Hände waren in ihrem Haar, in ihrem Nacken, auf ihren Brüsten, in ihrem Schoß.

Gegen Abend erwachte Sharon, weil Alexander ihren Körper streichelte. Sie war schon im Traum bereit gewesen, ihn zu umfangen.

Hungrig aßen sie Käse und Früchte und Brot, tranken den herben Wein, der hier angebaut wurde. Sharon saß am Tisch, ihre Hände lagen neben dem großen dunkelblauen Keramikteller mit Käse, Brot und Trauben. Alexander legte seine Hände auf die ihren. »Uns kann jetzt nichts mehr trennen, du. Wer es nicht weiß, dem sagen es die Ringe. Du bist ein Teil von mir und ich bin ein Teil von dir. Das ist nicht mehr rückgängig zu machen.«

Nach dem Essen stiegen sie einen schmalen Weg hügelaufwärts. Sharon trug hohe Stiefel, die der Frau des Verwalters gehörten. Es gab Schlangen im Gras. Die grünen Hügel ringsum legten ihr Abendkleid an, es war still und blau. Alexander und Sharon badeten in einer Felsengumpe, die kühles klares Wasser hatte. Erfrischt rannten sie zum Gut, wo der Verwalter, Aldo, mit seiner Frau Maria und seiner kleinen Tochter Nadia, zu Abend aß. Sie mussten mitessen, es gab Hähnchen und Kaninchen mit Rosmarin und Thymian, dazu Kartoffelkuchen. Sharon lernte Italienisch: ›patate in tasfoglia‹, ›coniglio‹, ›pollo‹ und ›crustoli‹, ligurische Krapfen. Der Verwalter und seine Frau schauten auf Sharons Ring, auf Alexanders Ring, doch niemand sagte etwas. Aldo und Maria trugen die gleichen Ringe. Im Mondlicht gingen Sharon und Alexander zurück. Der Wald hatte viele Geräusche, viele Gefahren. Wildschweine gab es hier, Füchse. Alexander erzählte Sharon, dass ihm gestern zwei Bauern ein Kaninchen gebracht hatten. Lebend im Sack. Während es dort drin gezappelt und gebebt hatte, fragten die Bauern, ob Alexander das Kaninchen haben wolle. Er hatte bejaht, daraufhin hatte der eine das Kaninchen hinterm Haus geschlachtet und ausgenommen. Das Fell und die Innereien legte er ins Gras, am Morgen war davon nichts mehr zu sehen. Alles holten die Füchse.

Sharon ging eng neben Alexander, ohne Furcht. Sie atmete tief die Luft der Nacht, die hier nach Erde roch und nach Kräutern. Alexander zeigte ihr den Großen Wagen, der über dem Hausdach stand. Der

Mond stieg über den Berg, das ist der Rocca di Drego, flüsterte Alexander. Schatten wanderten ums Haus. Jeder Schritt kann eine Schlange treffen. La serpe, sie sei armdick und tödlich und sie jage immer im Mondlicht, sagte Alexander. Vielleicht geht der Fuchs auf seinen samtenen Pfoten und schaut nach, ob hinter dem Haus wieder Kaninchenfell serviert ist. Da schrie ein Nachtvogel, wild. Civetta, sagte Alexander. Dann war wieder Stille, eine Stille, die flüsterte.

Als sie ins Haus gingen, drehte sich Sharon noch einmal um, schaute zum Himmel, an dem jetzt die Lichter eines Flugzeuges zu sehen waren. Die Nachtmaschine nach Nizza, sagte Alexander. Sharon stellte sich vor, wie die Leute in der erleuchteten Kabine saßen, wie sie aßen, lasen, schliefen, eng beieinander und doch fremd. Es war Sharon, als sei dies Flugzeug eine Gefahr, ein Zeuge des Draußen, der Welt, aus der Sharon zu Alexander geflohen war. Ja, es war eine Flucht, eine Flucht in die Liebe.

Sharon wusste, sie konnte diesen Tag, diese Tage und Nächte hier mit Alexander nicht abgetrennt sehen von ihrem übrigen Leben, doch sie wollte am liebsten vergessen, dass es ein Draußen gab. Warum konnte sie nicht hier mit Alexander leben wie Aldo mit Maria und Nadia? Sharon wusste, dass es nicht sein konnte, sie wusste, dass Alexander in München sein Medizinstudium fortsetzen und außerdem im väterlichen Unternehmen mitarbeiten würde, das sich mit Medizintechnik beschäftigte. Mehr wusste Sharon nicht. Sie wollte auch gar nicht mehr wissen. Am liebsten hätte sie Alexander zum Auswandern nach Australien bewogen. Das wäre so eine Vorstellung von Gerechtigkeit und Gleichheit der Chancen: Sie und Alexander, beide familien- und mittellos, in einem Land, in dem sie Unbekannte und Ungenannte waren.

In der Nacht regnete es. Als Sharon erwachte, als sie Alexander an ihrer Seite sah, im gemeinsamen Bett, allein in dem vom Regen umrauschten Haus, da war sie ihrer Vorstellung von Gefahrlosigkeit schon nahe. Sharon schmiegte sich eng an Alexander, sie küsste seinen kühlen Rücken und wünschte, dass dieser Augenblick stehen bliebe wie ein fotografiertes Bild.

Am Morgen schaute Sharon zum ersten Mal bewusst in das Tal der Propheten. Es war hier wie dort alles grün, dunkelgrün, hellgrün, alle Schattierungen, nur Wald. Ein geschlossener Waldteppich aus Kastanien und Steineichen überzog die zerklüfteten Hänge, vom Fluss im Talgrund bis hinauf zu den Gipfeln.

Alexander hatte gesagt, dass ihr Tal der Propheten auf Ligurisch Valle Argentina hieße. Der Regen, der Sharon in der Nacht weckte, hatte schwere Wolkenbänke über den Bergkämmen aufgebaut, doch durch tiefblaue Wolkenfenster fiel Sonne ins Tal. Gelbe Sonnenfelder wanderten über die Berge, sie brachten das regennasse Grün der Wälder zum Blitzen. Die Stille am Morgen nach dem achten Schöpfungstag, die Stille am Sabbat, dachte Sharon. Sharon hörte einen Vogel, doch er brach sein Lied ab, als sei er erschrocken vom Widerhall seiner eigenen Stimme.

Das mit uns, sagte Alexander, der hinter Sharon getreten war und seine Arme um sie legte, das mit uns, das ist ein Zauber. Die Leute unten im Ort nennen das Magnetismo. Wir Deutsche zitieren eher Goethe, der an die Frau von Stein schrieb: »... Sag, was will das Schicksal uns bereiten?/Sag, wie band es uns so rein genau?/Ach, du warst in abgelebten Zeiten/Meine Schwester oder meine Frau ...«

Nach dem Frühstück fuhren sie hinunter nach Arma di Taggia, dem Ort, von dem Sharon gestern den Juwelierladen gesehen hatte, und sonst nur Alexander. Auch heute sah sie lieber Alexander an als Arma, das am Anfang der Ebene lag, die sich nach Norden verengte. Hier lag Taggia, beides ein Sammelsurium von hässlichen Wohnhäusern, Apartmentblocks, Campingplätzen. Hier und da ein Nelkenfeld, betongerahmt, Schrottplätze, Autowerkstätten. Doch Sharon fühlte sich frei und sicher an diesen Orten, an denen niemand sie kannte, wo es kein Number Six gab. Sharon konnte jetzt ihrer Angst schon einen Namen geben, sie wusste, was wie ein Schatten hinter ihr herlief, wohin sie auch ging. Sie hatte Alexander nicht erzählt, dass sie im Number Six tanzte, Alexander wusste nur, was Sharon auch Wahrheit werden lassen wollte; dass sie auf einen Studienplatz wartete und im Übrigen meistens in Waldkraiburg auf dem Flughafen sei und dort aushilfsweise jobbe, Flugschüler im Zusammenlegen von Fallschirmen unterweise, was sie in der Armee gründlich gelernt habe. Das alles stimmte, Sharon war häufig draußen im Club, sie hatte ihre Lizenz, sie durfte dort springen, sie durfte auch aushilfsweise Schüler trainieren. Die Leute am Flughafen mochten Sharon, sie sprang mit beim Formationsspringen. Es hatte schon alles seine Richtigkeit, nur verdiente Sharon kein Geld im Club. Sie hatte anfangs ihre Sprünge bezahlen müssen wie jeder andere. Seitdem sie aushilfsweise mitarbeitete, konnte sie frei springen, verdiente aber kein Geld.

Sharon musste eine andere Arbeit suchen, sofort,

wenn sie wieder in München war. Sie musste Geld verdienen und sich um einen Studienplatz bemühen. Auf diesen Gedanken konzentrierte sich Sharon, sie wollte an nichts anderes denken. Sie wollte Alexander nicht belügen, aber noch weniger konnte sie ihm sagen, dass sie abends in einer Bar tanzte. Dass sie nur für sich selber tanzte, dass sie von den Männern keinen Applaus wollte, sondern Geld.

Seit Sharon Alexander liebte, wurde ihr klar, dass niemand für sich allein tanzen kann. Niemand, der sich bezahlen lässt, tanzt für sich allein.

Sharon glaubte, jede Pore an ihrer Haut zu spüren, Angstschweiß brach ihr aus. Als sie Alexander ansah, der, wie er sagte, am liebsten die ganze Welt küssen würde, als sie seine Sorglosigkeit, sein Vertrauen sah, wusste sie, dass sie es niemals zerstören würde. Alexander durfte durch ihren Leichtsinn, der ihr jetzt frivol schien, nicht verletzt werden. Sharon war wieder das Kind, das die Augen schloss, um nicht gesehen zu werden.

Sie waren inzwischen auf dem Flohmarkt in Taggia angekommen. Alexander kaufte für Sharon zwei Kerzenleuchter, es waren zwei Putten, die in ihren hocherhobenen Händen die Kerzen hielten. Für dich, sagte Alexander, für unsere Wohnung. Sharon umarmte ihn, klammerte sich fest an seine Schultern. Wie konnte sie ihn, wie konnte sie sich und ihn beschützen?

Am Sonntag musste sie zurück. Alexander hatte sich gewünscht, dass Sharon bleiben könne, bis auch er wieder nach München zurückfuhr. Das würde noch ungefähr zwei Wochen dauern, bis die Weinlese vorbei war. Doch Sharon durfte nicht länger bleiben, sie hatte Felngruber versprochen, zum Wochenanfang zurück zu sein. Anschi und Marion waren in Urlaub, Meggie hatte sich den Knöchel verstaucht.

Wie konnte Sharon jetzt noch tanzen? So rasch konnte kein Ersatz eingearbeitet werden. Sharon musste zurück, auch wenn sie Felngruber sagen würde, dass sie künftig nicht mehr bei ihm arbeiten könne. Dietl. Sie musste mit Dietl reden. Er war immer respektvoll und freundlich zu Sharon. Vielleicht würde er sie verstehen, vielleicht wusste er sogar einen Job für sie?

In der Nacht vor Sharons Abreise schliefen sie nicht. Oder sie meinten wenigstens beide, keine Minute geschlafen zu haben. Trotzdem hätten sie um ein Haar den Zug nach München verpasst. Sharon konnte nur rasch hineinspringen, sie hatte keine Karte, auch keine Platzkarte. Ihr war es nur recht so, die Hetzerei ins Tal, das Rennen zum Zug. So konnte sie ihrer Angst wegrennen, ihrem Schmerz, sich von Alexander zu trennen, ihrer Sehnsucht nach ihm, die schon beim Verlassen des Hauses wild und unbändig in Sharon wuchs. Sharon wollte nicht in den Zug, sie wollte nicht nach München, sie wollte nicht ins Number Six. Sie wollte nur Alexander. Er war ruhig, zuversichtlich, er hatte auch schließlich nichts zu verbergen – im Gegensatz zu Sharon. Er schien ihr unerreichbar, wie er – jetzt plötzlich auch verzweifelt? – einige Schritte neben dem Zug herlief. Versteinert hockte Sharon sich auf einen freien Platz. An der nächsten Station kamen Leute, sie hatten Platzkarten für das Abteil. Sharon legte ihre beringte Hand auf den Bauch, die andere Hand auf den Rücken. Ohne eine Sekunde zu überlegen, sagte sie: I'm pregnant. Darauf rückten die Platzkarteninhaber für Sharon zusammen, ein Mann fütterte sie mit Mandeln, die er für sie knackte, eine Frau steckte ihr eine Strickjacke in den Rücken. Tränen liefen Sharon übers Gesicht. Tränen der Sehnsucht, der Angst und der Scham. Sie wusste nicht, dass die Schwangerschaft bereits keine Lüge mehr war.

Als Sharon in München aus der Bahnhofshalle trat, drang kühle, feuchte Regenluft sofort durch die Kleider in ihre Haut ein. Sie fröstelte, war froh, ein Taxi zu ergattern, denn alle Fahrgäste stürzten sich auf die wenigen bereitstehenden Wagen. Es war Nacht, im Number Six lief jetzt die Show, doch Sharon wollte an Vignolo denken, wo jetzt die Schlangen im Gras auf Jagd gingen, wo der Nachtvogel schrie und man in der Stille glaubte, die Käfer von den Grashalmen plumpsen zu hören. Alexander. Vignolo. Valle Argentina. Das war für Sharon das Paradies. Der Regen, der auf das Taxidach herunterprasselte, erinnerte Sharon an die vergangenen Nächte, und sie beruhigte sich erst wieder, als das Taxi in die Nördliche Auffahrtsallee einbog und die Straße sie mit ihrer Stille unter den großen Bäumen empfing. In der Wohnung schien ihr das kleine, ganz in Weiß gehaltene Bad, dessen Schmuck ein üppiger Ficus benjamini war, der vertrauteste Raum, weil er die meisten Dinge enthielt, die Sharon mitgebracht hatte. Flaschen, Töpfe mit Lotion und Cremes, weiße Frottiertücher mit Sharons Namen. Sharon ließ gleich ein Bad ein, dem sie ihr Parfüm zusetzte, dann wusch sie ausgiebig Haut und Haare, legte eine Platte auf, die Christin ihr zum Abschied geschenkt hatte; Paul Simon, *Graceland.*

Sharon hatte diese Platte bei Christin gehört, Diamonds on the soles of her shoes, People say I am crazy, I got diamonds on the soles of my shoes, Well that's one way to lose These walking blues, Diamonds on the soles of my shoes ...

Sharon sah ihr Zimmer, ihre erste eigene Wohnung, auch wenn sie noch nicht viel Eigenes enthielt. Die Möbel waren offensichtlich aus Heydorn-Krugschem Besitz. An der Wand links von der Tür stand ein hübsches Biedermeiersofa aus Kirschbaum, ein Tisch aus derselben Zeit, zwei Stühle, mit dunkelgrünem Samt bezogen. Am Fenster ein großer bequemer Sessel vor einem kleinen, runden, hohen Tisch. Die Wand nahm ein Bücherregal ein, das Sharon noch nicht in Ruhe angeschaut hatte. Bände über die Geschichte der Philosophie hatte sie gesehen, die Deutsche Romantik in mehreren Bänden, Goethe, Nietzsche, Lessing, Schiller, Wieland, Hauptmann, Bert Brecht – ob diese Bücher von Michael Krug stammten oder von den Nazi-Omas?

Waren die Nazi-Omas belesen? Sharon hatte die Damen erst einmal kurz gesehen. Die eine, Birkes Mutter, war groß, hager und grau, ein Habichtgesicht mit kleinen wachen Augen. Michael Krugs Mutter war ebenfalls stattlich, das Auffallende an ihr war der dichte Haarschopf, von dem Sharon spontan gedacht hatte, dass es eine Perücke sein müsse. Die Damen hatten Sharon mit einer Mischung aus Neugier und Abwehr angesehen. Doch die Neugier überwog offenbar bei weitem, denn Sharon fand einen üppigen Strauß frischer Astern und eine Schale mit Konfekt auf ihrem Tisch, als sie in die Wohnung einzog.

# 6

Michael Krug starrte aus dem Fenster. Die Arbeit an seinem *Kaiser von China* hatte er nicht ungern beiseitegelegt, da er sich nicht entscheiden konnte, ob der Neffe Wang den Kaiser verraten oder ob das Mädchen Shin Lan sich aus seiner Opferrolle in die Rolle der Verräterin entwickeln sollte. In dieser Lage war es Krug immer recht, wenn ein journalistischer Auftrag ihn ablenkte. Eine frühere Kollegin von der *Abendzeitung*, die jetzt Chefredakteurin eines Magazins war, bat ihn, möglichst rasch eine Reportage über die Situation der Punks und ihrer Familien zu schreiben. Krugs erster Gedanke war Julie. Sie konnte ihm dabei helfen, sie hatte Zugang zu dem Kreis der Leute, die Krug für diese Reportage brauchte. Er selber wusste wenig über Punks, zumal die Bewegung längst abgelebt war, zumal seine Kinder sich niemals auch nur im Ansatz mit dem Habitus oder mit dem Credo dieser Gleichaltrigen identifiziert hatten, wenn sie auch durchaus mit Punks befreundet waren. Wie Danda mit Julie, die sich zwar nicht als Punk sah, aber wegen ihres Habitus oft als solcher angesehen und bewertet wurde. Danda hatte empört erzählt, dass Julie im Englischen Garten von Wachmännern in den Schwitzkasten genommen und weggeschleift wurde, weil sie eine Zigarette schnorren wollte. Einmal war sie vor einer Disco von Skins zusammengeschlagen worden. Alles hatte gegafft, niemand hatte ihr geholfen …

Julie mit ihrer Abneigung gegen die Gesellschaft, mit ihrer Lust zur direkten oder indirekten Provokation, Julie mit ihrer Vorliebe für Sid Vicious – sie würde Krug helfen. Krug konnte sich immer darauf verlassen, dass auch Danda und Mauritz ihm halfen, wenn er an Jugendsendungen des Fernsehens oder des Rundfunks mitarbeitete.

Ob Krug eine Sendung über die Kinder der 68er vorbereitete oder über ungewollte Schwangerschaften bei Jugendlichen: Danda, Mauritz und Julie fanden immer Gleichaltrige, die auch ohne jede Scheu vor die Kamera gingen. Natürlich war es ein Anreiz, dass Krug den dreien dann von seinem Honorar einen Teil abtrat. Als er Julie anrief, versprach sie ihm, am nächsten Tag vorbeizukommen; klar kenne sie Punks, und für Geld täten sie alles.

Als Krug auflegte und wie gewohnt grübelnd aus dem Fenster schaute, verließ gerade Sharon das Haus. Sie schien Krug, der sie vor einer knappen Woche zum Bahnhof gefahren hatte, damals eine strahlende Geliebte, seit ihrer Rückkehr melancholisch, was Krug umso tiefer anrührte. Er beneidete Sharon, dass sie so viel empfinden konnte. Er, Krug, fühlte sich nur noch als Zuschauer des Lebens. Besonders dann, wenn er aus seinem Fenster starrte, unfähig, seine Gedanken zu Papier zu bringen. Dann wurde sein Fenster zur Bühne, die gegenüberliegenden Häuser und Bäume zur immer gleichen Kulisse. Im Laufe des Tages traten die Schauspieler auf: Die Greisin, sommers wie winters mit einer Art Sturmhaube und Halsriemen bekleidet. Am Arm eines hübschen blonden Zivildienstleistenden machte sie ihre Runde. Krug kannte ihre seltsamen Sprüche, ihre Befürchtung, dass Nymphenburg bald für immer schlafen werde. Sie selbst sammelte Joghurtbecher, füllte ihr Haus an mit Joghurtbechern, bis ein Verwandter sie entmündigen ließ, um selbst in das Haus einzuziehen. Die Greisin lebte jetzt bei einer Nachbarin, die ihr und den Joghurtbechern ein Zimmer frei machte. Gemeinsam mit dem zivildienstleistenden Jungen räumte sie nun heimlich das Zuviel an Joghurtbechern beiseite, damit Platz würde für neue. Gerade lief das Mädchen mit dem pinkfarbenen Trikot vorbei. Krug sah ihren lila eingefärbten Haarpony wippen, ihre beiden schwarzen Hunde liefen bellend vor dem Mädchen her. Mit ihnen liefen Hoffnung, Abenteuer, Erwartung. Jetzt kam auch das Ehepaar, das stets zuverlässig und gleichzeitig aus den Kulissen auftauchte. Der Mann, seitlich vornübergeneigt, verbindlich freundlich lächelnd, eilte dem Briefkasten entgegen, wobei er immer gegen den Wind anzukämpfen schien, jedenfalls lief er wie einer, der gegen den Wind ankämpft, sorgsam seine Briefe behütend. Seine Frau folgte ihm auf dem Klapprad. Ebenso freundlich lächelnd wie ihr Mann gegen den Wind kämpfte, trat sie in die Pedale. Exakt vor Krugs Haus überquerte ihr Mann die Straße, mit seinem hellen Blick grüßte er die Fahrbahn, stürzte sich geradezu vom Gehsteig, während seine Frau ihm wehmütig nachblickte, aber auf dem Gehsteig weiterradelte. Krug wusste nicht, was die beiden jenseits seines Fensterausschnittes machten. Anfangs hatte er sich vorzustellen versucht, wie die beiden die Dramaturgie ihres Auftritts auch zu Hause aufrechterhielten.

Die kalbsgroße Dogge, ebenfalls eine gute Bekannte Krugs, zog eine alte Frau hinter sich her, wobei die Dogge sich offenbar jeden Tag neu dafür interessierte, was hinter dem Gebüsch los war, das die Garageneinfahrt begrenzte. Dahin wollte die Dogge, und die Dame wollte nicht mit. Krug verfolgte den stillen Kampf der alten Frau gegen die beharrlichen Wünsche der Dogge. Er nahm an, dass sich in diesem Stadtteil viele alte zierliche Frauen Hunde aus Tierheimen holten, ohne zu ahnen, was ihnen mit diesen Bastarden ins Haus wuchs. Die Frauen waren einander ähnlich, in den Mänteln, aber auch im Gesichtsausdruck, einer überraschenden Mischung aus Besitzerstolz, Hilflosigkeit und Trotz. Krugs Nachbar, dem das einzige Nachttopfmuseum der Welt gehörte, besaß außer unglaublich vielen Nachttöpfen und Klosettschüsseln auch ein Hochrad. Manchmal kamen Kamerateams von Fernsehanstalten, und dann fuhren junge Männer in altfränkischen Kostümen auf dem Hochrad. Zuerst fuhren sie wacklig, dann sicher und elegant auf der Straße umher. Sah Krug die Kameraleute arbeiten, die Statisten auf dem Hochrad sich mühen, dann trieb es ihn in der Regel schuldbewusst an seinen Schreibtisch. Antrieb zur Arbeit bekam Krug am ehesten, wenn er andere arbeiten sah.

Im Moment, als Krug sich telefonisch Archivmaterial über Punks bestellen wollte, sah er Sharon aus der Tizianstraße kommen. Sie lief rasch durch den Regen. Vor dem Gartentor schüttelte sie ihr Haar und suchte in der Tasche nach dem Schlüssel. Rasch rannte Krug ins Bad, nahm ein großes Frottiertuch und brachte es Sharon, als sie durch den Flur kam. Sie lachte überrascht, wickelte geschickt ihr Haar ein und stieg dann die Treppe hinauf, sah über die Schulter zu Krug. Ihr

Bild schien sich in seine Augen einzubrennen. Am Ende der Treppe muss Schluss damit sein, sagte sich Krug, aber bis dahin wollte er leiden. Diese Sanftheit, die Sharon ausstrahlte, hatte sie früher nicht gehabt. Es war Krug, als könne er in Sharons Augen eine Geheimschrift lesen.

Er wollte Sharon von ihrer Sehnsucht ablenken. Daher fragte er sie, ob sie heute Abend eine seiner Niederlagen erleben möchte. Er müsse aus seinem Buch *Siegfried* lesen. Sharon überlegte kurz. Ja, sie möchte mitkommen, es war noch so viel Zeit, bis sie um elf Uhr ins Number Six fahren musste. Sie verabredeten, dass Krug sie nach der Lesung dann in die Bar fahren würde.

Als Krug mit Sharon aus der Tür trat, umspülte sie die Luft wie eine Welle reinen, frischen Wassers. Krug warnte Sharon, nicht in das Gras am Straßenrand zu treten. Es hieße Eulen nach Athen tragen, sagte er grimmig, wenn wir Hundedreck von Nymphenburg nach Schwabing transportieren würden. Mit graziösem Schwung übersprang Sharon die Grasfläche, winkte aus dem Auto zu den Müttern hinauf, die aus dem Fenster schauten. Krug sagte, dass er seine Mütter nicht mehr mitnehme zu Lesungen. Sie würden zischen wie Schlangen, wenn im Publikum jemand sich zu reden getraue.

Wie immer vor einer Lesung versuchte Krug sich vorzustellen, was für Leute kommen würden und wie viele. Aus Selbstschutz rechnete er ohnehin nur mit höchstens zehn Zuhörern. Er erzählte Sharon eine Geschichte, die Martin Walser ihm einmal zum Trost geschildert oder erfunden hatte: Walser war in seinen frühen Schriftstellerzeiten zu einer Lesung nach Köln gereist, die in einem Pfarrsaal am Roncalliplatz stattfinden sollte. Zehn Minuten vor der Lesung traf Walser ein und fand den Pfarrer, seine Haushälterin und eine Bibliothekarin vor. Dazu kamen noch drei, vier, fünf ältere Damen. Allseits verlegene Blicke, Schulterzucken, es schlug die volle Stunde, Walser setzte sich ans Lesepult. Draußen grollte Donner, es blitzte, dann setzte prasselnder Regen ein, der in dichten Schleiern vor dem Fenster niederfiel. Die Tür des Pfarrsaals öffnete sich, immer mehr Menschen flüchteten herein, blieben schließlich zur Lesung, was Walser als sein Wunder vom Roncalliplatz bezeichnete.

Die Mitglieder und Gäste des Anemonen-Kreises saßen im Weißen Lamm um den hufeisenförmigen Tisch. Michael Krug las lieber in Buchhandlungen oder Bibliotheken, da konnten die Zuhörer kein Essen bestellen wie hier, wo die Bedienung ihn, Krug, als Störenfried ansah. Schon als Krug die Drahtglastür mit dem schweren Griffbalken aufstieß, bereute er es, Sharon mitgenommen zu haben. In der Kneipe roch es nach abgestandenem Feierabend. Das Toupet des Vereinsvorsitzenden beschleunigte Krugs Talfahrt in die Niederungen seiner Stimmung. Doch Krug musste es hinter sich bringen. Er schlug sein Buch auf, von dem der Vorsitzende eilig sagte, dass es erst kürzlich erschienen sei. Er hatte offenbar ein distanziertes Verhältnis zur Wahrheit, denn Krugs Buch war schon letztes Jahr zur Buchmesse erschienen, nur hatten es noch nicht viele Leser bemerkt.

Während Krug las, nahm sein Blick gegen seinen Willen alles wahr, was seine Zuhörer unternahmen, um die Zeit herumzubringen. Sie erschlugen die Zeit, die Krug verlas, auf unterschiedlichste Weise.

Ein Mann im Trachtenjanker schlief rasch ein. Sicher hatte er daheim Mühe mit dem Einschlafen, und bei Dichterlesungen klappte es. Seine Frau neben ihm, ebenfalls in Trachtenkleidung, schob entspannt die Nagelhaut über ihren Nagelmonden zurück und zupfte hin und wieder kleine Hautfetzchen ab. Ein großer dunkelhaariger Mann, der Krug gegenübersaß, zog vor Empörung über die Langeweile, die Krug ihm bereitete, die Luft laut durch die Zähne. Das war Krug noch bei keiner Lesung passiert, und er hatte Mühe, weiterzulesen, als der Mann aufstand und hinausging. Dann kehrte er jedoch noch einmal zurück, denn er hatte sein Bierglas vergessen. Krug sah alles mit seinem Scherenblick, sein Auge schien an dem leeren Stuhl des Großen festzufrieren. Der Stuhl hob sich hoch aus der Runde, er schien zu schweben, baute sich vor Krug auf und verkündete den Richtspruch. Du bist eine Null, Krug, ein Nichts. Krug nahm das Urteil sofort an, kürzte die Lesung um das letzte Kapitel, was niemand bemerkte.

Als Krug sich zurücklehnte, um den Mitgliedern des Anemonen-Kreises die Regie zu überlassen, kam der Biertrinker friedfertig zurück und setzte sich wieder auf den Stuhl. Dafür erhob sich der Vereinsvorsitzende, er übernahm jetzt Krugs Abgesang. Sei ruhig, Aggi, rief er einer kleinen Dame mit Strohhut zu, die während der Lesung getuschelt hatte und auch jetzt auf ihre Nachbarin einsprach. Sei ruhig, Aggi, wiederholte der Vorsitzende, sei ruhig, sonst wirst du an die Luft befördert. Dann wandte sich der Vorsitzende mit der Bitte um Diskussion an seine Anemonenmitglieder. Nicht das auch noch, dachte Krug für einen Moment gepeinigt. Neben seinem Weinglas sah er ein mehrfach gebrauchtes Kuvert, das offenbar sein Honorar enthielt. Krug sehnte sich weg. Er mochte gar nicht Sharon anschauen, tat es doch, fand sie, die neben ihm saß, in seinem Buch lesend. Bitte, rief jetzt der Vereinsvorsitzende beschwörend, bitte, Frau Röhrig, Sie haben doch Gerhart Hauptmann gekannt, haben Sie mit ihm niemals über Siegfried, den deutschen Helden, gesprochen? Ich habe ihn selbst ja gar nicht gekannt, wehrte Frau Röhrig in geschmeichelter Gekränktheit ab, ich hab ja nur beim Benvenuto sauber gemacht.

Ach, Benvenuto, murmelte der Vereinsvorsitzende überlegen, Benvenuto. Er war ja gar kein geistiger Mensch, aber so was soll's ja geben, so was gibt es ja. Aber will denn sonst niemand mehr etwas fragen, Susi, willst du nicht Herrn Krug etwas fragen? Nein? Bekümmert zu Krug gewandt sagte der Vereinsvorsitzende, dass Susi in den Sechzigern den Schwabinger Kunstpreis bekommen habe. Eine blonde Dame versicherte Krug, dass sein *Siegfried* eine ungeheure innere Spannung habe, dass sie bestimmt einige Exemplare an Weihnachten verschenken werde.

Krug verabschiedete sich zu seiner und zur allgemeinen Erleichterung. Er bat Sharon, ihn noch kurz zu entschuldigen, er müsse dringend auf den Lokus. Das Hefeweißbier. Sharon nahm die Autoschlüssel, sie wollte im Auto weiterlesen. Als Krug sich in der Toilette die Hände wusch, fiel sein Blick in den Spiegel. Eine Ruine von einem Mann, du hast eine Stimme wie eine schnarrende Wetterfahne. Das war die Meinung seiner Mutter über ihn, als sie ihm neulich wieder sein unmäßiges Rauchen und Trinken, wie sie es nannte, vorhielt. Krug, der der Beschreibung seiner

Person durchaus beipflichtete, wenn er auch manchmal hoffte, dass sie nicht zuträfe, Krug rächte sich auf seine stille Art, indem er seine Mutter jetzt auch in seinen Gedanken zuweilen Turbo-Nazi-Oma nannte, was er anfangs seinen Kindern streng verwehrt hatte. Obwohl seine beiden Mütter ihre Zimmer im ersten Stock zum Hoheitsgebiet ihrer Vergangenheit erklärt hatten, in das sie nur offiziell einluden zum Essen oder zum Tee, obwohl beide Frauen sich hüteten, Vergleiche anzustellen mit den jüngeren Generationen, da sie wussten, dass ihre eigene Vergangenheit Zündstoff war, trotz all ihrer Vorsicht konnte es Krug nicht entgehen, dass die beiden Damen derzeit um Rudolf Heß weinten. Krug fand die Zeitungen in der Mülltonne, aus denen die Artikel um den Tod des lebenslangen Häftlings ausgeschnitten waren. Krug überließ seine Mütter schon seit langem ihrem Rechtfertigungswahn.

Sharon saß in Krugs Wagen, hatte die Innenbeleuchtung eingeschaltet und las. Als Krug sich auf den Fahrersitz setzte, hielt Sharon ihm eine Seite seines Buches hin, auf der es hieß: Eiris sazun Idisi, sazun hera douder Suma hapt heptidun, suma heri Lezidun, Suma glubodun, umbi conniouidi, insprinc haptbandun! invaar vigandun!

Was ist das für eine Sprache?, fragte Sharon, was heißt das? Krug übersetzte aus dem Althochdeutschen: Einstmals setzten sich Idis und Heras Tochter zusammen. Viele Fesseln hafteten. Viele Feinde verletzten. Viele zerstörten. Um der heiligen Dinge willen: Nun entspring den Fesseln! Entkomme den übermächtigen Feinden!

Krug erzählte Sharon, dass die Siegfried-Sage die

älteste deutsche Geschichte sei, die Sage von Siegfried, von seinen Kämpfen und Fahrten, von seinen Freunden und Feinden, von Hagen, Gunther und von Siegfrieds Liebe zu Kriemhild. Sharon sagte leise, und es klang wie eine Zauberformel: Insprinc haptbandun, invaar vigandun.

Als Sharon sich in der Garderobe für ihren Auftritt umziehen wollte, sah sie, dass ihr neues Kostüm, das erst kurz vor ihrer Abreise fertig wurde, verdorben war. Das perlenbesetzte Halsband mit den langen weißgoldenen Perlenschnüren war zerschnitten, der perlenbesetzte Tanga ebenfalls. Die Perlenschnüre, die am Oberarm in zehnfachen Reihen zusammengefasst waren in einer Brosche aus Schmucksteinen, waren aufgeschnitten. Die Perlen lagen lose in der Schublade. Ein weiteres Kostüm, enge weiße Seidenhosen, mit Pailletten bestickt, und ein dazugehöriges Oberteil, war völlig mit Make-up verschmiert und zerknittert.

Sharon sah die Perlen, die zerkratzt in der Schublade herumrollten, die roten Steine des Halsbandes und der Armspangen lösten sich aus dem Weiß der Perlen, schimmerten wie Blut. Sharon sah sich mit Christin stundenlang sitzen, die Perlen und Steine zusammenfügend zu einem Ganzen, das ihrer Vorstellung entsprach. Die Brutalität, mit der dies alles zerrissen und zerschnitten und beschmiert wurde, brachte Sharon aus dem Gleichgewicht, invaar vigandun, Sharon fühlte sich selbst zerrissen und beschmiert. Sharon hätte die Schminktische mit den Spiegeln zertrümmern, die Stühle ineinanderhauen, alles um sie her zerstampfen, anzünden mögen. Das Number Six anzuzünden, hätte ihrem Grimm entsprochen. Sie war so wütend, dass sie plötzlich alles umkippte, was sie erreichen konnte, dass sie Cremetöpfe, Haarföhne, Kämme, Puderquasten von den Tischen fegte. Die Mädchen, die sie bislang still belauert hatten, wichen jetzt kreischend zurück, nach Felngruber rufend, doch Sharon war so zornig, dass sie sich auf einen Zweikampf mit jedem eingelassen hätte, sie fühlte sich stark, so dass sie Felngruber einfach beiseiteschob, hinausrannte, fast erstickte an den Flüchen und Schreien, die sie für die anderen parat hatte. Diese Gojim, diese widerwärtigen, gemeinen Typen. Und sie, Sharon, hatte mitten unter ihnen getanzt. Hatte sich in Sicherheit gewiegt, unter einer schützenden Hülle hatte sie sich gewähnt. Woher hatte sie nur diese Chuzpe genommen, zu glauben, sie habe mit diesem nächtlichen Ausverkauf der Geilheit nichts zu tun?

Sharon lief auf die Maximilianstraße. Der regennasse Wind schlug ihr das Haar wie eine Fahne ums Gesicht.

Michael Krug, der in Harry's Bar noch einen Whisky getrunken hatte, sah Sharon zum Taxistand laufen. Er begriff nicht, wieso sie dorthin wollte, und lief hinterher, ihren Namen rufend. Sharon blieb stehen, wartete auf Krug. Er sah, dass sie Mühe hatte, nicht zu weinen, ihr olivfarbenes Gesicht schien ihm blutleer. Krug legte seinen Arm um Sharons Schulter, schweigend gingen sie zu seinem Wagen.

Krug musste sich ein wenig hochrecken, denn Sharon war größer als er. In den Zeiten, als er noch mit Birke eng umschlungen gegangen war, ermüdete sein Arm auch rasch, denn Birke war ihm im Lauf der Jahre ebenfalls über den Kopf gewachsen. An den Hochzeitsbildern hatten sie es zuerst festgestellt. Obwohl Birke flache Ballerinas trug, war sie, Blumen im hochgesteckten Haar, größer als Krug erschienen. Diese Hochzeit!

Keiner, weder Birke noch Krug selber, wusste heute zu sagen, was sie zur Heirat bewogen hatte. War es das Drängen der Mütter, der Druck der Adenauer-Ära, war es ein Nesttrieb der vaterlos Aufgewachsenen? Oder war es Gewöhnung? Krug wusste zumindest genau, dass es keine Vertrautheit war, die ihn an Birke band. Eher das Gegenteil davon. Birke war ihm seit der Geschichte mit dem Elefanten fremd geworden. Aber er hatte trotzdem gewollt, dass sie sein Mädchen blieb. Sollen wir nicht besser Schluss machen?, hatte sie gesagt. So sprach man damals in derartigen Situationen. Ich habe Schluss gemacht. Birke schien für Krug weit weggerückt, er kannte sich nicht mehr aus in ihren Gedanken, in ihren Wünschen, in ihren Gefühlen. Er, Krug, kannte sich auch nicht bei sich selber aus. Er wusste nur eines, dass er Birke behalten wollte, behalten musste. Er hatte jedes Mal Herzklopfen, wenn er sie sah, er bewunderte sie, wie sie am Ludwigsgymnasium eine Klasse wiederholte und dann ein gutes Abitur machte. Danach stellte sie sich bei der *Süddeutschen Zeitung* vor und konnte in Dachau als Volontärin anfangen. Wo auch immer Birke war, was auch immer sie tat, sie war von Jungen und Männern umworben. Vielleicht war es Futterneid bei Krug, dass er darauf drängte, zu heiraten. Er wusste, dass auch Birke sich nicht über ihre Gefühle im Klaren war, er wusste auch, dass sie ihn offensichtlich ebenso wenig verlieren wollte wie er sie. Dabei hatten sie Angst voreinander. Angst, sich zu berühren. In den ersten Jahren hatten sie Zärtlichkeiten ausgetauscht, Zärtlichkeiten, die beiden Lust machten auf mehr, was sie sich aber verboten. So verwandelten sich diese Zärtlichkeiten immer mehr in Scheu. Beide, Birke und Krug, schienen wie erstarrt, unfähig zu den Ritualen ihrer frühen Zeit. Die Hochzeitsnacht, vor der sich beide fürchteten – ja, auch Krug fürchtete sich, da er sich immerhin für das Geschehen verantwortlich fühlte –, diese Nacht wurde ein Fiasko. Birke, als Braut womöglich noch kühler als ohnehin, tanzte mit einem Vetter Krugs wie eine Besessene Rock 'n' Roll. Als tanze sie auf glühendem Metall, so schnell wirbelten ihre Füße, berührten die Spitzen kaum den Boden. Es war, als tanze Birke um ihr Leben, und Krug war der einzige Mensch, der das sah und auch verstand. Trotzdem musste er Unwillen zeigen. Das verlangte seine Rolle als Ehemann. Und so entkam er auf Birkes und des Vetters Kosten seiner eigenen Angst, ging wütend schlafen und gab so allen Vögeln reichlich Futter.

Erst Wochen später, als sie von einem Redaktionsfest heimkamen, tauschten sie ihre Gedanken und Gefühle aus über eine Welt, die sie noch nicht kannten. Sie waren angeregt und wie berauscht von Möglichkeiten und Anforderungen. Angesichts ihres Neubeginns klammerten sie sich aneinander und lösten ein, was sie in langen Jahren ersehnt oder vielmehr gefürchtet hatten. Auch als Danda und später Mauritz geboren wurden, standen Birke und Krug immer noch an der Peripherie ihrer Träume. Sie erhofften immer noch das Wunderbare, aber es wurde nicht wahr.

Krug war im germanistischen Seminar mit einem Mädchen zusammen, das Liddy hieß und aus Malente kam. Krug wusste nicht, wo Malente liegt, aber Liddy kannte er bald genau. Sie diskutierte beredt über das

Mittelalter, die frouwe, über die Psychoanalyse, über Thomas Mann. Mit Liddy lernte Krug nicht nur Gotisch und Altsächsisch, sondern auch das *Kamasutra.* Er lernte aber auch, wie es ist, verlassen zu werden. Er verstand nicht, dass Liddy immer seltener Zeit für ihn hatte, dass sie ihm auswich in der Mensa und im Hörsaal, bis er endlich begriff, dass der Kommilitone, von dem sie gesagt hatte, dass er ein entfernter Verwandter von ihr sei, dass dieser Halb-Cousin jetzt seinen, Krugs, Platz in Liddys Bett einnahm.

Obwohl daheim die Mütter ihm und Birke für Arbeit und Studium den Rücken freihielten und ihn umsorgten, obwohl Birke neben ihrer Redaktionsarbeit Interesse für seine Übungen im Minnesang und Versroman hatte, obwohl das Aufwachsen seiner Kinder ihn zusätzlich band – trotz aller Fäden, die Krug einspannen in die Familie, traf ihn der Verrat Liddys wie ein Steinschlag aus großer Höhe. Obwohl er wusste, dass Liddy seiner längst überdrüssig war, brachte er ihr zum Geburtstag einen Korb Blumen. Liddy ließ ihn nicht ein, verschloss die Tür hinter seinen Blumen, denn natürlich war sie nicht allein. Krug saß in seinem Zimmer, zwischen den Dingen, die ihm teilweise seit der Kindheit vertraut waren. Er saß da und schlug mit seinem Kopf gegen die Raufasertapete der Wand. Er war inmitten seiner Nächsten allein mit seinen Schuldgefühlen und seiner Demütigung, saß wie in einem dunklen Loch, das ihm sein Verrat bereitet hatte, denn er sah erst jetzt seine Zeit mit Liddy als einen Verrat an Birke, an seiner Ehe. Seine Lügen, seine Ausreden, seine Gier nach Liddy machten ihm zu schaffen.

Einmal, sie saßen alle um den Tisch beim Abendbrot, die Mütter, Birke und die Kinder, da drohte Krugs Hirn – oder war es sein Herz oder seine Seele – zu zerplatzen. Er sah die geschäftigen, sich überbietenden Gesten der Mütter, die die Familie umsorgten, als seien Birke und er Kinder wie Danda und Mauritz, er sah Birke, die den Kindern versprach, noch eine Runde mit ihnen Rad zu fahren, sie alle waren, so schien es Krug, frei von Schuld, loyal gegenüber der Familie – und er? Krug konnte nicht mehr dasitzen und seine Rolle spielen, er stand auf, rannte raus, lief zum Canaletto hinunter, rannte, bis ihm vor Atemnot schlecht wurde. Er wollte sich Liddy aus dem Leib rennen, aber er war verstrickt, er begehrte sie gegen jede Vernunft, er hätte, so wie er war, in die Destouchesstraße rennen mögen, er wusste nicht mehr, ob ihm Schweiß oder Tränen übers Gesicht rannen.

Im Lauf der Zeit hatte es mehrere Liddys gegeben, die ihn jedoch nur noch tangierten, nicht mehr bedrohten. Birke und er entfernten sich immer mehr voneinander. Zwar gab es durchaus Augenblicke demonstrativer Gemeinsamkeit, wenn sie Freunde besuchten oder von Freunden besucht wurden. Wenn sie als Eltern auftraten oder als Familie. Dabei konnten sie Freude daran empfinden, Arm in Arm zu gehen, einer beim anderen eingehängt spielten sie das Verliebtenspiel, das vorzüglich inszeniert war und so lange gut ging, bis einer von beiden zu viel getrunken hatte. So war Birke an einem ihrer Geburtstage nachts um vier in den Armen von Freunden zusammengesunken, weinend, Krugs Untreue verfluchend, seine Egotrips, dies Wort war damals in Mode, seine Beziehungskisten.

Die Freunde, von denen der eine oder andere schon

manchmal dem offensichtlichen Dauerglück der Krugs misstraut hatte, waren nun doch schockiert vom Ausmaß des Elends, das sich ihnen in Birke bot. Krug saß dabei, stocknüchtern, ihm hatte heute das Bier nicht geschmeckt, und etwas anderes hatte es nicht gegeben, stocknüchtern saß er da und machte nicht einmal den Versuch, Birke zu beschwichtigen. Er beneidete sie sogar um ihren Mut, um ihre Offenheit, ja, er beneidete sie um die Wut und den Schmerz, den sie empfinden konnte, was ihn im Übrigen völlig überraschte. Er hatte geglaubt, auch Birke könne gleich ihm nichts mehr empfinden, auch sie liebe nur sich selbst und sonst niemanden.

Damals hatten sie monatelang, oder war es bereits jahrelang, nicht mehr miteinander geschlafen. Es schien Krug, als sei Birke mittlerweile auch ohne ihn komplett. Ihm, Krug, kam es tatsächlich so vor, als schwebe Birke, als hebe sie immer ein wenig ab vom Boden. Ihre Augen hatten etwas so Waches, Neugieriges, dass Krug, wenn er muffig daheim saß, richtiggehend von Birke aufgescheucht wurde. Birke lernte ständig neue Menschen kennen, im Flugzeug, in der Bundesbahn, in Konzerten. Diese Leute lud sie konsequent nach Hause ein, so dass Krug sich auf diese Weise mit Collegeboys aus Boston konfrontiert sah, mit einem blinden Inder aus Neu-Delhi, kurz darauf kam eine vierfach geliftete Millionärin aus Kapstadt an. Die Krugs hatten dank Birkes nie erschöpfter Neugier Freunde in Schottland und Calgary, in St. Moritz und in der Lübecker Bucht. Birke verhalf den Leuten zu Wohnungen und Jobs in München, sie hatte mit Hilfe anderer Redaktionen innerhalb von fünfzehn Jahren ein feines Netz von Verbindungen und Stützpunkten aufgebaut, das sich immer wirkungsvoller verästelte und aus dem es besonders in den Abend- und Nachtstunden funkte und morste. Birke hatte sich, so dachte Krug, längst ohne ihn eingerichtet. Daher traf es ihn umso mehr, als er einen anonymen Brief bekam: *Die Menschen, die nach Liebe suchen, beweisen nur, dass sie ohne Liebe sind, und die ohne Liebe sind, werden niemals Liebe finden, nur die Liebenden finden Liebe und haben nicht nötig, sie zu suchen.* *D. H. Lawrence*

Als Mauritz achtzehn Jahre alt wurde, bat Birke Krug um die Scheidung. Und er, Krug, hatte nur mit den Schultern gezuckt.

# 7

Sharon rief in der Kanzlei von Dr. Ferdinand Dietl an und bat um einen Termin. Die Sekretärin fragte zurück und sagte dann ausgesucht höflich, dass Sharon bitte gleich um 15.00 Uhr kommen solle. Sharon dachte an Alexander, vielleicht hatte sie, bis er zurückkam, einen seriösen Job. Es war Sharon, als könne sie das vergangene Jahr, das Number Six, auch Friedrich, dem sie die Wahrheit über Alexander gesagt hatte, als könne sie alles hinter sich zurücklassen wie ein Schiff, das stromaufwärts fährt. Alexander hatte Sharon einen Eilbotenbrief geschrieben, den sie ständig bei sich trug. Ein Polaroid hatte dem Brief beigelegen, auf dem standen zwei Zahnbürsten, aufrecht im Glas, die Borsten aufeinandergedrückt wie in einem nicht endenden Kuss. Alexander schrieb auf den Bildrand: Ich habe sie erwischt, als ich vom Bahnhof zurückkam! Alexander schrieb außerdem: Du bist gegangen, Liebste, und der Herbst ist gekommen. Vignolo ist in Nebel eingehüllt, alle Tierstimmen draußen sind gedämpft, Civetta, der Nachtvogel, klingt wie durch einen Karton Watte. Sharon! Wir passen zusammen und ineinander wie unsere Ringe. Kein Sprung, nicht der kleinste Kratzer ist zu sehen auf dem Gold unserer Ehe (Habe ich das nicht schön gesagt?). Ich liebe Dich. Nicht sehr originell der Satz. Comunque: Ich werde ihn Dir wiederholen mein ganzes Leben lang, jeden Tag. Ich habe den Satz auch schon anderen gesagt, aber da war ich noch dumm und wusste nicht, was Liebe ist – wie auch. Das habe ich erst durch Dich kennen gelernt. Liebe. Die grenzenlose, selbstverständliche Sicherheit, die Ruhe und die Leidenschaft, das Bett und der Kochherd, das Ausflippen und das Alltägliche – alles zusammen und alles so selbstverständlich wie Tag und Nacht. Mann und Frau. Paradise now? Yes! Ich bin Dein Alexander Maximilian Gabriel.

Sharon verlor sich wieder in Träume um Alexander, träumte sich nach Vignolo, in das Bett unter dem rauschenden Regen, zurück in das Tal der Propheten, das Valle Argentina hieß.

Das Büro des Anwalts Ferdinand Dietl lag in der Theatinerstraße. Von einer Passage aus, in der Kaffee- und Parfumgerüche sich aufdringlich mischten, führte ein Fahrstuhl in den vierten Stock, in ein Büro, das angefüllt war mit schwarzen Ledermöbeln und Gemälden in schweren Goldrahmen. Sharon erhoffte sich mit Hilfe des soliden Büros den Absprung aus dem Number Six in eine unantastbare, transparente Arbeitswelt, deren sie sich nicht zu schämen brauchte. Sharon wollte ohne Schuld sein wie Alexander. Vielleicht könnte Dietl sie über die Hindernisse, die sie von Alexander trennten, hinwegheben. Denn Sharon hatte keine Zeugnisse, keine Ausbildung. Bei der Zahal hatte sie allerdings ein Jahr in der Schreibstube gearbeitet. Maschinenschreiben konnte Sharon, ihr Schriftdeutsch war allerdings mangelhaft, doch Sharon konnte Karteien führen, eine Registratur einrichten oder betreuen, sie kannte sich im Wareneinkauf aus.

Ferdinand Dietl küsste Sharon die Hand, seine Sekretärin brachte Kaffee und Cognac. Dietl sagte, dass er informiert sei. Er, Dietl, sei gestern in der Bar gewesen und habe auf Sharon gewartet, da habe Felngruber ihm gesagt, dass Sharon nicht mehr mitarbeite. Mitarbeite! War Hohn in Dietls Stimme? Zynismus? Sharon sah sich wieder um im Raum, vergewisserte sich an Dingen, beruhigte sich an Symbolen, am glänzend weißen Haar Dietls, an seinem Maßanzug, der Sharon wieder Vertrauen gab.

Liebe Sharon, sagte da Dietl, ich weiß also, was Sie zu mir führt. Darf ich Ihnen zunächst trotzdem eine Geschichte erzählen? Sie können sicher sein, dass ich Ihnen helfen werde, aber Sie werden mich erst verstehen, wenn Sie die Geschichte kennen. Sie ist lange her, fast zwanzig Jahre. Ich war damals verheiratet, glücklich verheiratet, angenehm verheiratet, so heißt es doch immer, nicht wahr. Die Ehe war glücklich. Ich liebte meine Frau, natürlich, jeder glückliche Ehemann liebt seine Frau. Ich liebte ihre Sanftheit, ihr nachgiebiges Wesen. Ich liebte auch ihre Traurigkeit. Meine Frau konnte neben mir am Tisch sitzen, sie konnte mit mir reden und dann war sie plötzlich stumm. Weit weg. So war sie schon immer, sagte meine Schwiegermutter, Melanie ist von ihrem Vater zu sehr verwöhnt worden, er ließ ihr jede Laune durchgehen. Daran dachte ich, wenn Melanie wieder so still war, und langsam gewöhnte ich mich daran, schließlich beanspruchte mich mein Beruf damals fast Tag und Nacht. Als ich Melanie dann in die psychiatrische Klinik bringen musste, als sie nicht mehr aushalten konnte, dass ich sie berührte, als sie tobte, schrie und alles zertrümmerte, was sie in der Wohnung erreichen konnte, als der Arzt sie mit einer Spritze ruhigstellen musste, als sie nach wenigen Tagen aus der Klinik entkam, als sie dort alle Ärzte getäuscht hatte mit ihrer sanften Klugheit, als sie dort entkam und sich von einem Schwabinger Hochhaus hinunterstürzte, da erfuhr ich die Wahrheit. Meine Frau war über ein Jahr mit einem französischen Chansonsänger liiert. Über ein Jahr flog sie morgens mit der Zehnuhrmaschine nach Paris, abends kehrte sie zurück. Ich selber kam ja meist erst viel später heim, meine Frau war fürsorglich, ein kleines Essen stand bereit, ich ahnte nichts. Wenn es nicht das Lied gäbe, manchmal kann man es sogar noch im Radio hören, wenn es nicht das Lied gäbe, das der Sänger damals nur für Melanie geschrieben hat, ich würde nichts von der Geschichte glauben. Es war, als hätte ich tief geschlafen unter der Decke meiner glücklichen Ehe, ich lebte wie Jonas im Bauche des Wals. Ich sah auch nicht die Blicke unserer Freunde, die es alle wussten. Sie hatten Melanie mehrfach am Flughafen gesehen, sie hatten sie in Paris gesehen, wo der Sänger sie abholte und wieder zum Flughafen brachte, doch die beiden haben niemals jemanden gesehen. Sie lebten nur für diese Stunden, für diese Liebe. Als ich es endlich erfuhr, als der Sänger bei mir anrief, fassungslos am Telefon schreiend, da fühlte ich nichts. Keinen Schmerz, keine Wut, keine Demütigung. Ich erinnere mich auch nicht, ob es damals regnete oder ob die Sonne schien, ich erinnere mich nicht einmal an den Tag der Beisetzung. Ich war nicht dort, bis heute weiß ich nicht, wo sie Melanie begraben haben …

Während er zu Sharon sprach, war Dietl aufgestanden, hatte aus seinem Schreibtisch einen Silberrahmen geholt, in dem eine Fotografie steckte. Sharon sah ein klares Gesicht, große, weit auseinanderliegende Augen, in die sie, Sharon, jetzt Dietls Geschichte hineinschrieb, diese Geschichte, die sie nichts anging, die sie als Bedrohung fühlte. Was hatte sie, Sharon, mit dieser Unglücklichen zu tun? Warum war sie zu Dietl gekommen, der jetzt abwesend aus dem Fenster über die Dächer seiner Stadt schaute. Sharon wollte gehen, doch sie fühlte sich energielos, knochenlos, die Augen der Frau schienen sie zu warnen. Auch Dietl sah jetzt wieder Sharon an, er legte das Bild seiner Frau zurück in den Schreibtisch, kam zu Sharon, die aufgestanden war und sich nun wieder hinsetzte, zurückwich vor dem, was Dietl für sie bereithalten mochte. Doch Dietl setzte sich ruhig Sharon gegenüber, seine Hände zitterten nur leicht, als er sich eine Zigarette anzündete. Sharon sah zum ersten Mal, dass er wasserhelle Augen hatte.

Kommen Sie zu mir, Sharon, sagte Dietl übergangslos, er schaute Sharon freundlich an, als ob er sie in die Oper einladen wolle, kommen Sie zu mir, Sharon, nicht in diese Kanzlei, was sollen Sie hier tun? Tippen? Telefonieren? Lächerlich. Eine Frau wie Sie. Sie sind die schönste Frau, die ich kenne. Sie tanzen, um zu leben, gut, tanzen Sie, aber nicht unter diesen Leuten. Meine Wohnung ist groß, hat weite, helle Räume, ich habe mehr als tausend Schallplatten, Klassik, Modernes, was Sie wollen. Tanzen Sie, gehen Sie in Ausstellungen, malen Sie – aber tun Sie es in meinem Haus. Ruhig, ruhig, rennen Sie nicht weg, ich weiß, dass meine Vision Ihnen unverständlich sein muss. Aber denken Sie doch darüber nach. Sie haben nichts zu verlieren, Sie müssen auch keine Angst haben. Sie sind doch Soldatin gewesen, haben in Zelten gelebt, können mit einem Gewehr umgehen. Sie springen mit dem Fallschirm aus einem Flugzeug. Sie sind frei. Sie sind es auch, wenn Sie bei mir wohnen. Die Tür wird immer offen sein, Sie können gehen, wenn Sie das wollen. Doch kommen Sie zuerst einmal, sehen Sie sich meinen Traum an, den ich seit mehr als einem Jahr träume. Seit dem Tag, als ich Sie im Flugzeug gesehen habe, wollte ich, dass Sie mit mir leben.

Was gehen mich deine Träume an, fragte sich Sharon. Was geht es mich an, dass du hier in deinem Geld ertrinkst oder erstickst? Dass du vor lauter advokatischen Schachzügen und Prozessen nicht gesehen hast, wie deine Frau neben dir krepierte. Als sie versuchte, einmal in ihrem Leben etwas einzusetzen, als sie va banque spielte, um das Dasein neben einem karrierebesessenen Egomanen zu ertragen. Einem Mann, der bis heute nicht zur Trauer fähig ist, der bis heute nur sich selber sieht, so wie er immer nur sich selber gesehen hat. Jetzt mutet er mir seine Visionen zu, vergoldet mit seinen Statussymbolen, er möchte mich glauben machen, er sei Hiob, für mich ist er ein Doktor Faust, ein Monster …

Als Sharon schon längst wieder in ihrer Wohnung war, als sie mit Birke telefonierte, in ihrer hellen Stimme die Zuversicht hörte und die Sicherheit, dass sich in der Redaktion und wenn nicht in dieser, dann in einer anderen, eine Arbeit finden lasse, da wichen die Beklommenheit, die Wut und das Nichtbegreifen von Sharon.

Christin und Pablo kamen, Sharon hatte den Kleinen lange nicht gesehen. Er konnte Schnuller sagen und Auto, Lulla, Ato, mein Süßer, Süßa, er schob seinen

Buggy Sharon vor die Füße, wollte, dass sie kreischend wegsprang, worüber er dann sein kehliges hinreißendes Lachen lachte. Pablo löste Sharon ganz aus ihren Gedanken um Dietl heraus. Sie, Sharon, umarmte die Freundin, drückte Pablo immer wieder fest an sich. Sie setzten den Kleinen in den Buggy, gingen am Kanal entlang zum Schloss und in den Park. Der grüngoldene Glanz, die Sonnenkringel auf den Blättern, die Schwäne und Enten, das nun schon vertraute Bild beruhigte Sharon. In einem hatte Dietl recht. Sie, Sharon, war eine Soldatin, keine Tänzerin. Sie hatte fast vergessen, dass sie sich wehren konnte. Ihre Liebe zu Alexander hatte sie für einen Moment schwach gemacht. Sie, Sharon, würde nicht länger die Illusionen verletzter Existenzen nähren, sie würde schon gar nicht für die verlorenen Träume Friedrichs oder Dietls geradestehen. Sie wollte mit Alexander leben, er sollte ihre, Sharons, Geschichte werden, nur er.

Christin konnte auch nicht länger im Number Six bleiben. Es ist wie Sippenhaft, sagte Christin. Niemand redet mit mir. Ich musste gestern nicht mal auftreten. Anschi, Marina, Biggi und Traudl traten hintereinander auf, dann die Neue vom Felngruber, Patty, ein Mischlingsmädchen aus Ingolstadt. Sie tanzte dreimal, für mich blieb gar keine Zeit für einen Auftritt, sagte Christin. Ganz klar, die wollen mich jetzt rausekeln. Aber das können sie haben, für ein paar Wochen reicht mein Geld, ich finde schon Arbeit, und wenn ich Nachtwache im Altersheim mache.

Sharon und Christin lachten, Pablo lachte mit. Seine Welt war Christin, noch war sie ihm groß genug, noch glaubte er nichts zu entbehren. Er freute sich über die Steine am Weg, die er einzeln betrachtete, er freute sich über die Enten, die Pusteblume, die Sharon für ihn abblies. Pablo war noch ganz Gefühl. Er spürte, wenn die Mutter müde war oder traurig. Dann wurde Pablo unruhig, dann meldete sich sein Instinkt, und wenn er dann der Katze Ginger, »Schinscha«, auf den Schwanz treten wollte und Christin oder Sharon es ihm verwehrten, dann ließ er für eine Weile davon ab, um plötzlich der Katze einen derben Puff zu geben. Die Predigten, die Christin ihm hielt, stand er mit niedergeschlagenen Augen durch, ab und zu blinzelte er nach oben, um zu sehen, ob die Mutter fertig war mit der Strenge. Für lange war er wieder lieb mit der Katze. Schinschalein, eia.

Zurück im Haus, krabbelte Pablo selbstständig und laut räsonierend die Treppe hinauf. Krugs Mütter waren von Pablos Liebreiz überfordert, sie konnten ihre vorsichtige Zurückhaltung nicht länger durchhalten. Beide Damen standen im Flur und bewunderten das Kind, das blonde, blauäugige. Sharon musste an Danda und Mauritz denken, dass sie die beiden Damen Nazi-Oma nannten, Nazi-Oma und Turbo-Nazi-Oma. Ob die Damen das wussten? Sie schienen unbefangen, brachten Selbstgebackenes, boten Tee an, falls Sharon noch keinen vorrätig habe, was in der Tat so war.

Später brachte Sharon Christin und Pablo zum Auto, half, den Kleinen in seinem Sitz auf der Rückbank anzuschnallen. Als sie ins Haus zurückkam, die Treppe hochging, öffnete sich im ersten Stock leise die Tür. Die Nazi-Oma, die, von der Danda sagte, dass sie gaga sei, huschte heraus. Sie fasste Sharon am Arm, flüsterte, dass sie wisse, was ihre Enkel über sie sagen, sie sei aber gar nicht in der Partei gewesen. Ihr Bruder, ja, ein hohes Tier, engster Mitarbeiter von Speer, ja, aber sie, Klara Heydorn, doch nicht. Wohl die Helene, Frau Heydorn wies auf die Tür, die Helene da drinnen, ja, sie war eine Nazisse, aber auch sie hat niemals was gegen die Juden gehabt, glauben Sie mir das, Frau Weil, niemals. Die Juden sind tüchtige Leute, Wissenschaftler sind sie, Nobelpreisträger. Meine Enkel – glauben Sie denen nicht, Frau Weil, sie sind schlecht erzogen, meine Tochter ist zu weich, auch zu weich für den Micha …

Bei ihren letzten Worten hatte Frau Heydorn immer wieder zur geöffneten Tür gelauscht, jetzt rief Frau Krug drinnen »Klara«, und mit verschwörerischem Lächeln huschte Klara Heydorn lautlos zurück in die Wohnung.

Sharon ging die Treppe hinauf, räumte in ihrem Wohnzimmer ein paar Bücher und Platten ins Regal und gab den Blumen, die diesmal von Krug stammten, frisches Wasser. Konnte Sharon diese beiden alten Frauen da unten in Zusammenhang bringen mit den sechs Millionen Juden, die von den Nationalsozialisten umgebracht worden waren? Konnte sie sie verantwortlich machen für die Bilder, die sie in Yad Vashem in Jerusalem gesehen hatte? Mit den Erzählungen der Überlebenden in Israel?

Sharon öffnete das Fenster, das zur Straße ging. Ein altes Ehepaar ging vorbei, Hand in Hand, die Frau geduldig sich dem Schritt des offenbar kranken Mannes anpassend. Hatte sie Hitler zugejubelt und Himmler Briefe geschrieben? War er ein SS-Arzt gewesen? Auf der anderen Straßenseite sah Sharon drei Kinder. Ein etwa zehnjähriger Junge, hellblond, zog einen hölzernen Wagen, in dem ein ebenfalls hellblondes Mädchen saß und eines mit schwarzen Zöpfen und olivfarbener Haut. Sharon wusste von Krug, dass in der Gerner Straße eine jüdische Familie mit drei Kindern lebte. Vielleicht war das dunkelhaarige Mädchen ein jüdisches Kind. Unter dem Nazi-Regime hätte dieses Kind nicht mit den blonden Kindern spielen dürfen.

Plötzlich musste Sharon an Julie denken, an ihre Schilderungen der Schikanen, denen sie ausgesetzt war, wenn sie sich punkig ausstaffierte. Was wäre, wenn die Juden wieder einen gelben Stern trügen?

Ob sie dann jeder Taxifahrer mitnähme? Ob sie dann nicht auch beim Obsteinkaufen angepöbelt würde wie neuerdings wieder Juden in Wien? Sharon hatte auf einem Foto einen chassidischen Juden mit Peies und Bart gesehen, der in Wien von Passanten beleidigt wurde.

Es klopfte, und Krug fragte, ob er auf einen Whisky reinkommen dürfe. Er hatte seinen Chivas Regal unterm Arm und berichtete Sharon, dass er gemeinsam mit Julie an seiner Punk-Reportage arbeite. Julie habe für ihn Kontakte hergestellt zu zwei Punk-Mädchen und drei Jungen, die sie jetzt gemeinsam besuchen wollten. Sharon, die sich vor allem für Julie interessierte, fragte Krug, ob sie nicht mitkommen könne. Diese Woche habe sie Zeit, am kommenden Montag finge sie in der Redaktion, in der Birke arbeitete, als Assistentin in der Bildbeschaffung an. Wenn ich mit Ihnen und Julie mitkommen kann, muss ich vielleicht nicht dauernd an Alexander denken, sagte Sharon, und – es erinnert mich daran, dass ich manchmal meine Mutter zu Interviews begleitet habe.

Noch am gleichen Abend holten sie Julie ab und fuhren ins Scum, einen Punk-Treff, in dem Julie manchmal verkehrte. Julie hatte ihre Augen mit floralen Mustern schwarz ummalt, in jedem Ohr baumelten mehrere Ringe, Kreuze und Steine. Julies Hände waren über und über beringt, das tiefschwarze Haar zu einer steilen Mähne auftoupiert, die Julies hell geschminktes Gesicht seltsam klein und kindlich erscheinen ließ. Sharon dachte, dass Julie so schön war, dass keine Verkleidung sie verzerren konnte.

Im Scum war es Sharon, als käme sie in eine Höhle, die von grellen Scheinwerfern ausgeleuchtet war für eine Filmszene. Die Schauspieler hatten fast alle die Köpfe rasiert, Sharon sah Blutspuren auf Schädeln, von bunten Haarbüscheln verspottet. »Hass« stand in aggressiv wirkenden Lettern auf meist schwarzen Lederjacketts. War es wirklich Hass, was die nietenbewehrten, kettengeschmückten Irokesenhäuptlinge sich abwenden oder die Neuankömmlinge feindlich anblicken ließ? Sicher wirkten Sharon und Krug wie gehorsame Mitglieder der Gesellschaft, von der die Punks sich zumindest optisch absetzen wollten. Einzig Julie passte in die Szene, und sie bewegte den bunt gefiederten Kellner, ihnen Getränke zu bringen.

Julie war verabredet mit Andrea, die sich jetzt zu ihnen an den Tisch setzte. Andrea hatte eine schmale flammend rote Bürste auf ihrem glatt rasierten Schädel, an dem die Ohren nicht wenig abstanden, Ohren, von einer Menge Sicherheitsnadeln durchstochen. Wenn Sharon hinsah, fror sie. Andrea mochte sechzehn sein, ein großes Mädchen, ihr Gesichtsausdruck war gleichzeitig intelligent und verzweifelt. Die Brauen über den dunklen Augen waren faustisch nach oben gemalt, unter den Augen lief ein breiter, schwarzer Balken zum Ohr hin aus. Weißt du, sagte Andrea zu Sharon, weißt du, früher war ich Müsli. Da bin ich nach Wackersdorf gegangen und hab mich verdreschen lassen. Heut glaub ich nicht mehr, dass sich dadurch etwas verändert. Heute verändere ich mich.

Sharon fragte, was denn Müsli sei. Andrea sah Julie drohend an: Wo kommt denn die her? Julie, Andrea fixierend: Aus Israel. Sofort stand Andrea auf. Ihr Gesicht, das trotz der Massakrierung offen gewesen war, wurde abweisend und kalt: Ganz schön beschissen, was ihr da im Libanon macht. Früher fand ich euch ja toll, ich wollte unbedingt mal in einen Kibbuz, aber jetzt, Scheiß-Imperialisten!

Julie sah Sharon herausfordernd an: Ich kapier auch nicht, was bei euch läuft. Früher, da dachte ich auch, die Juden, das sind verfolgte Unschuldige, wieso lässt man die nicht in Ruhe, irgendwo müssen die doch hin, die brauchen ein Land wie jedes andere Volk auch. Und ich fands immer toll, wie die Juden sich verteidigt haben, wie sie die Übermacht der anderen verarscht haben, es gibt ja wohl kein Volk, das so viele Feinde hat wie die Juden oder wie das Land Israel. Ich lese alles, was ich in der Zeitung darüber finden kann. Aber den Libanonkrieg, den begreife ich nicht. Den finde ich auch imperialistisch …

Sharon hörte die Worte, die Argumente, die abgegriffen waren und ausgefranst wie Zeitungen, die durch viele Hände gehen. Der Libanonkrieg, ein schmutziger Krieg, wie oft hatte sie das gehört, von Israelis genauso wie von Fremden. Das ist nicht unser Krieg, hatte Abel gesagt. Auch Ron und Ezra. Doch Paul hatte gebrüllt, dass er lieber ein Judeo-Nazi sein wolle, als sich abschlachten zu lassen. Paul hatte Maimonides zitiert: »Deswegen haben wir unser Königreich verloren, wurde unser Tempel zerstört und nimmt unsere Verbannung kein Ende … weil unsere Vorväter sündigten … weil sie sich mit Kriegsführung und Landeroberung nicht beschäftigt hatten.« Habt ihr es gehört, hatte Paul gesagt, Landeroberung, nicht nur Landverteidigung. Warum, hatte Paul gefragt, warum haben wir Israeli, die wir doch als so intelligent und erfinderisch gelten, die wir jede Menge Nobelpreisträger unter uns hatten, warum haben wir nicht in einem klitzekleinen Staat eine klitzekleine Atombombe gebaut. Dann hätte Hitler es nicht gewagt, uns etwas zu tun. Alle wären sie noch am Leben, wir hätten hier fünfundzwanzig Millionen Juden anstatt vier Millionen …

Sharon dachte daran, dass Pauls Gesicht durch schwere Verletzungen entstellt wurde, als bei einer Patrouille in Ramallah eine Benzinbombe flog. Und Abel, dessen Krieg der Libanonkrieg nicht war, ihm quollen die Gedärme aus dem Bauch, als sie aus dem Hinterhalt auf den Jeep schossen.

Sharon sah plötzlich in den Gesichtern um sie herum das Misstrauen, das aus der Fremdheit kommt, sie verspürte auch Misstrauen, sah sich ständig bereit, einen Angreifer abzuwehren, es gab ihr Sicherheit, dass sie sich den bleichen unglücklichen Irokesen überlegen fühlte, rein physisch überlegen und auch intellektuell. Sharon spürte, dass Julie sie schon lange erwartungsvoll ansah, Julie erwartete von Sharon eine Stellungnahme zu ihrer, Julies, Sicht des jüdisch-arabischen Konflikts. Doch Sharon war plötzlich müde, wund vom Denken, halb taub von der aggressiven

Musik, die das Scum zum Bersten füllte, so dass man kaum ein Wort vom anderen verstand, sich anschreien, auf Kürzel beschränken musste. Und so sagte Sharon zu Julie ein hebräisches Wort, *ein brera,* das heißt, es bleibt uns keine Wahl. Und für sich selber wusste Sharon, dass dieser Ausspruch aus der Zeit der syrischen Angriffe von den Golanhöhen auf die israelischen Kibbuzim immer noch Gültigkeit hatte. *Ein brera,* es blieb keine Wahl, als die Kinder tief unter der Erde zum Schlafen zu legen, da der Feind den Kibbuz vom Golan aus voll einsehen und beschießen konnte. Was für Tel Qazir am See Genezareth galt, galt im übertragenen Sinne offenbar für alle Juden. Immer noch und überall. Sharon, die sich in Tel Aviv oftmals mehr deutsch als jüdisch gefühlt hatte, spürte plötzlich, dass sie sich in Deutschland jüdisch zu fühlen begann. Wie lange war es her, dass Christin ihr das prophezeit hatte?

# 8

Noch vier Tage bis zu Alexanders Rückkehr. Sharon schlief keine Nacht mehr ruhig. In ihrer Sehnsucht nach Alexander begann ihre ohnehin begrenzte Welt noch mehr zusammenzuschrumpfen. Sie machte alles zu noch weniger Wichtigem, konzentrierte sich ganz auf ihre Liebe. Alexander schickte ihr Polaroids, auf denen war seine Hand, die Hand mit dem Ring, ihrem Ring, den Christin als Erste gesehen hatte. Zumindest hatte sie als Erste Sharon stürmisch umarmt und beglückwünscht, während Krug und Birke erst Tage später vorsichtig gefragt hatten, um dann nicht weniger herzlich ihre Überraschung zu zeigen. Alexanders Hand, sie lag hellbraun schimmernd auf einer tiefbraunen Tischplatte, die Platte des Tisches, der am Kamin stand, da, wo Sharon und Alexander abends oft lange gesessen und ins Feuer gesehen hatten. Auf einem Bild war die Garderobe zu sehen, ein Hemd hing da, blau mit schwarzen Blockkaros. Sharon hatte es oft getragen, es gehörte Alexander, sie hatte die Ärmel aufgekrempelt, und jetzt schrieb Alexander, dass diese aufgekrempelten Ärmel ihm vor Sehnsucht schier das Herz brechen würden. Und: Es riecht nach Dir, Sharon! Sharons Lieblingsbild waren die beiden Zahnbürsten, grün und gelb, die sich im Wasserglas küssten. Alle drei Bilder steckte Sharon an die Wand neben ihrem Bett, so dass sie sie beim Aufwachen sah und beim Einschlafen. Ich mag keine Armbanduhr mehr tragen, schrieb Alexander, sie stört das schöne Bild des Ringes an meiner Hand. Ich habe das Bett gewechselt, schrieb Alexander, ich schlafe in dem kleinen Raum nebenan, denn in unserem großen Bett schlafe ich nur noch mit Dir. Unsere Geschichte wird mir nicht fassbarer von Tag zu Tag, schrieb Alexander, sie wird wohl nie so richtig fassbar werden. Das ist, als wolle man einem Blinden die Farbe schildern. Ich habe eben meinem Vater einen langen Brief geschrieben und versucht, ihm zu erklären, was uns passiert ist. Ich weiß nicht, ob er es versteht. Aber ich glaube, er sollte es wissen.

Heute Morgen, schrieb Alexander, heute Morgen bin ich aus einem diffusen Traum aufgewacht. Ich habe von Dir geträumt, Sharon, du standest auf der schmalen Brüstung eines Hauses und wolltest springen, aber das Haus stand an einem reißenden Fluss, und ich schrie, daß Du bleiben solltest, nicht springen solltest. Sharon, mir ist plötzlich eingefallen, dass wir vielleicht ein Kind gemacht haben, dass in Deinem Bauch jetzt ein Kind wächst. Ich habe nie gesehen, dass Du Dich schützt, Sharon, das hat mich glücklich gemacht. Ich möchte ein Kind mit Dir haben, Sharon. Ein italienisches Kind. Mann und Frau und Kind. La vita è così! So stell ich mir wieder das Paradies vor. Ein Wort unter dem tuts nicht. Liebste, Du wirst sicher auch Sehnsucht haben nach mir. Ich will aber, dass Du trotzdem gut schläfst, allein in Deinem Bett, ruhig und gut und sicher, weil es mich gibt und ich bald zu Dir komme, für immer. Ich werde Dich jede Nacht in den Armen halten, Sharon. Dein Alexander Maximilian Gabriel.

Als Birke kam, um Sharon abzuholen zum Vorstellungsgespräch in der Redaktion, als Krug wieder mit seinem Verzweiflungs-Sarkasmus Birke in ein Gespräch zu verwickeln suchte, wünschte Sharon, dass es Krug gelingen möge, Birke zurückzuholen. Sharon, die sich nicht vorstellen konnte, dass Alexander und sie einander je verlassen würden, Sharon wünschte ihr Glück auch Birke, die es in Sharons Augen mehr als andere Menschen verdiente. Birke, die gerade sagte, dass sie, Sharon, mit Sicherheit die frei gewordene Stelle in der Bildredaktion bekommen werde. Sie werden dich wollen, sie müssen, sagte Birke, und Sharon sah in ihren Augen diesen seltsamen Besitzerstolz, den Birke immer ausstrahlte, wenn sie gerade einen neuen Menschen in den Kreis ihrer Schutzbefohlenen integrierte. Sharon und Birke fuhren jetzt in die Arabellastraße, der die Bautechnik der Achtziger ihren kompromisslosen Stempel aufgedrückt hatte. Sharon war es, als käme sie in eine andere Welt, aus der grünen Oase Nymphenburg direkt in die Zukunft, in die Welt der Computer und Fernschreiber, die Sharon vom Militär durchaus vertraut und gar nicht unlieb war. Ihr gefiel die mit grauem Teppichboden ausgelegte Halle, von Glaswänden begrenzt, die den Ausblick ermöglichten auf andere Teppichböden, andere Glaswände, auf gepflasterte Innenhöfe und den Asphalt der Straße. Die einzelnen Stockwerke waren einsehbar, meist waren es Frauen, die von Tür zu Tür gingen, Birke zuwinkend, Sharon musternd. Auch der Chef vom Dienst, der Birke und Sharon empfing, war eine Frau, eine zierliche Person, sehr braun, sportlich schmal, die gebogene Nase und die hellen Augen gaben ihr etwas Häherhaftes, Aufmerksames, Zupackendes. Ob denn

Sharon wisse, dass es sich bei dieser Arbeit um eine rein administrative handele? Verzeihen Sie, sagte die C. v. D., Sie scheinen mir optisch nicht in die Bildredaktion zu passen, eher ins Moderessort. Sharon sah auf Birke, die sich offenbar bei Eintritt in das Glasgehäuse unbemerkt von Sharon verwandelt hatte. Birke wirkte kühl und souverän, als sie der C. v. D. sagte, dass sie, Birke, sich mit Sharon lange und eingehend beraten habe, dass Sharon genau wisse, was sie wolle, und sie wolle diesen Job. Gut, okay, sagte die C. v. D. ebenso kühl und souverän, okay, ich verlasse mich darauf. Kommen Sie gleich mit mir in die Personalabteilung, Frau Plötz geht morgen in Urlaub, sie kann alles Nötige noch veranlassen.

Sharon ging neben dieser energischen Person, die ihr trotz hoher Pumps nur bis zur Schulter reichte, über die teppichbedeckten Gänge, die das Geräusch ihrer Schritte schluckten. Renate, so hieß die C. v. D., schien jetzt, da sie sich für Sharon entschieden hatte, diese auch mit einer Art Befriedigung vorzuführen. Fast triumphierend schob sie Sharon in die einzelnen Redaktionsräume, schrie den darin telefonierenden oder schreibenden Frauen zu, dass dies Sharon sei, die jetzt Bildbeschaffung mache. Dann blieb sie einige Sekunden neben Sharon stehen, als weide sie sich an den Blicken der anderen. Sharon glaubte, Misstrauen zu sehen, Freundlichkeit auch, sie, Sharon, würde sich nicht erlauben, sonderlich darauf zu achten. Sie brauchte eine Arbeit, ein Schutzschild, das die Vergangenheit verdeckte und ihr in der Zukunft keine Blöße mehr gab. Hier, in der gläsernen Transparenz dieses Verlagshauses, sollte ihre Zukunft in Deutschland beginnen. Alles Frühere musste Vergangenheit sein, war schon längst Vergangenheit. Sharon hatte alles zerstört, um für Alexander Neues aufzubauen. Ich fege deine Vergehen hinweg wie eine Wolke und deine Sünden wie Nebel, so steht es geschrieben. Sharon fühlte sich mit einem Mal sicher wie in Abrahams Schoß.

Bis zum Redaktionsschluss blieb Sharon bei Birke in deren Zimmer, das zur Textredaktion gehörte. Birke saß an einem weiß lackierten Schreibtisch. Graue Sitzmöbel in der Farbe des Teppichbodens waren ein fast edel wirkender Kontrast zu dem weiß lackierten Tisch, auf dem ein Strauß Astern stand. Birke telefonierte gerade mit Rosa Pape, der deutschen Managerin von Milva. Sharon wusste, dass Birke die italienische Sängerin interviewen sollte. Sharon konnte sich kaum dafür interessieren. Sie hätte Birke umarmen und von den Hoffnungen, von der Freude sprechen mögen. Vergiss doch, was dich von Krug trennt, hätte Sharon Birke sagen mögen. Birke schrieb konzentriert die Termine in ihren Kalender. Mailand, Hotel De la Ville, okay, Donnerstag, 11.00 h, darf der Fotograf dabei sein? Okay, können wir englisch sprechen? Okay, wunderbar, danke. Und zu Sharon: So, das wäre geklärt, übermorgen fliege ich.

An dem Tag, an dem Alexander kommt, schrie es in Sharon. Als Birke zwei Gläser mit Sekt füllte und sich entschuldigte, dass sie nur diese Brause habe, als Birke mit Sharon auf deren neuen Job anstieß, als Birke sagte, dass sie jetzt Kollegen seien und daher per du, da sagte Sharon: Kannst du nicht euren Streit vergessen? Ihr habt euch doch sicher einmal geliebt.

Birke küsste Sharon auf die Wange. Du bist verliebt, nein, du liebst, sagte sie ernst. Du liebst und kannst dir nicht vorstellen, dass man heiratet, ohne etwas von der Liebe zu wissen. Du sollst dir das auch nicht vorstellen, es passiert ja auch nicht allen Liebenden. Im Gegensatz zu dir, Sharon, habe ich niemals einen Alexander getroffen. Als ich Michael kennen lernte, war ich über seinen Entschluss, mich und kein anderes Mädchen zu wollen, erstaunt und geschmeichelt. Mehr war es nicht, jedenfalls glaubte ich damals, dass es nicht mehr sei. Ich hatte eine andere Vorstellung von der Liebe. Ich glaubte, sie sei zusammengesetzt aus Leidenschaft, Sehnsucht, Sicherheit, Treue. Alles auf einmal. Von den Jungen und Männern, die es für mich gab, bekam ich von jedem etwas. Es gab viele Jungen, die mich wollten. Jeder schien mir etwas anderes zu versprechen.

Michael war die Sicherheit, das Treueversprechen, wir hatten die gleichen Ideale. Michael kaufte unsere Ringe, er beschloss die Verlobung, die Heirat. Ich war die Puppe, die an den Fäden tanzt. Dabei wartete ich nur darauf, dass irgendetwas passieren sollte, was diese Hochzeit unmöglich machte. Eine Bombe vielleicht, ich wartete, dass der hochlehnige Stuhl umfiel, auf dem ich bei der Trauung saß, der Stuhl stand so nah am Rand der Stufe, die zum Altar führte, ganz nah am Rand stand er und sollte fallen, fiel aber nicht, und ich sagte Ja, obwohl ich Nein meinte, nein, nein, nein.

Doch dann, sagte Birke, als meine Füße Nacht für Nacht kalt blieben, als ich Michael den Tod wünschte, weil er meine Träume nicht erfüllte, als ich begann, mich für diesen Michael zu interessieren, den ich eines Tages in mir aufnahm, staunend, nicht froh, aber bald ohne Furcht, als ich aus meiner Einsamkeit erwachte und meine kleine Danda neben mir schrie, da begann Michael langsam sich loszumachen von mir. Es war, als könne ich das zarte Reißen hören, als er sich losmachte. Er verschenkte seine Gefühle da und dort, vernichtete und ließ sich vernichten. Anfangs bin ich hinter ihm hergelaufen, wollte ihn zurückholen, wollte alles holen, was er Liddy gegeben hatte und Maja und Corinne, ich glaubte ja noch, es gehöre mir. Als Mauritz auf die Welt kam, glaubte ich, jetzt seien wir vier untrennbar vereint. Zwei Kinder, Mann und Frau, zwei Mütter, eine Arche Noah für meine Ängste vor der Sintflut, die wegzuspülen drohte, was ich gerade erst gefunden hatte. Doch Michael kam und ging, meistens ging er. Kommilitonen, von denen einige der Außerparlamentarischen Opposition angehörten oder wenigstens ihre Thesen inhalierten, Freunde von Michael machten mir Vorwürfe. Du bist spießig, sagten sie, du willst Michael unterdrücken, du hast ihn doch nicht gekauft, er kann doch machen, was er will, er kann auch ins Bett gehen, mit wem er will. Damals hieß es: Wer dreimal mit derselben pennt, gehört schon zum Establishment. Ich ließ Michael gehen, allein zum Fasching, allein zum Skifahren, mal eine Woche in den Süden. Mit den Kommilitonen, hieß es, da war ständig Neues, das unsere Ehe aus dem Takt brachte. Ich wollte tolerant sein, Michael nicht einengen, ich spielte die Souveräne und saß heulend daheim. Für Michael verwandelte ich mich, glaube ich, in ein Stück unserer Einrichtung, in einen Schrank oder in einen Tisch, den man benutzt. Michael sah mich nicht mehr an. Kam er heim, schmuste er mit den Kindern, ihnen brachte er oft etwas mit, Obst, Lollis, Eis. Ich hatte begonnen, unser Zusammenleben wie ein Zuschauer von außen zu sehen. Es gab Tage, da hat Michael nicht Guten Morgen gesagt, nicht Guten Abend, nur einmal sagte er, ich solle den Föhn nicht ins Waschbecken legen. Idiotisch?

Immer wieder versuchte ich, Nähe herzustellen. Morgens, wenn ich wach wurde, legte ich mich nah zu ihm, streichelte, was ich erreichen konnte. Er rührte sich nicht einmal, manchmal wandte er sich sogar ungehalten ab. Dann glaubte ich, dass ich sterben wollte. Es gab immer öfter Streit, bittere Ausbrüche meinerseits, die Michael zurückwies. Du treibst mich in die Enge, du kannst nichts anderes als mich kritisieren, damit wehrte er sich. Ich schrieb ihm Briefe, dann war er für eine Minute berührt, doch Stunden später sagte er zynisch, dass er sich ja ständig ändern solle. Dass er auch seine Würde habe. Ich stellte fest, dass er immer meine Worte benutzte, mich förmlich an meinen eigenen Argumenten aufhing.

Sharon, sagte Birke erschöpft, Sharon, ich könnte dir über die Szenen unserer Entfremdung Stunde um Stunde berichten, ich könnte dir erzählen, wie ich begann, mich aus dieser Kälte loszureißen, ich spürte, wie Michael mich klein machte, mich zu einem misstrauischen, keifenden Zerrbild meiner selbst machte. Ich machte teuflische Proben aufs Exempel, die nur mir wehtaten. Ein Experiment ging so: Was passiert, wenn ich einen Tag lang Michael nicht anspreche? Nichts passierte, wir sprachen eben nicht miteinander, basta. Michael fiel es nicht auf. Er lebte in der Uni, später in seiner Redaktion, mit Freunden, mit anderen Frauen, für andere Frauen. Auch meine Freundinnen waren von ihm eingenommen, sie lasen seine Artikel, einfühlsame Reportagen über Menschen im Alltag, damit fing Michael seine Redakteurslaufbahn an. Es war, zumindest für mich, als verströme Michael seine Sensibilität, seine Fantasie, seine Begeisterungsfähigkeit, seine Kreativität in ein Leben, das sich außerhalb des unseren abspielte. Es war, als würde meine Haut immer dünner, bald hatte ich keine Haut mehr, zumindest empfand ich die Existenz Michaels für mich so schmerzhaft, sie tat mir jeden Tag neu weh, drang durch meine Poren wie mit stumpfen Nadeln. Schließlich konnte ich es nicht mehr aushalten, wenn er mich berühren wollte. Wenn er nur neben mir saß, bildete sich in meinem Hals ein Kloß, den ich weder schlucken noch ausspucken konnte.

Es war Sharon, als sehe sie Birke zum ersten Mal. Wie konnte sie derart selbstsicher durch die Redaktion schreiten, Wärme und Tatkraft ausstrahlen? Sharon hatte gespürt, dass Birke dort anerkannt war. Wie konnte sie anderen Wärme geben, wo sie selbst allein gelassen war. Es schien Sharon aus jedem Wort Birkes die Liebe zu Krug zu dringen. Warum sonst war sie so lange bei ihm geblieben? Sharon sprach diese Frage aus, und Birke war darauf vorbereitet. Sie hatte sich diese Frage oft gestellt, immer wieder. Sie hatte versucht, sich selbst zu erklären, warum sie sich von Krug trennen wollte, und es dann doch wieder nicht tat. Vielleicht, sagte Birke bitter zu Sharon, vielleicht wollte ich es Michael schwer machen, sich anderen Frauen zuzuwenden, ich wollte vielleicht wenigstens den Versuch machen, ihn zu kontrollieren, an mich, an die Kinder zu binden kraft meiner Stellung, meiner juristischen Stellung. Lächerlich, nicht wahr? Manchmal dachte ich, dass ich, obwohl ich keinen Tag mehr mit ihm glücklich war, ihn doch keiner anderen Frau gönnte.

Ohne Sharon anzusehen, wie zu sich selbst fügte Birke hinzu: Manchmal wünschte ich, Michael würde sterben, damit niemand ihn mir wegnehmen könnte … Aber Krug liebt dich doch, warum bist du dann doch weggegangen, fragte Sharon. Wegen Danda und Mauritz, sagte Birke, und in ihrer Stimme war wieder Sicherheit. Ich wollte nicht, dass die Kinder mit ansehen, wie wir einander wehtun, wie wir noch das letzte bisschen Gemeinsamkeit unwiederbringlich zerstören.

Zerstörung. Sharon hatte gesehen, wie Gemeinsamkeit zerstört worden war. Ihr Vater hatte Ruth verlassen, er hatte eine zerstörte Familie und eine verletzte Frau zurückgelassen, die nun ihrerseits alles, was man ihr an Liebe und Nähe entgegenbrachte, zerstören und verletzen musste. Amnon. Ruth hatte Amnon aus ihrem Leben herausgeprügelt, hatte ihm so lange nachgewiesen, dass er sie, Ruth, nicht liebe, bis er daran glaubte und ging. Nur Großmutter. Ihre Liebe war stark und heil geblieben, blühend über den Tod hinaus. Wie bei Sharon und Alexander. Doch Sharon hatte Furcht vor den Schatten, die sie noch nicht benennen konnte.

# 9

Krugs Mütter hatten es als Erste gelesen: Nach langem Schweigen in den Feuilletons war wieder eine Rezension seines *Siegfried* erschienen. Auf der Kinder- und Jugendbuchseite (davor hatte Krug am meisten Sorge gehabt), auf dem falschen Platz also hatte ein Nicht-Leser unter den Kritikern Krugs *Siegfried* noch einmal umgebracht. »Verlogen«, »Falsche Orthografie«, »bloße Nacherzählung« – Überflüssigkeitserklärungen noch und noch. Der Kritiker war zugleich so gemein, den Untertitel falsch zu zitieren, an dem Krug immerhin einen Tag lang herumgebosselt hatte. Krug selbst war ja nicht selten davon überzeugt, dass er saumäßige Texte schrieb – nur: Dieser Schreiber aus der Kinderbuchecke konnte es nicht wissen, er hatte das Buch zweifellos nicht gelesen.

Krug liebte Literaturkritiken. Nichts las er lieber. Hätte es von seinen eigenen Arbeiten mehr Kritiken gegeben, wie gern wäre er süchtig geworden. Da Krug nichts sammelte, völlig unfähig zum Archivieren war, hatte er sich ein Buch gekauft, in dem die Verrisse eines gefürchteten Kritikers gesammelt waren. Bei der Lektüre hatte Krug gut lachen – denn es traf immer die anderen, Autoren, vor denen die Kritik sonst meist in die Knie ging. Über den Verriss seines *Siegfried* lachte Krug nicht, er war beleidigt, auch wenn er es sich nicht zugeben wollte. Er war beleidigt und formulierte in seinen Gedanken Entgegnungen an den Schreiber, nein, besser noch an den Herausgeber der Zeitung, einen offenen Brief musste Krug schreiben. Natürlich vertrug er, Krug, Kritik. Aber wenigstens musste man das Gefühl haben, dass der Schreiber sein Buch gelesen hatte. Und das war hier wieder einmal nicht der Fall. Ein Lügner war er, der Kritiker, ein Verfälscher und Verleumder und Tatsachenverdreher. Er, Krug, konnte doch nicht zusehen, wie die potenziellen Leser seines Buches durch Fehlinformationen behindert wurden. Wenn er Krug wenigstens noch charmant verprügelt hätte, aber so – nein!

Kritik, so sagte sich Krug, Kritik könnte ich ja ertragen, aber Polemik nicht. Krug wusste, dass er jetzt wieder tagelang daniederliegen würde, dass sein Selbstzweifel ihn foltern würde, unfähig machen, auch nur sein Tagewerk als Journalist zu bewältigen. War er nicht gestern, als er von der Kritik noch nichts wusste, glücklich gewesen, unbefangen zumindest? Jedenfalls hatte Krug eine weitere Szene seines Hörspiels *Der Kaiser von China* geschrieben. Ein Glück, heute wäre Krug dazu nicht imstande.

Krug beneidete wieder den Briefträger, der sein Fahrrad daherschob wie die Lostrommel einer Tombola. Krug hörte wie der Pawlowsche Hund auf das Klicken, wenn der Briefkasten des Nachbarn zufiel. Dann sprang Krug auf, drückte den Türöffner und nahm das größere oder kleinere Bündel Briefe in Empfang, das der Postbote ihm wie ein Geschenk strahlend übergab. Jeden Tag nahm Krug die Sendungen mit einer gewissen Neugierde an, obwohl er aus Erfahrung wusste, dass nach dem Öffnen nur wieder ein Haufen Mist übrig blieb, Füllmenge für den Papierkorb. Das war nicht das Schlimmste für Krug, schlimm waren die Behördenbriefe. Seit Krug ein freier Autor war – er sagte von sich selbst, dass seine Freiheit lediglich darin bestünde, dass er allein entscheiden könne, ob er sich am Tag oder in der Nacht zu Tode arbeiten wolle –, seit Krug also selbstständig arbeitete, schrieben ihm ständig die Behörden, dass er seine Verhältnisse mit ihnen regeln solle. Krug, beflissen, füllte aus, ließ Urkunden und Verträge fotokopieren, schickte ein. Schon wenn Krug diese Briefe zum Postkasten brachte, ließ er sie zögernd nur hineingleiten in den Schlitz, denn er wusste, dass diese Briefe wieder eine neue Lawine von Anfragen nach sich ziehen, neue Verwirrung in sein Leben bringen würden. Krug sah förmlich die Gesichter der Sachbearbeiter, wenn sie seine, Krugs, Belange wahrnehmen mussten: Schon wieder dieser Krug, der lernt es nie. Der Gedanke, dass seine Verhältnisse mehr und mehr von Computern geregelt würden, war Krug sympathisch. Vor Computern muss man sich nicht genieren.

Am Abend hatte Krug einen Maler besucht, der nur wenige Gehminuten von ihm entfernt wohnte. Die beiden, der Maler Tadeusz und Krug, waren sich allerdings auf der Frankfurter Buchmesse zum ersten Mal begegnet. Krug hatte den Auftrag einer großen Tageszeitung, ein Porträt Tadeusz' zu schreiben, immer noch nicht ausgeführt, da beide nie Zeit für ein Gespräch fanden. Gestern hatten sie sich endlich in des Malers Wohnung verabredet. Tadeusz wohnte in einem Hinterhof, den man erst durch eine dunkle Remise erreichte. Als ich diese Wohnung kaufte, hatte Tadeusz erzählt, wollte ich Leute animieren, die anderen Wohnungen zu kaufen. Niemand wollte das, weil so viele Türken hier wohnten. Es bereitete dem inzwischen wohlhabenden Tadeusz immer noch Vergnügen, damals so hellsichtig gewesen zu sein und nun für dreißigtausend Mark eine geräumige Vierzimmerwohnung zu besitzen, die verwinkelt war und hell, in der Tadeusz nur eine Küche bewohnte und einen kleinen Raum zum Schlafen. Die anderen Räume, groß und licht, gehörten den Bildern. Haben Sie schon mal ein blaues Bett gesehen?, fragte Tadeusz Krug zur Begrüßung. Ich habe ein neues Bett, ein blaues, sehen Sie, sagte der Maler in kindlichem Stolz, von dem Krug annahm, dass der Maler ihn spielte, so wie seine Sprache oft die Sprache seiner Kinderbücher war. Krug sah neben dem Bett einen bemalten Bauernschrank, ebenfalls blau, und eine wunderschöne Ikone, sonst war der Schlafraum leer. In der Küche gab es Töpfe und Pfannen an einem Stützbalken, einen Herd, einen Tisch, zwei Stühle. Tadeusz hatte Salat zubereitet, von dem er Krug anbot, Brotfladen dazu, es schmeckte köstlich. Zu trinken gab es bei Tadeusz nur Wasser, Tadeusz und Krug wussten, warum. Der Maler sagte, dass der Himmel ihn jetzt auch vom Geschlechtstrieb befreit hatte, wofür er ihm danke, auf Knien danke. Vielleicht könne er, Tadeusz, sich noch einmal daran erinnern, wenn eine gute Frau sich ihm gegen gute Worte ein bisschen hingäbe, aber es mache ihn melancholisch, dieses Leben. Meine Lebensgrundhaltung, sagte Tadeusz, meine Lebensgrundhaltung ist eine große Trauer. Weil das Leben so kurz ist und weil die Weiber mich nicht nehmen. Jetzt schon gar nicht mehr. Ich könnte meistens vor Freude weinen – daher die Trauer. Aber im Prinzip dürfen Sie mich beneiden. Ich sitze hier und male und besitze nicht einmal ein Jackett. Nur ab und zu möchte ich mal den Himmel versuchen, es mir noch einmal wiederzugeben.

Er spinnt, dachte Krug, aber er spinnt angenehm. Und er konnte aus seiner Versponnenheit Geld machen. Im Gegensatz zu Krug.

Im Arkadenhof der Bayerischen Landesbank stellen polnische Künstler aus, sagte Tadeusz in das wohlige Schweigen. Wenn Sie mitkämen, würde ich duschen und ein frisches Hemd anziehen.

Während der Maler im Bad war, sah sich Krug einige seiner Bilder an. Tadeusz, als Kinderbuchillustrator berühmt, setzte auch in seinen Ölbildern naive Schemata ein. Krug sah Paare, die Frauen meist Bräute in Unterhosen und Schleiern, während die Männer korrekt gekleidet den Frauen wie ein Vorwurf zur Seite standen.

In seinen Kinderbüchern malte Tadeusz unablässig seine Kindheit, wie er sie niemals hatte. Meine Mutter, so sagte der Maler, schlug mich nur deshalb nicht tot, damit sie mich öfter halb tot schlagen konnte.

Als es an der Türglocke schellte, zögerte Krug. Sollte er öffnen? Doch schon lief Tadeusz aus der Dusche herbei, er war nackt, nahm ein Bild, das eingepackt bereitstand und drückte es dem Draußenstehenden in die Hand, wobei er ihm mitteilte, dass er mitten in einer Nummer sei. Tadeusz schloss die Tür, eilte an Krug vorbei zurück ins Bad. Imagepflege, sagte Tadeusz.

## 10

Wenn bei Sharon das Telefon schellte – was äußerst selten passierte, da sie zum einen in München wenig Menschen kannte und zum anderen ihre Telefonnummer noch in keinem Telefonbuch zu finden war –, wenn also Sharons Telefon schellte, glaubte, hoffte, Sharon jedes Mal, dass es Alexander sei. Sie rannte daher mit dieser Erwartung zum Telefon. Sicher würde Alexander ihr genau sagen, wann er zurückkommen wollte.

Am Telefon war Alexanders Mutter. Hier ist Clarissa von der Heydte, spreche ich mit Sharon Weil? Sharon wisse vielleicht, dass Alexander seinen Eltern von der, hm, Verlobung geschrieben habe. Es wäre der Familie lieb, sie, Sharon, kennen zu lernen. Ob sie nicht kommen könne, gegen fünfzehn Uhr vielleicht, auf einen Tee? Sie kommen, nicht wahr?

Verwirrt legte Sharon ebenfalls den Hörer auf. Wenn Alexander zurück war, könnten sie doch gemeinsam … Aber nun hatte Sharon zugesagt, das hieß, sie hatte nicht widersprochen. Nun musste sie wohl hingehen. Christin, die gerade mit Pablo zu Besuch war, Christin würde sie hinbringen in die Mauerkircherstraße.

Sharon fuhr mit Christin und dem Kind durch die Stadt. Von Nymphenburg nach Bogenhausen, im Stau schon auf der Nymphenburger Straße. Wie Delfine im weiten Meer schoben sich die Kotflügel der anderen Wagen ins Blickfeld. Männer schauten in den kleinen Fiat hinein. Sie schauten, vielleicht waren Christin, Sharon und Pablo Bilder von Träumen dieser Männer. Sharon fühlte jeden Nerv in ihrem Körper. Sie fühlte, dass sie schön war, dass Christin schön war, Pablo ein schönes Kind. Sharon sah die Stadt, den Königsplatz, die Prinzregentenstraße, auf deren Höhe der Friedensengel alterslos und golden ragte. Diese Bilder machten Sharon Herzklopfen. Ihre Wachsamkeit, die Wachsamkeit des Soldaten im unbekannten Land, wurde überdeckt von der Freude. Mein Leben, dachte Sharon, dies ist jetzt mein Leben, meine Stadt. Übermorgen ist Rosh Hashanah, dann geht das jüdische Jahr 5747 zu Ende, dann kommt Alexander, er wird wieder in München sein – eine Vorstellung, die Sharon gar nicht mehr richtig zu Ende denken konnte.

Das Haus der Familie von der Heydte war groß, es war eine Villa. Von dem hohen eisernen Tor, an dem Sharon klingelte, führte eine breite Teerstraße durch Rasenflächen zu einer reich verzierten Eisentür, die von einem Säulendach geschützt wurde. Links neben der Tür schien es noch einen Treppenaufgang zu geben. Sharon sah ein hohes schräg aufsteigendes Fenster, das mit Jugendstilelementen geschmückt war und der Hausfront fast etwas Feierliches gab. Eine mollige Frau im karierten Rock und weißer Bluse öffnete Sharon die Tür. Frau von der Heydte wartet in der Bibliothek, gleich die erste Tür links.

Sharon sah die große Halle, der Fußboden war mit tiefblauen Kacheln ausgelegt. Auf einzelnen sah Sharon die zwölf Tierkreiszeichen. An den Wänden Bilder, vielleicht eine Ahnengalerie. Sharons Schritte schienen in ihrem Kopf widerzuhallen. Sharon wusste nicht, warum sie plötzlich angespannt war. Sekundenlang sah sie sich mit Abel, Itzak und Peter auf Patrouille in einem Palästinenserdorf, sie sah die Häuser der Araber wie feindliche Unterstände, geschlossene Fenster, sie hörten die schrillen Schreie der Frauen, sahen die hasserfüllten Blicke der Männer, die ängstlichen Mienen der Kinder. Eindringlinge, haut ab, was wollt ihr hier? Der kurze kleine Schmerz an Sharons Knöchel, als sie an die Tür der Bibliothek klopfte, führte sie wieder in die Realität. Sharon sah Regale mit Büchern, an allen Wänden des großen Raumes Bücher, in der Mitte war eine Sitzgruppe aus hellbeigem Leder, eine Treppe führte auf die Galerie, von der mehrere Türen abgingen.

Guten Tag.

Sharon hatte die Frau zunächst gar nicht gesehen. Sie saß in der Ecke der Ledercouch, unmittelbar vor Sharon. Neben ihr, dicht bei ihren Füßen, stand eine ungewöhnlich große Dogge. Sharon glaubte plötzlich, jedes einzelne Haar auf ihrem Kopf zu spüren, jede Pore ihres Körpers. In der Bibliothek war es still, irgendwo tickte eine Uhr, tanzten Staubteilchen in den Lichtstrahlen, die von Fenstern der Empore einfielen. Die Frau, blond und wohl in den Dreißigern, rührte sich nicht von ihrem Platz. Sie begrüßte Sharon nicht, bot ihr auch keinen Platz an. Sie saß nur da, eine Hand am Halsband der Dogge, und sah Sharon an. Und plötzlich fiel Sharon ein, dass Alexander ihr im Valle Argentina erzählt hatte, dass Clarissa von der Heydte seine Stiefmutter sei. Die zweite Frau seines Vaters, die dieser zehn Jahre nach dem Tod von Alexanders Mutter geheiratet hatte. Alexander hatte die Ehe des Vaters als unglücklich geschildert, seine Stiefmutter als eine gut aussehende, aber oberflächliche Frau beschrieben. Clarissa von der Heydtes Verhalten bewies Feindschaft. Sharon fühlte sich plötzlich ruhig und kalt. Was wollte diese frustrierte Blonde von ihr?

Entschlossen fragte Sharon: Warum wollten Sie mich sehen? Wo ist Alexanders Vater? Als Sie mich anriefen, sprachen Sie im Plural. Haben Sie da sich und den Hund gemeint? Wir wollten doch die Verlobte Alexanders wenigstens einmal sehen, nicht wahr, Cyrus. Alexanders Vater, den Sie so vermissen, würde Sie niemals empfangen, aber wirklich nicht.

Sharon hörte den Zynismus, mit dem die Frau »Verlobte« sagte, sie hörte das verachtungsvolle »aber wirklich nicht«. Sie sah die Leere im aufpolierten Gesicht der Frau, ja, Clarissa von der Heydte hatte sich aufpoliert für diese Szene, das schien Sharon klar. Das feine Blondhaar war geföhnt, die Augen und der schmale Mund waren sorgfältig gemalt. Aber es gab keinen Zweifel, dass Clarissa von der Heydte gemein sein konnte, dass sie es zumindest Sharon gegenüber war.

»Taphtaphija«, dachte Sharon »Taphtaphija«. Dieser Geheimname für Gott, diese Beschwörungsformel hatte sie schon als Schulkind fasziniert, wenn sie aus dem Talmud lasen. Taphtaphija: »Und wenn einer in den Krieg zieht und seine Feinde greifen ihn an, soll er diesen Namen aussprechen und er wird unversehrt bleiben.«

Sharon fragte Clarissa, die sie lauernd ansah: Warum hassen Sie mich? Sie mussten doch damit rechnen, dass Alexander sich irgendwann bindet?

O ja, meine Liebe, Clarissa sagte es theatralisch und betrachtete dabei ihre Nägel, o ja, meine Liebe, wir rechnen nicht nur damit, wir begrüßen es sogar, mein Mann und ich. Es kommt allerdings darauf an, wen Alexander uns bringt. Stripperinnen und Konkubinen hat es in der Familie von der Heydte allerdings bislang noch nicht gegeben.

Jäh spürte Sharon die Kälte in der Bibliothek, den Hass in den Augen der Frau. Spätestens, als ich dieses Haus sah, hätte ich umkehren müssen, sie sitzen doch alle in derart prächtigen Häusern, geschont von den Alliierten, die ihrer bedurften, weil sie ihre Sprache sprachen, weil sie die Fäden gesponnen hatten und sie nun weiter spannen, immer spinnen würden. Entnazifizierung? No Problem. Sie sind die Hüter, die Säulen der Gesellschaft, ihre Methoden sind fein, sie dinieren sogar wieder mit Juden, verleihen ihnen Preise, gehen sorgsam mit ihnen um, tanzen auf rohen Eiern, mühelos. Nur, wer ihnen in der Sonne steht …

Die Tür fiel zu hinter Sharon, aber sie war nicht entlassen. Das Haus schien ihr Schmähungen nachzurufen, die in Sharon eindrangen, ihr die Haut wegätzten wie mit Salzsäure. Hatten sie es Alexander schon gesagt? Vielleicht hatten sie ihn noch nicht erreicht, so wie Sharon ihn derzeit nicht erreichen konnte, weil er in der Toskana herumreiste, Weingüter besuchte, Kaufverhandlungen führte. Erst am Freitag, an Rosh Hashanah, würde er gegen Abend zurückkommen. Sie, Sharon, war hilflos in ihre Lügen verstrickt. Ja, auch Verschweigen ist Lüge. Die Hoffnung, dass Alexander zuerst ihre, Sharons, Wahrheit erfahren könne, war Selbstbetrug, das wusste Sharon, doch sie wollte es nicht glauben. Vielleicht kam Alexander zuerst zu ihr. Wenn Sharon ihre ganze Kraft auf diesen Wunsch konzentrierte, wenn sie Gott darum bat? Es stand doch geschrieben: »Denn der Herr, euer Gott, kämpft selbst für euch, wie er es euch versprochen hat«.

Sharon war nicht religiös erzogen worden. Wenn sie mit der Großmutter oder mit Ruth in die Synagoge gegangen war, dann den Verwandten zuliebe, dem Herden- oder Nesttrieb folgend. Großmutter war ein Familienmensch gewesen, Ruth ebenso, sie hatten an den Zusammenkünften der Familie in Beer Sheba und Haifa regelmäßig teilgenommen. Die Rituale der jüdischen Feste waren weniger ein Zugeständnis an die Religion gewesen, sondern mehr ein Teil des Zusammenlebens, an dem sie hingen. Vielleicht ganz besonders stark hingen, weil von Großmutters Familie niemand überlebt hatte. Großmutter liebte außerdem die Bibel. Sharon las schon als kleines Kind mit ihr immer wieder darin.

Wenn Sharon sich tief in sich selber vergrub, dann wurden die Texte der Bibel lebendig in ihr. Sharon konnte sie aneinanderreihen wie alte Perlen, die man unverhofft wiederfindet, deren Glanz und Schönheit man lange vergessen hatte und nun, beschämt, nicht mehr auf sie verzichten will, bis man sie schließlich wieder vergisst.

Doch jetzt war es Sharon gegenwärtig: »Wenn ihr mich ruft, wenn ihr kommt und zu mir betet, so erhöre ich euch.« Dies Versprechen nahm Sharon die Furcht. Es half ihr, das Gestrüpp ihrer Gedanken wenigstens notdürftig zu ordnen. »Das sind die Dinge, die ihr tun sollt: Sagt untereinander die Wahrheit.« Gab es nicht viele Wahrheiten? Zumindest zwei: die

Wahrheit der Familie von der Heydte und Sharons Wahrheit. Dort war Sharon die Jüdin, die für Geld alles tat. Und diese Wahrheit war tödlich für Alexanders Liebe zu Sharon, tödlich für das Kind Alexanders, das in Sharon lebte.

Sharons Wahrheit dagegen war die Liebe, an die sie glaubte, seit sie Alexander begegnet war. Sharon war in Israel eine Sabre gewesen, eine Kakteenfrucht, außen stachelig, innen saftig und süß. Die Stacheln waren für den Krieg, zum Überleben im Draußen, noli me tangere.

## 11

Beim Erwachen, in dem Zustand zwischen Dasein und Traum, war Sharons erster Gedanke: Rosh Hashanah. Heute ist Rosh Hashanah, heute kommt Alexander zurück. Für Sharon ging nicht nur das Jüdische Jahr zu Ende. Alles, was sie bisher gelebt hatte, erlebt hatte, versank, war zu Ende, konnte nur Vorbereitung gewesen sein auf Alexander. Sharon sah nur noch sein Gesicht, Alexanders Gesicht. Seit sie ihn kannte, suchte sie ihn überall in der Menge. Wie gestern, als sie mit Christin und Pablo zum ersten Mal auf dem Oktoberfest war. Sharon hatte den Kleinen auf ihren Schultern sitzen, von dort deutete er beeindruckt auf einen riesigen Papp-Löwen, der unter einem Zeltdach saß und brüllend seinen Maßkrug stemmte, wobei er auch noch seinen Schwanz hob und senkte. Da, da, schrie Pablo auch beim Luftballonstand, bei dem riesigen Drachen der Geisterbahn. Christin, die neben Sharon ging, wurde immer wieder von ausgelassenen Männern festgehalten, zum Trinken eingeladen. Christin sah bezaubernd aus, für Sharon fremdartig bezaubernd in ledernen Kniebundhosen, einer weißen Spitzenbluse und einem kreisrunden schwarzen Strohhut, den sie hinten auf dem Kopf sitzen hatte, was ihr zusammen mit den alten großen Silberherzen, die in den Ohren baumelten, etwas Freches, Verführerisches gab. Beim Lebkuchenstand wollte ein Mann ihr unbedingt ein Herz schenken, ein anderer bestand darauf, sie ins Bierzelt einzuladen. Eigensinnig hielt er Christins Arm fest, Sharon sah, dass Christin hilflos war, dass eine höfliche Absage den Bierseligen nicht erreichte. Sharon stellte Pablo auf die Beine, griff das Handgelenk des Mannes und drehte ihm den Arm rasch nach hinten. Ihm blieb vor Verblüffung der Mund offen. Sakradi, sagte er schließlich und trollte sich.

Sharon setzte Pablo wieder auf die Schulter, durch diese Mutterrolle war sie offenbar vor Angeboten der Männer geschützt. Sharon bekam einverstandene Blicke junger Frauen, während die Männer sie respektvoll bewundernd anschauten. Doch Sharon suchte und sah in den Hunderten von Gesichtern nur Alexander. Gleichgültig, ob es schöne junge Gesichter waren oder die faltigen müden alter Leute. In jeder Menschengruppe, in jedem Einzelnen suchte Sharon Alexander. Die Illusion, ihn hier zu sehen, ließ für Sharon den Gang über die Wiesn zu einem Abenteuer werden, das ihr Herzklopfen machte. Jeder Schritt, den sie tat, galt Alexander. Es war eine Erwartung, die nicht enttäuscht werden konnte. Die ganze Wiesn, Christin, Pablo, die Musik und die Gerüche formten sich zu einem Orchester, das sich einstimmte, wartend auf den Dirigenten. Wie es sein könnte, mit Alexander über die Wiesn zu gehen – Sharon konnte es sich nicht vorstellen, denn davor stand das Wiedersehen.

Sie, Sharon, würde ihm endlich alles sagen von ihrer früheren Existenz. Sie wollte ihm auch sagen, dass ihrer beider Kind christlich getauft werden sollte, dass es kein jüdisches Kind werden sollte, das vielleicht mit einem neuen Antisemitismus leben muss.

Als bei Sharon die Periode ausblieb, hätte sie es am liebsten hinausgeschrien über den Brenner hinweg bis nach Italien ins Valle Argentina. Doch obwohl die Stäbchen beim Test sich sofort rosa färbten, obwohl die Brüste spannten, obwohl der Gynäkologe, bei dem Christin sie angemeldet hatte, ihr gratulierte, obwohl es keinen Zweifel mehr gab, beherrschte sie sich. Sharon wollte Alexanders Augen sehen, seine Hände spüren, seine Haut, sie wollte ihn ganz haben, wenn er es erfuhr. Er sollte in ihr sein, wenn sie ihm sagte, dass sich sein Wunsch erfüllt habe, dass seine Ahnung richtig gewesen sei.

Christin, die neben Sharon ging, blieb plötzlich stehen, sie sah Sharon an. Christin sagte, dass beim nächsten Oktoberfest sie, Christin, Sharons Kind im Tuch über die Wiesn tragen werde.

Noch jetzt hatte Sharon dies schöne Bild im Kopf. Sie ging zum Fenster, legte die altmodischen Riegel zurück, die beide Fensterrahmen festhielten. Die Blätter der Baumkronen bildeten mit dem Blau des Himmels ein Mosaik, durch das mit der Bewegung der Blätter immer wieder ein Sonnenstrahl durchblitzte. Es würde ein schöner Tag werden, die Morgenluft war rein und frisch, sie umspülte Sharon wie klares Quellwasser. Heute war Rosh Hashanah, heute kam Alexander. Sharon wusch ihr Haar, verglich ihre Kleider, das kurze aus weißer Seide schien ihr für heute das schönste zu sein. Alice hatte es ihr geschenkt. Alice war eine Verwandte Dorins, eine Jüdin, die in Deutschland geboren und aufgewachsen war. Alice wohnte in München, arbeitete aber, da sie mit Diamanten handelte, häufig in anderen Städten, und Sharon hatte sie daher in den ersten Monaten nicht treffen können. Doch an einem Sabbat hatten sie sich in der Synagoge an der Reichenbachstraße verabredet. Sharon sah Alice, eine junge Frau, Mitte bis Ende Zwanzig. Sie war elegant, trug einen langen Seidentrenchcoat über einem knappen Kleid. Alices grüne Augen sahen Sharon kühl prüfend an. Nein, Alice mochte Israel und die Israelis nicht sonderlich. Sie sagte es höflich bedauernd. Ich bin zwar Jüdin, gläubige Jüdin, sagte Alice, aber ich möchte nicht in Israel leben. Alice war dort gewesen, im Kibbuz Jakov Ashdod. Sie war damals noch keine zwanzig, sie hatte sich gefreut auf Israel, hatte auch bestimmte idealistische Vorstellungen gehabt. Doch dann hatte sie sich mit den Gleichaltrigen, mit den Sabres, nicht vertragen. Ich fand sie laut und arrogant, sagte Alice. Zu Sharon war sie höflich, freundlich, doch es blieb eine Distanz zwischen ihnen.

Die Synagoge an der Reichenbachstraße erschien Sharon auf den ersten Blick wie ein Theater. Die Frauen auf der Empore sahen teilweise aus wie Fürstinnen in der Operette, so elegant, so wohlfrisiert waren sie. Der Geruch schwerer Parfums hing über Federn, Strass und Spitzen. Die Frauen tuschelten unablässig miteinander, selten, dass eine betete. Sharon hob den Vorhang und schaute durch das Gitter hinunter zu den Männern, die in den Bänken saßen. Sie trugen zum Teil die traditionellen Gebetsmäntel, die Jarmulka und die Gebetsriemen, die Gottes Wort von den Händen in das Herz der Betenden leiteten. Der Rabbiner auf dem Podest bat die Männer um Ruhe. »Das Gärtnerplatztheater«, sagte der Rabbi, »ist ein paar Häuser weiter. Wer Theater machen will, der gehe dorthin. Hier muss jetzt Ruhe einkehren.« Doch vor allem die

Kinder scherten sich wenig darum. Sie flitzten zwischen den Männern umher, die ihnen mit unverhülltem Stolz zusahen.

Sharon sah einen kleinen Jungen, fast noch ein Baby, der die Jarmulka, das Käppchen, auf seinem kahlen Schädel trug. Sein Großvater suchte es immer vor dem Herabgleiten zu bewahren.

Sharon war aufgefallen, dass vor der Synagoge Polizeiautos standen, Beamte patrouillierten. Sie waren nicht älter als Sharon. Die Enkel der Täter beschützen die Enkel der Opfer, dachte Sharon.

Sie hatten sich inzwischen öfter getroffen, die zierliche blonde Alice und die große dunkle Sharon. Die Männer und auch die Frauen in der Synagoge schauten ihnen neugierig nach. Eines Tages hatte Alice ein Päckchen dabei. Hier, sagte sie zu Sharon, hier, nimm, ich schenke es dir, mir ist es viel zu groß. Es war ein weißes Seidenkleid mit großen Knöpfen und Taschen, Alice hatte es gekauft, ohne es anzuprobieren, und nun schenkte sie es Sharon, die das nicht verstand. Mochte Alice sie doch? Ja, sagte Alice, würde ich dir sonst etwas schenken?

Sharon war mit Alice für elf Uhr verabredet. Alice wollte Rosh Hashanah mit ihren Eltern, die strenggläubige Juden waren, in der Synagoge an der Possartstraße feiern. Sharon fuhr den Golf, den die Turbo-Nazi Oma ihr geliehen hatte, in die Lucile-Grahn-Straße. Sie hatte von Alice gelernt, dass man auch am Sabbat oder an Rosh Hashanah Auto fuhr, sich aber nicht erwischen ließ. Alice arbeitete auch notfalls am Sabbat, allerdings nicht an Rosh Hashanah, an Jom Kippur oder an Purim, dem Losfest. Als Sharon Alice am Gehsteig stehen und winken sah, dachte Sharon, dass Alice so schön sei wie die Königin Esther. Hatte sie auch so viele Feinde? Jedenfalls war auch vor dieser Synagoge, die äußerlich einer alten Villa glich, ein schweres Eisengitter, standen Polizeiautos. Sharon sah die Beamten an, sie starrten neugierig auf Sharon und Alice.

Alice trug ein schwarzes Kostüm, eine Jacke zum knappen Minirock, die an den Schultern breite, schwarzweiße Bahnen hatte. Alices Haar glänzte in der Sonne wie mattes Gold.

Im Garten der Synagoge standen zwei junge blonde Mädchen, offenbar Zwillinge, sie mochten vielleicht neunzehn Jahre alt sein, beide trugen die bauschigen Minis in einem schwarzweißen Tupfenstoff, eine Haarschleife aus demselben Stoff ließ sie noch auffälliger aussehen. Sie unterhielten sich mit einem kleinen Mädchen, das tiefschwarzes Haar hatte und ganz in Pink gekleidet war. Sharon hatte wieder das Gefühl, einer Royal Performance beizuwohnen.

Als sie mit Alice zur Frauenempore hinaufstieg, begrüßte sie Alices Vater am Fuß der Treppe. Er war mit Gebetsmantel und Jarmulka bekleidet, Sharon sah ihn später bei der Thora-Vorlesung die Thora-Rolle tragen. Alices Mutter begrüßte ihre Tochter und Sharon auf der Empore. Sie war eine zierliche blonde Dame mit sanften, hübschen Augen, sie wirkte vornehm und zurückhaltend, aber herzlicher als Alice. Sharon konnte sich kaum vorstellen, was Alice ihr über die Eltern erzählt hatte. Die beiden waren sich in einem russischen Konzentrationslager zum ersten Mal begegnet, beide hatten kahl geschorene Köpfe, beide waren ausgemergelt und krank gewesen. Umso endgültiger verliebten sie sich ineinander. Sie können nicht eine Minute ohneeinander sein, sagte Alice. Ich denke manchmal, dass ich mit meinen Lieben nicht zurechtkomme, weil ich alles an meinen Eltern messe.

Und ich an Alexander, dachte Sharon. Obwohl einige der jungen Juden Sharons Blick festzuhalten suchten, obwohl hübsche Männer darunter waren, dachte Sharon, dass sie froh sein würde, mit Alexander in zwei Welten zu leben, denn dann, glaubte Sharon, würde man an keine für immer angeschmiedet.

Die Männer hatten mit den Gebeten begonnen. Unser Vater, unser König, erhöre unsere Stimme, schone und erbarme dich über uns.

Auch hier liefen die Kinder herum, Kinder, die wie teure Puppen gekleidet waren, die sich genauso wie israelische Kinder nichts daraus machten, wenn die Erwachsenen sie ermahnten, was die auch nur mit halbem Ernst taten, denn der Stolz, das Entzücken über die Kinder überwog bei weitem die Strenge.

Als jedoch das Schofarhorn geblasen wurde, standen alle gebannt still. Nur das mächtige Klagen des Widderhorns war zu hören, drohend fast, mit sanftem, eindringlichem Nachklang. Sharon dachte an das Opfer Isaaks, eine Geschichte, die ihr die Großmutter immer wieder aus der Bibel vorlesen musste, die Geschichte von der Versuchung Abrahams durch Gott, der ihm befahl, seinen Sohn Isaak umzubringen: Und Gott sprach, nimm Isaak, deinen einzigen Sohn, den du lieb hast, und gehe hin in das Land Morisa und opfere ihn daselbst zum Brandopfer auf einem Berge, den ich dir noch sagen werde ...

Sharon wusste, dass Abraham statt seines Sohnes schließlich einen Widder geopfert hatte.

Die Feier war beendet, viele Frauen umarmten einander, wünschten sich Shana Tova, ein gutes neues Jahr. Außer Alice und ihrer Mutter kamen die beiden blonden Zwillingsschwestern auf Sharon zu, drückten ihr strahlend die Hand, sagten Shana Tova. Daraufhin kamen auch andere Frauen und beglückwünschten Sharon. Doch Sharons Unruhe um Alexander wuchs jetzt, da es fast drei Uhr nachmittags war, mit jeder Minute. Vielleicht war er ja schon gekommen, vielleicht wartete er schon in ihrer Wohnung?

Obwohl Sharon das nicht für wahrscheinlich hielt, ließ sie das Bild nicht los. Alexanders Alfa vor der Tür, er, Alexander, wartend in ihrem Wohnzimmer, von den Müttern mit Tee und Gebäck versorgt. Fast rannte Sharon zu ihrem Auto, sie rannte, als ob sie sicher wüsste, dass Alexander auf sie wartete, sie rannte bis zur Ampel an der Prinzregentenstraße, wartete mit den anderen in großer Ungeduld auf Grün. Während sie über die Straße lief, schienen die Autos ihr verschwörerisch zuzublinzeln, die Fenster der Häuser riefen ihr Glückwünsche zu. Sharon stolperte fast über einen Pudel, der bellend an ihr hochsprang, das Auto der Turbo-Nazi-Oma sprang erst beim dritten Versuch an.

Alexander war noch nicht da. Sharon brachte der Turbo-Nazi-Oma die Autoschlüssel zurück, ließ sich Tee einschenken, aß die Kekse, die sie Alexander zugedacht hatte. Ich war in der Synagoge, sagte Sharon zu den Müttern. Sie wusste nicht, weshalb sie das gesagt hatte.

In der Synagoge, wiederholte die Nazi-Oma, von der die Enkelin Danda sagte, dass sie gaga sei, in der Synagoge, so, so. Eine Weile war es still, die Turbo-Nazi-Oma schaute aus dem Fenster, dann sah sie

Sharon an. Beide akzeptierten, dass das Dritte Reich mit ihnen am Tisch saß. Propheten und Priester sagen Friede!, Friede!, und ist doch nicht Friede.

Sie können jederzeit mein Auto benutzen, sagte die Turbo-Nazi-Oma, jederzeit. Ich brauche es kaum noch, ich bin ja schon siebenundsiebzig.

Ja, sagte Sharon, ja, danke, und sie wusste, dass sie verloren war, wenn die Dämmerung kam und Alexander nicht da war.

Die Ruhelosigkeit in Sharon brachte sie zum Zittern. Das Teeglas klirrte, als sie es auf den Teller stellte. Das Klirren klang ihr wie Ironie, wie die höhnische Stimme Clarissas: In der Familie von der Heydte hat es noch nie eine Stripperin gegeben. Sharon sprang die Treppen hoch zum Telefon. Sie konnte nicht mehr warten, konnte nicht länger Illusionen nachhängen.

Die Wirtschafterin war am Apparat, Sharon erkannte die Stimme. Nein, der junge Herr von der Heydte ist nicht da. Nein, sie wisse auch nicht, wann er komme, nein.

Sharon suchte einen halbwegs vernünftigen Gedanken, eine Idee, warum Alexander nicht da war, nicht bei ihr war, nicht daheim war. Vielleicht hatte er einen Unfall, ja, es wäre Sharon lieb gewesen, wenn Alexander verunglückt wäre, sofort klammerte sich ihre Fantasie an diese Möglichkeit. Ihre Fantasie malte sich aus, dass Alexander zerschmettert in einem kleinen Krankenhaus läge ...

Dabei wusste Sharon längst, dass Alexander nicht kam, weil er nicht kommen wollte.

Sharon ging hinunter zu Krug. Sie bat ihn, bei der Familie von der Heydte anzurufen. Unter einem anderen Namen sollte er nach Alexander fragen. Krug wählte die Nummer, ließ sich Alexander geben, reichte den Hörer Sharon und ging.

Alexander! Hatte Sharon es geschrien?

Seine Stimme war nicht Alexanders Stimme. Seine Worte waren nicht Alexanders Worte.

Eine Lüge, sagte Alexander, eine Lüge, ein Trick. Du weißt doch genau, warum ich dich nicht sprechen will, und missbrauchst deine Freunde. Du kannst alle belügen und betrügen. Vor allem mich. Du hast mich vor meiner Familie zum Deppen gemacht. Zum dummen Jungen, der sich von einer Stripperin einfangen lässt. Warum hast du mich ins Messer laufen lassen? Weißt du, wer hier neben mir steht? Dietl, Ferdinand Dietl, du kennst ihn doch, oder? Und du kennst doch auch Friedrich, und wie sie alle noch heißen mögen, du – es kotzt mich an …

Auf der Treppe begegnete Sharon Krug. Er fasste ihre Schultern, sah sie besorgt an. Sharon machte sich los, lief hinauf. Als Krug oben die Tür zuschlagen hörte, ging er in sein Zimmer. Er wählte noch einmal Alexanders Nummer, legte dann aber auf, ehe sich jemand meldete.

Sharon hörte immer wieder Alexanders Stimme: »Dietl, Ferdinand Dietl, du kennst ihn doch, ihn und Friedrich.« Was bedeutete das für Alexander?

Sie hatten nicht geredet. Wann auch? Die Zeit, die sie hatten, brauchten sie füreinander. »Sie liebten so«, wie es Shakespeare sagte »Daß Lieb' zu zweien/Nur aus einem Wesen war; Unterschieden, doch *ein* Paar.«

Und heute? Was hatte Alexander erfahren? Waren sie nicht mehr *ein* Paar? Alexanders Wahrheit, die nicht Sharons Wahrheit sein konnte, hatte offenbar Alexanders Liebe zerstört.

Sharon glaubte zu ersticken, die Wände des Zimmers schienen immer näherzurücken, es war wie ein Käfig, ein Gefängnis, in dem sie, Sharon, auf die Verurteilung wartete, der Schuldspruch war schon gesprochen, die Vollstreckung, Genickschuss oder Gas, hatte schon stattgefunden. Liebe wagt, was irgend Liebe kann. Auch Shakespeare. Alexander hatte nichts gewagt, nichts getan, um Sharon vor der Vernichtung zu retten. Und nur, weil Sharon ihn dazu durch einen Trick gezwungen hatte, war er bereit gewesen, ihr den Schuldspruch mitzuteilen.

Sharon wollte nicht mehr denken. Sie wollte sich fortschaffen, schlafen, nicht mehr sein. Nicht mehr die Stimme dieses Sohnes von der Heydte hören, nicht mehr die Bilder sehen aus dem Valle Argentina, nicht mehr an das Kind Alexanders denken …

Sharon suchte nach Schlaftabletten. Als sie drei auf einmal schlucken wollte, fiel ihr ein, dass ihr Körper ja jetzt ein anderes Leben mit umschloss. Ein Wesen, das ihr unbekannt war, dem sie, Sharon, unbekannt war. War sie diesem Leben Rechenschaft schuldig? Würde es ihm schaden, weil sie sich fortschaffen wollte, schlafen wollte, bevor der Zorn und die Verzweiflung sie wahnsinnig machten? Dieses Leben in mir, dachte Sharon, ist schon jetzt an mich gekettet, wie ich an Ruth gekettet war. Wir sind ein Gespann, voneinander abhängig, sterbe ich, stirbt auch dieses Leben. Das bedeutete aber auch, dass sie, Sharon, von diesem neuen Leben abhängig war.

Als Sharon sich entschloss, nur eine Tablette zu nehmen, war sie sich klar darüber, dass Alexanders Kind, das in ihr wuchs, ihr ebenso unbekannt, fern und fremd war wie Alexander.

## 12

Gegen Mittag, als Sharon erwachte, drangen die Schmerzen des gestrigen Tages mit Wucht in ihr Bewusstsein ein. Sie hörte von draußen die Autos, Kinderlachen – und empfand es wie einen Zusammenstoß mit der Wirklichkeit, der sie jetzt nicht mehr entkommen konnte. Sie konnte sich nicht mehr mittels Tabletten in den Schutz des Schlafes zurückziehen.

Gestern, als Sharon mit Alexander telefonierte, als von ihren Visionen nur noch Wut, Bitterkeit und Verzweiflung übrig blieben, da hatte Sharon zwar nur ungenau, aber doch nachhaltig ein Bild wahrgenommen. Auf dem Cover eines Magazins hatte Sharon ein Bild gesehen, ein Mädchen, ein Mann, jeweils die Hälfte eines Gesichtes montiert zu einem Ganzen, das dann wieder durch einen Riss getrennt wurde. »Trennungen« hatte darunter gestanden. Trennungen, und wie man damit fertig wird. Sie, Sharon, musste mit der Trennung von Alexander fertig werden. Jeder auf seine Weise. Was hieß das für Sharon? Hieß es, in das große Jugendstilfenster der von der Heydtes Steine zu werfen, das Haus anzuzünden? Kristallnacht verkehrt? Hieß es, Alexander zu ohrfeigen, bis die Hände vor Erschöpfung abfielen?

Sharon horchte ins Haus. Es schien leer. Die Mütter waren früh aufs Land gefahren, wie immer. Krugs Auto stand nicht vor dem Haus, er hatte woanders geschlafen. Die Stille, das Schweigen im Haus schien Sharons Wut und Schmerz zu verdreifachen. Sharon konnte die höfliche Jugendstilstille des Hauses nicht mehr aushalten. Polternd lief sie die Treppe hinunter, jede Stufe dröhnte einzeln in ihren Ohren. Ich werde wahnsinnig, dachte Sharon, ohne meine Träume, ohne meine Illusionen werde ich wahnsinnig, ich habe schon immer versucht, zu bekommen, was ich nicht bekommen konnte.

In Israel habe ich das versucht, ich wollte ein Land, das es nicht gibt. Ein Land, das aus Liebe besteht und aus Geliebtwerden. Und ich hatte geglaubt, Israel sei nicht dieses Land, weil es Abel nicht mehr gab und jeden Tag Krieg und Gräber und Handgranaten aus dem Hinterhalt. Die Angst vor der Einsamkeit, die Leere in Ruths Haus in Ramat Chen, das schon längst nicht mehr mein Elternhaus war. Das Schweigen in mir, ich wollte allem entkommen.

Und nun bin ich hier. Was habe ich in Alexander gesucht? Abel? Mich selbst? Antwort auf meine Fragen? Trost in meiner Verlassenheit, Hoffnung, durch Alexander zu werden, was ich allein nicht werden konnte? Ich wollte etwas haben, was mir gehörte. Ich wollte jemandem gehören, ganz.

Sharon warf die Haustür hinter sich zu. Die Fenster der Häuser, die ihr bislang immer Versprechen für Freundschaft und Wärme gewesen waren, diese Fenster schienen heute Schießscharten. Selbst die Steine des Gehwegs, das Grau des Asphalts schien Sharon feindselig.

Sie fuhr aus dem grünen Gehäuse Nymphenburgs durch die Stadt. Sie nahm den gleichen Weg in entgegengesetzter Richtung, den sie gestern gefahren war. Es war, als löse sie sich heute aus allen Bindungen, als nehme sie Abschied von allen, von Christin, Pablo, von Birke und Michael Krug, sie alle hatten sich Sharons lächerlichen Liebeswahnsinn mit ansehen müssen, mit anhören müssen. Sharon war in Lächerlichkeit gehüllt wie in ein Theaterkostüm.

David Melech Jisrael/Chai wekajam.

David, der König Israels, lebt und besteht. Sharon sang das alte hebräische Volkslied, das die Bitterkeit in ihr noch verstärkte.

Sie dachte an Abel, und die Erinnerung an seine unbedingte Zuneigung verstärkte noch die demütigende Scham über ihre Niederlage. Würde sie, Sharon, für immer gefangen sein in der Maßlosigkeit ihrer Illusionen?

Sharon versuchte, diesen Gedanken zu entkommen. Sie drehte das Autoradio auf. Mick Jagger: I Can't Get No ...

Mit der aggressiven Stimme Jaggers, mit seinen aggressiven Gitarrensoli kamen die Gedanken an Massada. Mit Abel war Sharon zu der Felseninsel gefahren, die, über dem Toten Meer aufragend, eine Kultstätte der israelischen Armee, ein Symbol des Widerstandes, des jüdischen Unabhängigkeitswillens war. Müde von einer langen Fahrt im Jeep hockten sie im Schatten einer Mauer. Abel erzählte Sharon die Geschichte des Widerstandes der Zeloten gegen die Römer. Es war Abels Lieblingsgeschichte. An seiner Hand war Sharon durch die Ruinen der Festung gegangen, in der im Jahr 73 fast tausend Zeloten, jüdische Widerstandskämpfer, kollektiven Selbstmord begangen hatten. Damals, im Jahr 70, war Jerusalem gefallen, der Tempel zerstört. Der bewaffnete Widerstand der Juden verschanzte sich in Festungen, die über ganz Judäa verstreut waren, dort hielten die Zeloten monatelang aus. Am längsten widerstanden sie in Massada. Vierhundert Meter über dem Toten Meer hatte Herodes Paläste und Quartiere errichten lassen, Schwimmbäder, Thermen und Kasematten. Drei Jahre lang versuchten die römischen Legionen vergeblich, den Widerstand der Zeloten von Massada zu brechen. Im Jahre 73 gelang es den Römern schließlich, eine Bresche in die Festung zu schlagen. Als sie triumphierend zum alten Palast vordrangen, herrschte dort Totenstille. Schreckliche Einsamkeit. Inmitten ihrer Habe, zwischen Vorräten, die noch lange Zeit gereicht hätten, fanden die Römer neunhundertsechzig Tote. Der Befehlshaber der Zeloten, Eleazar ben Ya'ir, hatte zum kollektiven Selbstmord aufgerufen: »Wir haben schon lange beschlossen, niemals die Sklaven der Römer oder anderer, außer Gottes, zu werden. Nun müssen wir unsere Entschlossenheit durch die Tat beweisen. Wir waren die Ersten, die sich gegen die Römer erhoben, wir werden die Letzten sein, die den Kampf abbrechen. Ich denke, es ist Gott, der uns das Vorrecht gegeben hat, tapfer und als freie Menschen zu sterben, ungleich anderen, die unvorbereitet besiegt wurden. Wir sind frei, einen ehrenvollen Tod mit unseren Lieben zu wählen. Lasst unsere Frauen sterben, bevor sie missbraucht werden, und unsere Kinder, bevor sie die Sklaverei kennen lernen!« Darauf tötete jeder der Zeloten seine Familie, zehn unter ihnen wurden dann durch das Los bestimmt, alle anderen umzubringen. Und dann legte sich jeder Mann an die Seite seines Weibes und seiner Kinder nieder, umschlang sie mit den Armen und bot seine Kehle jenen dar, die die schreckliche Pflicht zu erfüllen hatten. Die letzten zehn bestimmten wieder durch Los einen, der die übrigen neun töten sollte. Als dieser schließlich fand, dass alle Arbeit getan war, legte er Feuer an den Palast und nahm dann alle Kraft zusammen, um mit seinem Schwert seinen eigenen Körper zu durchbohren.

Abel erzählte Sharon, dass Anfang der Sechzigerjahre Politiker planten, die jungen Rekruten der Zahal nachts bei Fackelschein auf der Festung Massada den Fahneneid schwören zu lassen:

Massada wird nicht wieder fallen.

Zwei Wochen, nachdem Sharon mit Abel auf dem Felsenberg war, riss die Kugel Abel das Gedärm aus dem Bauch.

Massada. Widerstand? Unabhängigkeit? Steht der Fels nicht viel mehr für Kampf und Tod? Für Heimatlosigkeit? Ruhelosigkeit? Niemand hier in Deutschland, wo man seit mehr als vierzig Jahren äußeren Frieden hatte, niemand hier konnte sich vorstellen, in welcher Unsicherheit die Menschen in Israel lebten.

Sharon hatte das zum ersten Mal bewusst 1973 erlebt. Der Überfall der Syrer am Jom Kippur, Sharon war ein neunjähriges Kind, sah aber die Aufregung, spürte die Bedrohung, die Angst. Mutters bleiches Gesicht, Großmutter, die zwei Wochen lang bei Sharon und Ruth wohnte, angstvoll verfolgten alle die Kämpfe der Zahal um den Golan. So viele tote Offiziere und Soldaten, fast die gesamte 188. Panzerbrigade fiel. Diese Ängste vor den Angriffen der Syrer und Ägypter hatten sich Sharon eingeprägt. In den zwei Jahren Dienst bei der Zahal waren sie konkret erlebte Realität geworden.

Massada. Weites Land, braune, karstige Erde, von

der Sonne verbrannt, die wie eine Verheißung jeden Morgen heraufzog und dann alles verbrannte. Mit Abel saß Sharon auf den Steinen von Massada. Noch nicht zwei Jahre war das her.

Heute, da sie mit ihren Wünschen und Hoffnungen gestrandet war wie ein Schiff, das vom Sturm auf die Klippen geschleudert wurde, heute glaubte sie, dass Massada und Abel wenn nicht Glück, dann doch Heimat und Freundschaft bedeutet hatten. Und Sharon hatte dem allem entkommen wollen. Jetzt hatte Sharon nicht einmal mehr eine Utopie, die Distanz zwischen ihr und dem Leben vergrößerte sich immer mehr.

Die Straße entrollte sich vor Sharon wie ein Band aus Metall. Nur wenig Verkehr gab es an diesem Samstagmittag. Sharon war früher oft nach Waldkraiburg hinausgefahren. Das Land öffnete sich hier in bäuerlicher Anmut, die Straße zerteilte Wiesen und Äcker, gab den Blick frei auf Bäche, die von Büschen und Bäumen gesäumt wurden. Gehöfte, einzelne oder kleine Flecken schienen seit Generationen an ihrem Platz.

Sharon war seit Wochen nicht mehr auf dem Flugplatz gewesen. Genau seit dem Tag, an dem sie Alexander begegnet war, hatte sie keine Zeit mehr gefunden, hinauszufahren. Heute, in ihrer Zerissenheit und Ruhelosigkeit, heute, da Sharon sich nirgends orientieren konnte, heute wusste Sharon keinen Ort als das Terrain des Sportclubs, wo sie nur Sharon war und sonst niemand. Wo sie eine Soldatin aus Israel war, verrückt aufs Fallschirmspringen wie alle anderen.

Hier, wo sie eine von vielen war, hier wollte sie sein.

Hier demonstrierte sie den Sprungschülern am Hänger, wie ein Fallschirm gesteuert wird, wie man beim Fall den Kopf in den Nacken und die Beine nach hinten hochstreckt. Sharon konnte die Angst der Anfänger gut verstehen, denn bei einem ihrer Sprünge, damals in Israel, hatte sich der Hauptschirm nicht geöffnet. Sharon knackste sich beim Aufprall die Rückenwirbel an. Seitdem hatte sie manchmal Angst, aber die Lust am Springen war immer größer gewesen.

Sharon stellte ihr Auto ab, ging hinüber zum Packplatz, wo die Schirme wie bunte Tischdecken auf der Wiese lagen. Veit, einer der Fluglehrer, winkte Sharon: Schön, dass du wieder mal da bist.

Auch Klaus war da, und Dieter, der sich gerade seine Videokamera umhängte. Wannst magst, kannst heut springen, sagte Klaus, wir machen heut Zielspringen.

Sharon konnte sich nirgends mehr wärmen. Es war, als sei sie für immer losgelöst von jeder Gemeinsamkeit. Sie fühlte sich endgültig abgetrennt von aller Liebe und allem Leben diesseits des Mondes. Und sie sah keinen Weg zurück. Wohin auch? Sharon wusste, dass sie existierte, aber sie fühlte es nicht mehr. Sie war ohne Wurzeln und ohne Hoffnung.

Sharon spürte das Gewicht der Fallschirme auf ihrem Rücken, sie freute sich auf den Moment, da sie aussteigen würde aus dem Flugzeug in die totale Stille.

## 13

Als bei Krug das Telefon läutete, saß Birke schon bei ihm. Danda und Mauritz waren mitgekommen, alle drei versuchten, im Gesicht Krugs zu lesen, was mit Sharon passiert war. Krug hatte ihnen durch eine bestätigende Kopfbewegung gezeigt, dass sie jetzt endlich Nachricht bekommen würden. Sie sahen, wie die Angst Krugs Gesicht zerschnitt. Sie hatten sich in der Zeit ihres Wartens auf Sharon schon alles ausgemalt, was ihr passiert sein könne. Ein Unfall mit dem Golf? »Ausgerechnet in deinem Auto, Lene«, hatte die Nazi-Oma zur Turbo-Nazi-Oma gesagt.

Krug hörte im Telefon den Lärm der Polizeidienststelle. Der Beamte sagte ihm, dass Sharon Weil, Fahrerin des Autos M-DC-3946, mit dem Absetzflugzeug des Sportclubs Waldkraiburg verunglückt sei. Zwei Tote und drei Verletzte habe es gegeben, die Verletzten seien ins Klinikum Bogenhausen geflogen worden. Die Cessna habe gleich nach dem Start offensichtlich ein Hindernis am Boden berührt und sei unmittelbar nach dem Abheben in ein Wäldchen gestürzt.

Krug hörte das alles wie durch Watte. Ihm war, als sei er in den Boden gepfählt, er hörte das Knacken des Parketts, das Wummern des Kühlschranks in der Küche. Krug erschrak vor dem Schrecken und den Fragen in den Augen Birkes, in den Augen seiner Kinder. Warum hatte er, Krug, sich nicht um Sharon gekümmert, als er spürte, dass mit Alexander etwas geschehen sein musste. Krug hatte es gewusst, als er Sharons Augen gesehen hatte. Er, Krug, hatte Sharons Scham gespürt, er hatte gewusst, dass auch Sharon Atlantis nicht gefunden hatte. Ebenso wenig wie er, Krug, der nicht einmal in seinen Träumen zurückfand in die Stadt unter dem Meer. Sharon dagegen hatte er die Reise dorthin zugetraut.

Sharons Unglück ließ Krug mit einem Gefühl der Schuld zurück. Krug spürte, dass auch Birke das so sah, die Kinder ebenfalls. Alle drei bestanden sie darauf, dass Krug Alexander benachrichtige. Alexander, der das Telefon selbst abgenommen hatte, erwiderte nichts, und Krug legte sofort auf, um mit seiner Familie in die Klinik zu fahren.

Krug hatte sich Sharon so nahe gefühlt wie noch niemals einer Frau, und sie war ihm ebenso unerreichbar gewesen. Er erkannte in Sharon einen Teil seines Wesens, und er fürchtete sich davor, Sharon entstellt zu sehen.

Als sie aus dem Auto stiegen, hängte sich Birke bei Krug ein. Krug schaute sie an, er sah in Birkes Augen seine eigenen Ängste, seine eigene Furcht. In diesem Moment wünschte sich Krug, dass sie beide, Birke und er, sich häuten könnten, alle Rollenspiele verbrennen, aufhören mit dem Vernichtungsspiel.

Sharon war bewusstlos. Die Ärzte sagten, dass sie einen Schädelbasisbruch habe, Rippenfrakturen und Prellungen. Die Krugs durften nur leise ans Bett hingehen, nicht mit ihr sprechen, sie nicht berühren. Als Krug hörte, dass Birke den Arzt nach Sharons Überlebenschancen fragte, wurde er sich entsetzt bewusst, dass Sharon sterben könne, ja wahrscheinlich sogar sterben müsse. Erst nach einigen Tagen, sagte der Arzt, könne man mehr sagen. Krug sah Furcht und Entsetzen in den Augen seiner Kinder. Er sah Birke, die die Knöchel ihrer Finger gegen die Zähne presste. Krug sah Sharons Leben, das von Bandagen und Infusionen abzuhängen schien. Heute oder morgen konnten er, Krug, seine Frau oder seine Kinder ebenfalls in Todesnähe geraten. Das war entsetzlich und banal und unabänderlich. Doch in diesem Moment hätte Krug alle und vor allem Birke an sich reißen und nie mehr aus den Armen lassen mögen.

Krug wollte Sharon, Birke und seine Kinder um Verzeihung bitten. Er sah die eigenen Versäumnisse, die Verirrungen, die Verweigerung und die Ungeduld. Zugleich wusste Krug, dass schon der neonbeleuchtete Flur dort draußen, das grelle synthetische Licht wieder eine andere Realität schaffen würde. Im Schatten des nahen Todes klammerten sie sich aneinander, in der Angst um Sharon hatten sich die sonst Feindseligen einander zugeneigt. Doch schon in der kalten Nachtluft draußen würden sie wieder beginnen, gegeneinander zu kämpfen. Mann und Frau. Kinder und Eltern.

Ein hoch gewachsener Mann kam herein. In seinem blassen, fast bleichen Gesicht sah Krug intensiv blaue Augen, und er wusste, dass es Alexander war, der jetzt zögernd näher trat. Birke nickte ihm stumm zu, und Alexander blieb vor ihr stehen, als habe er Furcht, zu Sharon zu gehen. Auch er fürchtete den Zusammenstoß mit dem Tod und dem Schmerz.

Im Hinausgehen sah Krug, dass Alexander sich hinunterbeugte zu Sharon. Dass er nun, gleichgültig nach welchem Umweg oder Irrtum, bei Sharon war.